ThéoTEX
Site internet : theotex.org
Courriel : theotex@gmail.com

© ThéoTEX
Édition : BoD — Books on Demand
12/14 rond-point des Champs-Élysées, 75008 Paris
Impression : BoD, Norderstedt, Allemagne
ISBN : 978-2-322-18833-8
Dépôt légal : novembre 2019

Contes Extraordinaires

Ernest Hello

1879

THÉOTEX

Exuvies Ebooks

– 2012 –

Notice sur Ernest Hello

Dans le firmament littéraire, Ernest HELLO fait plus figure de comète à longue période que d'étoile fixe : son nom demeure complètement ignoré du public, hormis quelques brefs jours où surgi de nulle part, il s'approche du soleil de gloire, force l'étonnement par l'intensité lumineuse de sa couronne, avant de plonger à nouveau dans l'obscurité intersidérale et l'oubli, pour le reste du siècle.

Ernest Hello est né à Lorient le 4 novembre 1828 dans une famille de petite bourgeoisie, le père magistrat, sceptique en religion, la mère, pieuse catholique. Très tôt Ernest se fait remarquer par ses dons intellectuels, son caractère absolutiste assoiffé de vérité métaphysique, et un net penchant pour la méditation solitaire. On crut un moment l'orienter vers le barreau, comme son père, mais au sortir de l'adolescence Ernest se convertit au christianisme, et dès lors il refuse d'envisager d'autre carrière qu'au service de Dieu. Il réunit autour de lui un petit cénacle d'admiratrices, qui se retrouve du côté de Guingamp pendant les vacances, pour écouter sa parole. Parmi elles se trouvait une certaine Zoé BERTHIER, qui deviendra plus tard sa femme.

Ernest Hello choisit d'entrer en littérature, plus exactement il se propose de réveiller par sa plume le sens religieux de ses contemporains, dénaturé au contact de la philosophie scientiste et matérialiste du dix-neuvième. Evoluant alors dans le milieu parisien, il fonde avec son ami Georges SEIGNEUR un journal au titre plus que militant : *Le Croisé*, mais qui vu son peu de succès, ne durera pas bien longtemps. Au long de sa vie, consacrée uniquement à écrire, il compose une série d'ouvrages à maigres tirages, mais que par la magie du Net on peut encore retrouver aujourd'hui : *Renan, l'Allemagne et l'athéisme* ; *Le Style* ; *L'homme* ; *Physionomie de Saints* ; *Paroles de Dieu* ; *Les plateaux de la balance*... A leur lecture on découvre un écrivain atypique, un apologète catholique animé d'un souffle étrange, qui rappelle la sévérité des prophètes de l'Ancien Testament. Si la critique littéraire de l'époque ne manqua pas d'ironiser sur les démonstrations exaltées et fanatiques de Hello, elle lui reconnut assez unanimement un certain *génie* : Barbey d'Aurevilly, Huysmans, Léon Bloy, lui ont consacré plusieurs pages ; plus tard, des traces de son influence se décèlent chez Bernanos, Claudel, Henri Michaux.

En quoi donc consiste la spécificité d'Hello, et surtout en quoi peut-elle intéresser le chrétien ? Ce recueil de contes, parus dans la *Revue du monde catholique*, puis réunis en volume, est peut-être la meilleure façon de l'aborder, sans être rebuté par le côté imprécatoire de ses autres écrits.

Ernest Hello apparaît tout d'abord comme un expert de la psychologie du péché, il sait mettre à jour comme nul autre des ressorts secrets du mal dans l'âme humaine. Les chrétiens évangéliques ne retiennent souvent du péché qu'une notion théologique abstraite : ils reconnaissent avec empressement être de *pauvres pécheurs*, sauvés par grâce, mais ils n'aiment pas trop donner un nom à leur péché, et ils préfèrent en rester au niveau doctrinal, plutôt que de descendre au niveau individuel, dans l'analyse des motivations. De manière générale, contrairement aux protestants, les écrivains catholiques ne se préoccupent guère des grandes doctrines bibliques ; mais ils démontrent souvent une connaissance de l'homme plus approfondie. Ainsi, inutile de chercher dans ces récits des illustrations de la justification par la foi, de la rédemption ou de la résurrection. Cependant, si Hello ne cite que rarement les Ecritures de façon textuelle, elles sont manifestement la source sous-jacente de son inspiration. LUDOVIC, le premier conte, semble un développement direct de cette parole de Paul aux Colossiens : *... l'avarice, qui est une idolâtrie* ; CAÏN ET ABEL, une illustration saisissante de celle de Jean : *celui qui n'aime pas son frère est un meurtrier.*

Les dix-huit tableaux ne présentent toutefois pas que les teintes sombres d'une palette infernale, comme les *Histoires extraordinaires* d'Edgar POE, qu'Hello a probablement lues. On trouve chez lui, comme chez tout chrétien, une révélation de l'amour de Dieu, et l'humilité fondamentale qui en résulte : LES DEUX ENNEMIS sont à cet égard un vrai chef-d'œuvre d'émotion évangélique. La spécificité d'Hello apparaît donc ensuite comme une recherche constante de la vie en Dieu. C'est dans ce sens qu'on peut le qualifier d'écrivain *mystique*, non par la poursuite de visions extatiques, mais par le rejet de l'apparence du monde, pour laisser place à la réalité divine. Par le travail de son âme il obtient et nous rapporte des intuitions étonnantes et insoupçonnées : *les larmes, signe certain de l'exaucement de la prière*, pour citer un exemple. Sans doute plusieurs de ces contes feront l'effet de platitudes ou de bondieuseries, comme il lui a été reproché ; mais la même chose pourrait se dire de beaucoup de passages bibliques (surtout dans les Proverbes et les Psaumes), qui sous une apparence de préceptes moraux communs, contiennent de profondes vérités.

Dans sa préface Hello, affirme curieusement avoir construit ses contes autour de deux *noms*, celui de Dieu, et celui du *Pauvre*. Il explique : le Pauvre n'est pas forcément celui qui n'a pas d'argent, mais c'est celui qui est dans le besoin, et il y a toutes sortes de besoins ; d'amour et de reconnaissance en particulier. Hello parle ici de ce qu'il n'a pu apprendre que par expérience, comme le suggère sa biographie ; le *Pauvre*, c'est lui. Dans sa prime jeunesse à Lorient, il était tombé amoureux d'une certaine Eugénie, qui fit un moment semblant de lui renvoyer l'écho de ses sentiments. Hello était plutôt laid physiquement, et décidément bizarre dans ses allures ; Eugénie, coquette du genre Célimène, finit par en épouser un autre. Chez un tempérament aussi farouche que celui d'Ernest ce drame banal ne pouvait entraîner que des contrecoups irréparables. S'ajoutant à cela l'insuccès constant de ses livres, Hello finit par s'isoler dans la maison familiale de Keroman, en seule compagnie de Zoé, sa fidèle émule, elle-même écrivaine de textes édifiants, sous le pseudonyme de Jean LANDER.

Le 14 juillet 1885, Ernest quitte la vallée de larmes ; son épouse le rejoindra vingt-quatre ans ans plus tard. Ils reposent côte-à-côte sous deux grosses croix jumelles, en granit noir, dans le cimetière de Carnel à Lorient, tout près de l'ancien manoir de Keroman, aujourd'hui disparu :

IN PACE REQUIESCENT !

Lorient, 27 février 2012
C. R.

Préface

Voici un livre de contes. Il fait suite à mes ouvrages. Il n'arrive pas, en qualité d'exception, comme un travail d'un genre à part. Il dit, en un autre langage, ce que j'ai déjà dit ; il escorte, il accompagne, il commente, il résume mes pensées et mes écrits.

Ceux qui me connaissent, me reconnaîtront.

J'ai voulu donner le corps d'un récit aux vérités que j'exprime habituellement : ceux qui, dans mon livre de l'*Homme*, ont lu *le Veau d'or*, ne seront pas étonnés de lire *Ludovic* dans mon livre de contes.

La science sans Dieu et la science avec Dieu, étudiées aussi dans le livre de *l'Homme*, seront reconnues par le regard intelligent qui se fixera sur *les Deux Etrangers*, etc., etc.

L'homme est quelquefois en armes contre la vérité. Quand elle vient à lui, sous la forme sévère d'une théorie, il se raidit quelquefois, et cherche, dans son arsenal, des traités pour la repousser.

La vérité, qui veut bien revêtir la forme du conte, ne dit pas son nom tout d'abord. Elle s'adapte aux préférences de l'homme, toujours enfant, avide de faits et de récits, elle lui parle avec bonté. Elle parle maternellement, et pénètre, cachant ses armes, dans l'intelligence désarmée qui l'écoute et qui l'accueille.

Le conte est la parole humble et solennelle, mystérieuse et bienveillante, des grandes vérités.

Le conte est en lui-même une des formes les plus antiques, les plus profondes, les plus fécondes, et j'oserais dire les plus vénérables de la parole humaine, toutes les grandes vérités ont des contes autour d'elles. Le mot de conte, dont le langage mauvais et profane a fait le synonyme du mot mensonge, ce mot de conte devrait précisément être réservé à l'expression des choses vraies. Dans le conte, la chose extérieure, le récit est la création de l'écrivain. Mais la chose intérieure, l'idée, le fond est le patrimoine de l'humanité. L'habit du conte est taillé par l'auteur. Son corps appartient au dépôt des vérités universelles.

Les contes par lesquels on berce les enfants profanent quelquefois la majesté du conte en même temps que celle de l'enfance.

Le conte est l'expression d'une idée sous la forme d'un fait. Il est adapté à l'homme qui a un corps et une âme.

Le conte est la complaisance d'une haute vérité morale qui veut bien prendre la forme d'un récit pour entrer plus facilement dans l'oreille humaine. L'homme aime qu'on lui raconte quelque chose. La vérité morale se penche, se plie à son tempérament, et, prenant la forme qu'il aime, s'introduit, sans le prévenir, dans son intelligence

Ce livre commence et finit par la recherche du Nom de Dieu.

La recherche du Nom de Dieu est le drame de la vie humaine.

Vous êtes le Christ, Fils du Dieu vivant, dit saint Pierre à Jésus-Christ. La terre, depuis quatre mille ans, attendait cette profession de foi.

La recherche du Nom de Dieu qui est la vie des sociétés, est aussi la vie des individus.

La vie des sociétés s'appelle l'histoire.

La vie des individus s'appelle le drame.

Drame vient de δραω, faire. Chacun de nous fait quelque chose, le bien ou le mal.

Chacun de nous affirme ou nie le Nom de Dieu.

Mais il est un autre nom qui ne sonne pas comme le Nom de Dieu, il rend un son tout à fait opposé. Et, à chaque instant, dans la vie, dans l'histoire, dans la religion, dans l'Écriture sainte, il est suscité par le Nom de Dieu, et appelé par lui, rapproché de lui mystérieusement.

Ce nom, c'est le nom du pauvre.

Le pauvre, dit David, est celui qui est abandonné à Dieu.

Il est la part de Dieu, et Dieu est son vengeur.

Or il y a mille espèces de pauvres. Le pauvre est celui qui a besoin, et il y a mille espèces de besoins. Quiconque sent quelque part, au fond de lui, un vide quelconque, est le pauvre dont je parle.

Ce livre semble placé entre deux noms, le Nom de Dieu et le nom du pauvre, comme un pont jeté entre deux abîmes.

Les hommes sont guidés, dans leur pèlerinage terrestre, comme les Hébreux dans le désert, le jour par une colonne de nuée, la nuit par une colonne de feu. Le drame de la vie a un côté évident et un côté mystérieux. Les lois qui régissent la vie ont des évidences ; elles ont aussi des mystères.

Je me suis particulièrement attaché dans ce livre à regarder le mystère. Nul homme ne sait, dit l'Esprit-Saint, s'il est digne d'amour ou de haine.

Parole terrible !

Cette parole terrible et habituellement oubliée se place, dans mon esprit, à côté d'une autre parole terrible et habituellement oubliée, le péché par omission.

Seigneur, quand est-ce que vous avez eu faim et que nous ne vous avons pas donné à manger ? Quand est-ce que vous avez eu soif et que nous ne vous avons pas donné à boire ?

Le péché par omission est le moins remarqué des péchés, puisqu'il consiste non dans un acte, mais dans une absence d'acte. Or l'absence est une chose importante, mais cachée. L'absence ne parle pas, ou elle parle de si loin qu'on n'entend pas cette voix affaiblie par la distance. L'absence la plus cruelle, c'est l'oubli. J'ai voulu parler des oubliés, des hommes de génie, des pauvres.

J'ai voulu les rappeler au souvenir des autres.

Beaucoup parlent de charité, sans savoir ce qu'ils disent. On dirait que, dans leur bouche, ce mot n'a plus de son, comme s'il était prononcé sous la machine pneumatique.

J'ai essayé ici de faire retentir ce mot : *Charité,* dans l'air respirable, dans le champ de la vie.

Quelques-uns lui donnent une signification presque méprisable : *faire la charité, recevoir la charité.*

Cependant Dieu est charité, dit saint Jean.

La charité est si glorieuse, qu'elle sera la fête de l'éternité. En ce monde, elle a des aptitudes prodigieuses et généralement inconnues. J'ai voulu montrer en acte quelques-uns de ses effets et quelques-uns des effets de son absence.

La charité, outre ses effets évidents, a des effets mystérieux. Elle a des contre-coups, elle a des échos ; elle fait germer et fleurir des splendeurs inattendues.

La charité, qui voit un peu de bien et qui l'aime, produit là où elle a daigné voir ce bien, un bien plus grand. Elle a daigné voir le germe, et elle fait grandir l'arbre.

La sympathie développe le bien et atténue le mal chez la personne qu'elle atteint. La sympathie ne se borne pas à voir, elle agit. Elle développe ce qu'elle aime, et combat ce qu'elle redoute.

L'antipathie atténue le bien et développe le mal. Elle éteint la mèche encore fumante, elle brise le roseau à demi brisé.

Le conte des *Deux ennemis* contient peut-être un germe d'étonnantes réconciliations. Le regard que nous jetons les uns sur les autres a d'admirables fécondités, s'il est charitable. Et celui-là voit ce que ne voient pas les autres ; car voici une des gloires de la charité, la plus oubliée peut-être et la plus mystérieuse de toutes :

ELLE DEVINE

Le monde est un trompe-l'œil, immense, épouvantable.

La valeur et la grandeur des choses y sont effroyablement dissimulées.

La réalité et l'apparence se livrent un combat à outrance ; la terre où nous vivons est leur champ de bataille.

Or il arrive souvent que l'apparence l'emporte, et, alors, l'homme est en danger.

Il est en danger de périr, corps et âme, dévoré par le monstre de l'apparence.

J'ai voulu prendre la défense de la réalité. J'ai voulu combattre le meurtre de l'apparence. J'ai voulu confondre l'imposture de ce bas monde.

Ce livre, disais-je tout à l'heure, commence et finit par la recherche du Nom de Dieu. Ludovic, matériellement avare, cherche le Nom de Dieu matériellement. Le grand monarque asiatique, idolâtre de lui-même et avare en esprit, cherche le Nom de Dieu spirituellement. Ces deux mauvais riches ont trouvé, dans l'oubli du pauvre, la perte de leurs richesses. Au milieu du volume, dans : *Caïn, qu'as-tu fait de ton frère ?* une folie intelligente frappe un autre mauvais riche, qui a repoussé l'homme de génie, au jour de la détresse.

Devant la porte de tous les trois, le Lazare était assis, blessé et suppliant. Pour avoir oublié le Lazare, l'un perd son or, l'autre, sa raison, le troisième sa majesté.

Ernest Hello.

1.
LUDOVIC

I

LA FAMILLE S... était riche immensément. M. Ludovic S... pouvait avoir cinquante ans ; sa femme Amélie en avait bien quarante ; sa fille Anna, quinze ou seize. Ils habitaient, rue de la Paix, un hôtel magnifique dont ils étaient propriétaires. Ils avaient dix voitures et vingt chevaux.

L'hiver, le spectacle et le bal remplissaient leurs nuits. On dormait le matin, puis on s'habillait vers deux heures de l'après-midi. De quatre à six heures on allait au bois, on dînait ; on s'habillait encore ; on allait au théâtre ou en soirée, à moins qu'on n'allât au théâtre et en soirée.

L'été, c'étaient des voyages en Suisse, en Italie, ou bien de longs séjours dans une magnifique propriété située près d'Angers, sur les bords de la Loire.

Et aucune dame ne rencontrait Amélie sans se dire : Est-elle heureuse ! et aucune jeune fille ne voyait Anna sans songer aux innombrables conditions de bonheur qu'elle semblait posséder.

Dans le monde, les deux femmes étaient fort gaies. Quand elles étaient reçues, elles avaient l'air en fête. Quand elles recevaient elles-mêmes, elles étaient toujours moins gaies.

Ludovic le père, Ludovic l'époux, ne riait pas, et quand il était là, les deux femmes ne riaient plus. Personne ne savait pourquoi un nuage se formait à son entrée, ni de quelles vapeurs ce nuage était fait, cependant le fait était constant.

Un jeune homme dont la fortune était médiocre demanda Anna en mariage. Anna et sa mère inclinaient pour la réponse affirmative.

Le père refusa.

– Notre fille, dit Amélie, est assez riche pour deux. A quoi lui sert sa fortune, si, au lieu de lui apporter sa liberté, elle lui apporte l'esclavage ?

Le regard de Ludovic fut effroyablement dur, et sa bouche resta muette. Anna hasarda en vain quelques paroles tremblantes.

Ludovic répondit à la famille du jeune homme que sa fille refusait, et que, malgré ses instances, il n'avait jamais pu la décider.

Le soir de ce jour-là, il donnait à la cuisinière des ordres singuliers, imprévus et inexplicables, qui diminuaient pour toujours le menu des repas.

Le lendemain, il lui reprocha, au déjeuner, d'avoir mis trop de beurre dans l'omelette.

Quand les deux femmes furent seules : – Anna, ma fille, dit Amélie, nous sommes perdues !

Quelques jours après, Ludovic leur annonça à toutes deux qu'il venait de vendre la propriété où elles trouvaient, pendant les mois d'été, l'ombrage et la fraîcheur.

Quelques mois après, il leur annonça qu'il venait de vendre l'hôtel où elles trouvaient, pendant les mois d'hiver, les aises et les splendeurs parisiennes. Ces déclarations se faisaient en peu de mots et d'un ton bref.

La passion de Ludovic avait grandi petit à petit, comme un nuage chargé de tonnerre monte lentement. C'est d'abord un point noir, puis le ciel s'obscurcit à l'horizon ; puis l'ennemi s'approche avec de sourds grondements ; puis la colère éclate, et le laboureur voit le travail d'une année perdu en dix minutes.

Les commencements avaient été insensibles. C'étaient des économies imperceptibles que la grande fortune rendait étranges, mais qui, par elles-mêmes, n'étaient pas désastreuses. C'étaient des détails, c'étaient des riens ; mais quelquefois Amélie, devant ces riens, avait eu le frisson. L'avarice, ce monstre gigantesque, l'avarice tenait tout entière dans chacun de ces riens imperceptibles : elle y tenait tout entière avec toutes les fureurs et toutes les folies.

Les dix voitures furent vendues, non pas ensemble, mais une à une. Les domestiques furent congédiés. Chaque chose était presque inaperçue, la masse des choses pesait comme l'orage ou le cauchemar. Il y avait telle économie sur la bougie ou le café qui, vue dans l'ensemble, devenait fantastique.

Mais qu'est-ce que Ludovic faisait des sommes considérables que lui rapportait la vente de ses biens ? Personne ne le savait !

L'hôtel vendu, la famille partit.

II

Trois ans plus tard, l'attention du quartier Graslin était attirée à Nantes par une maison dont l'aspect était singulier. Il y avait un homme et deux femmes, et personne dans les environs n'aurait pu dire si ces gens-là étaient riches ou pauvres. Le portier de la maison, qui savait tant de choses, ne le savait pas. Il interrogeait les domestiques ; les domestiques ne répondaient pas, ou bien ils étaient astreints à une discrétion effrayante.

Je dis effrayante, car en ce monde relatif qui ressemble à un mur mitoyen, dans ce monde plein d'à peu près, les choses complètes, parfaites, et qui ont l'air absolu, font presque peur.

Regardons par la fenêtre comme notre position nous en donne le droit, ou perçons le plafond, enfin pénétrons dans l'intérieur de cette maison mystérieuse. Ici demeure M. Ludovic S… avec sa femme et sa fille.

Quand les deux femmes sont seules, elles se souviennent encore des splendeurs d'autrefois, elles osent avoir des regrets, presque des espérances ! Elles osent pleurer ; parfois même elles osent encore rire. La vie palpite en elles et entre elles. Mais quand paraît celui qui pourtant est le père et le mari, les cœurs cessent de battre.

La mort est assise sur son front comme une reine sur son trône. De là elle donne ses ordres et elle est obéie avant d'avoir parlé. Les deux femmes ont peur. Leur conscience, soumise au despotisme de l'idole, leur reproche presque les restes de leur fortune, comme des trésors volés à l'idole et réclamés par l'idole. On dirait que tout ce qui leur a appartenu était la propriété, la chose du dieu caché qui est l'or, et qu'elles volent ce qu'elles ne vendent pas.

On dirait qu'elles lisent dans les regards de ce grand prêtre qui s'appelle Ludovic, les reproches de ce dieu qui s'appelle l'or. Chaque jour l'aisance diminue, chaque jour quelque chose disparaît de la maison, chaque jour le front du maître est plus sombre et son regard plus soupçonneux, chaque jour le cercle des dépenses permises se restreint, chaque jour le champ des économies se dilate effroyablement. Ludovic fait des efforts pour qu'on l'invite à dîner. Il cherche des prétextes pour ne pas rendre. Autrefois, il en cherchait de plausibles, et quand il n'en trouvait pas, il se résignait. Maintenant il ne se résigne plus, il trouve des prétextes ; quand il n'y en a pas, il en invente d'absurdes. Il n'invite jamais. La santé de sa femme est le dernier prétexte qui surgit dans l'absence des autres, et, un jour, il lui fit une scène dans l'espérance de la voir indisposée et incapable de recevoir. Ce jour-là, Amélie dit à sa fille :

– Prépare-toi à de grands malheurs. Cette maison n'est pas faite pour nous. Nous irons dans quelque masure d'où nous sortirons pour aller au cimetière.

III

La misère et la pauvreté sont deux choses bien différentes. Trois ans après l'échec du mariage d'Anna, Ludovic, sa femme et sa fille demeuraient à Hennebont dans une rue qui monte vers l'église, et n'avaient pas l'air d'être pauvres au dernier degré, mais ces trois personnes avaient l'air misérable plus qu'il n'est possible de l'être ici-bas. Quelque chose de sordide se voyait ou se devinait partout. Quand, à table, Ludovic versait du vin à sa femme ou à sa fille, la lenteur de son mouvement semblait leur reprocher de ne pas lever le verre assez vite. S'il s'agissait de servir le café (une goutte de café était encore permise au commencement du séjour à Hennebont ; elle fut bientôt abolie), s'il s'agissait donc de servir cette dernière goutte, il se passait des scènes qui, pour être ridicules, n'en étaient que plus atroces. De mois en mois le menu des repas diminuait. Ludovic voulait la sobriété, qui, disait-il, prolongeait la vie. Il avait connu des gens à qui les excès de la table avaient donné la pierre et la gravelle, il avait sans cesse à la bouche ces exemples redoutables.

La toilette des deux femmes, qui avait commencé par devenir simple, avait fini par devenir sale.

Bientôt elles portèrent, pendant l'hiver, des robes d'été. Le maître de la maison déclara que l'habitude du feu était débilitante, qu'il fallait suivre la nature, et que, puisqu'il fait froid l'hiver, c'est que le froid nous est bon, et que tout le luxe dont les femmes s'entourent ne sert qu'à les énerver.

Une contrainte glaciale régnait dans la maison. Si quelqu'un y entrait, celui-là croyait entrer sous le récipient d'une machine pneumatique. Il n'y avait pas d'air respirable. Même quand l'argent n'était pas en jeu, on sentait dans la maison une économie monstrueuse qui s'appliquait à tout. Ludovic respirait à peine, comme s'il eût voulu économiser l'air, et on osait à peine respirer en sa présence. Il eût eu peur de dire bonjour avec un peu trop de chaleur, dans la crainte de donner quelque chose, et quand il saluait, sa main, en touchant son chapeau, avait l'air d'user le chapeau. En sa présence on osait à peine s'asseoir, de peur d'user sa chaise, à peine parler, de peur d'user ses oreilles en les obligeant d'écouter. Il avait toujours l'air de défendre quelque chose, et quand on l'avait rencontré, on aurait voulu l'indemniser des frais qu'il venait de faire. L'intention d'économiser jetait sur la maison comme un couvercle de plomb, et quand l'argent n'était pas exprimé, il était sous-entendu. Il remplissait tout de sa présence invisible et immense, car l'idole singe la divinité.

Un jour, Ludovic venait de vendre son plus beau domaine. Il avait un million en or entre les mains. Il était là, devant la masse jaune, lui parlant comme si elle eût pu l'entendre. La placer, c'était s'en séparer. Comment se séparer d'un tel monceau d'or ? Il se serait plutôt arraché le cœur, mais que faire ? une armoire ? Mais si quelqu'un devinait ! Et les fausses clés! Et les voleurs! Ah! les voleurs! ce mot produisit sur Ludovic un effet magique. Le voleur n'était pas pour lui un criminel ordinaire. C'était un sacrilège, c'était celui qui met la main sur la Divinité, c'était le violateur du sanctuaire, le profanateur du saint des saints. Il y pensait le jour, il y pensait la nuit. Entre lui et le voleur il y avait une certaine relation continuelle, intime et profonde. Le voleur avait pour lui les proportions fantastiques qui ne lui faisaient pas perdre sa réalité.

Enfin, que faire? Il se décida pour une armoire qui était dans sa chambre à coucher et dont il gardait toujours la clef sur lui, comme un pharmacien celle de l'armoire aux poisons. Avant de se coucher, quand il avait dit bonsoir à tout le monde, il s'enfermait seul dans la chambre fatale, ouvrait le tiroir et comptait. Pendant quelque temps il compta une fois, puis deux fois, puis trois fois.

Il craignait de s'être trompé. Il craignait que certaines pièces n'eussent glissé dans certaines fentes. Il craignait que quelque main à la fois profane et invisible n'eût commis quelque attentat, cet attentat que lui-même n'osait plus nommer; car le nom du voleur qu'autrefois il prononçait sans cesse ne sortait plus maintenant de ses lèvres. Il craignait sans savoir quoi; mais il avait peur. Après avoir compté trois fois le soir, il fit un énorme progrès. Il se leva la nuit pour compter.

Il se défiait de sa femme et de sa fille. Si elles découvrent la cachette, pensait-il, il faudra en trouver une autre. Mais comment m'assurer qu'elles ne l'ont pas déjà découverte? Si je faisais une épreuve?

De sa femme et de sa fille que craignait-il? Nul n'aurait pu le dire et lui-même n'en savait rien. Mais l'adoration a des profondeurs qui réclament la solitude, et le mystère est son attrait.

– Si je faisais le mort, une fois, la nuit! pensait-il.

– Je verrais bien si, me croyant mort, elles ouvriraient cette armoire !

Il s'arrête à cette idée.

Par une nuit d'hiver bien sombre et bien froide, Amélie et sa fille entendirent sortir de la chambre de Ludovic des gémissements inarticulés. Elles accourent et le trouvent au milieu de la chambre, immobile, gisant à terre, sans parole et sans souffle, semblable à un homme qui, ayant essayé de se traîner pour demander secours, serait mort avant d'atteindre la porte. Les deux femmes s'empressèrent autour de lui, et lui prodiguèrent les soins que leur intelligence, sinon leur tendresse, leur suggéra. Tout fut inutile, on le frotta, on essaya de le réchauffer, tout fut inutile.

Enfin Amélie dit à Anna :

– Veille près de ton père. Je vais chercher un médecin.

A ce mot de médecin, le mort se réveilla.

Lui qui pensait à tout, il avait oublié ce danger si évident. Une consultation à payer était au bout de son expérience. Le danger le décida à terminer son épreuve. Il voulut parler et se prouver vivant. Mais il arriva une chose étrange. Cette impossibilité de parler qu'il simulait devint tout à coup réelle. Sa langue était embarrassée, sa main aussi. Ses membres raidis par le froid venaient de sentir une première atteinte de paralysie. Le faux mort devenait un vrai mourant. C'était quelque chose d'horrible. Mais comme il avait simulé le mort, il dissimula la maladie, par peur du médecin. Comme s'il eût espéré puiser la force dans la contemplation de son dieu, il jeta sur le tiroir secret un regard désespéré, fit pour parler des efforts inouïs, y parvint à peu près et défendit d'une voix balbutiante qu'on appelât un médecin. L'attaque passa à peu près. Cependant la bouche était toujours de travers, et la paupière supérieure de l'œil droit s'abaissait difficilement.

Vous croyez peut-être qu'ayant offert sa santé en sacrifice à son or et passé une nuit d'hiver, à moitié nu, sur le plancher, il fut au moins content de l'expérience ? Car les femmes n'avaient point songé à ouvrir le tiroir. Content ? Pas le moins du monde. Ses inquiétudes redoublèrent. – Anna, se disait-il, a surpris mon regard, quand j'ai ouvert les yeux. Elle avait l'air étrange, elle avait l'air d'une criminelle !

En effet Anna pouvait avoir un air étrange. La jeune fille s'apercevait pour la première fois, avec un tremblement de cœur singulier, que peut-être sans s'en douter elle désirait la mort de son père. Cette apparition de son désespoir, qui la rendait criminelle à ses yeux, l'épouvanta tout à coup et le père se trompa sur l'émotion de sa fille.

Les crimes ont des contre-coups jusque dans le cœur de leurs voisins.

– Elle a suivi mon regard vers le tiroir, pensait Ludovic, et elle se doute de quelque chose. La preuve, c'est que tout le reste de la nuit elle s'est tenue de ce côté de la chambre ; elle s'appuyait de temps en temps sur la commode, qui est près de l'armoire. Elle avait suivi mon regard. Malheureux que je suis, ma prudence n'a servi qu'a me trahir ! Il faut que je cherche une autre cachette.

La famille S..., jadis immensément riche, était donc devenue pauvre. Par où avait disparu sa fortune ? On n'avait pas vu la catastrophe, et on en voyait le résultat. On n'avait pas vu les choses qui causent et accompagnent ces changements de situation et on voyait celles qui les suivent. La ruine était venue, et elle s'était assise et personne ne l'avait vue entrer. Ludovic avait d'abord vendu les parties les plus excentriques de ses propriétés, puis les autres parties, puis les maisons, puis la maison, la dernière, celle où habitait la famille. On s'était réfugiée dans une maison louée, mais spacieuse encore, puis dans une petite, puis dans une très petite. On avait vendu les objets de luxe, puis les objets utiles, puis les objets très utiles, puis les objets presque nécessaires, puis les objets absolument nécessaires.

On avait passé de la richesse à l'aisance, puis de l'aisance à la médiocrité, puis de la médiocrité à la gêne, puis de la gêne à la misère, puis de la misère à la misère noire, et dans cette maison dévastée, ravagée, morne, désespérée, silencieuse, Amélie et Anna se disaient l'une à l'autre : – Nous sommes plusieurs fois millionnaires ! Il cache l'argent quelque part.

On disait IL, car ce mot-là remplace volontiers le nom de celui qu'on aime ou de celui qu'on déteste. Les deux femmes n'avaient pas d'amis, car ce sont les richesses visibles qui les attirent, ce ne sont pas les richesses enfouies. Plus d'amis, excepté un chien.

Mirro était fidèle. Mirro n'avait pas fait comme les hommes, il n'avait pas disparu avec l'opulence. C'était un énorme *toutou*, gros comme un chien de Terre-Neuve, souple, mou, tendre, grognard, aux dents pointues, aux yeux jaunes, caressant, mais caressant comme jamais on ne l'a été.

Souvent, dans leur désespoir morne et muet, les deux femmes s'étaient laissé consoler par Mirro, Mirro, qui ne savait rien, Mirro gai malgré tout, et plus tendre seulement depuis qu'on était malheureux, comme si la tendresse lui eût donné ce qu'il fallait d'intelligence pour deviner quelque chose. Et comme la ration de pain et de viande diminuait chaque jour, ainsi que dans une ville assiégée, Anna avait quelquefois partagé avec Mirro une pitance à peine suffisante pour elle-même. Les deux femmes se cachaient l'une à l'autre leur appétit pour ne pas trop se déchirer le cœur. Il y eut des jours où elles aimèrent mieux souffrir elles-mêmes que de voir souffrir leur chien. Cependant Mirro, quand le repas était par trop court, ne demandait presque rien, on eût pu croire qu'il avait compris.

Où donc était allée la fortune des deux femmes ? On finit par le savoir. Tous les soirs Ludovic s'absentait un moment. On le surprit. On le surveilla. Il allumait une lampe d'abord, plus tard une bougie, plus tard une chandelle et descendait par un escalier que lui seul connaissait. Cet escalier conduisait dans un certain endroit où personne de sa famille n'avait jamais pénétré.

De temps en temps, même le jour, il jetait de ce côté-là des regards étranges. Et depuis quelque temps, il se levait la nuit.

Car la ferveur des ascètes, s'ils sont fidèles, va toujours en augmentant.

C'était en sortant de là, encore tout brûlant de son colloque secret avec le dieu caché, qu'il imposait à sa famille la vente d'un objet précieux, ou quelque nouvelle privation, et peut-être avait-il un certain plaisir, quand la chose était particulièrement cruelle. Il lui semblait que l'or devait lui savoir gré et lui tenir compte des sacrifices qu'il faisait et exigeait pour lui. Peut-être avait-il un certain plaisir à voir pleurer sa femme et sa fille. Peut-être offrait-il intérieurement leurs larmes à l'idole. Peut-être à genoux devant son or, quand il était seul avec *lui*, car l'or était devenu quelqu'un, peut-être lui disait-il, dans le langage de l'adoration, dans le langage sans parole : – C'est pour toi que leur sang coule. Peut-être trouvait-il dans les privations monstrueuses et volontaires qu'il imposait et qu'il s'imposait une espèce de saveur acre, la volonté de souffrir et de faire souffrir pour quelque chose d'adoré. Il n'aurait pas voulu agir sur des créatures insensibles.

Il voyait avec un certain genre de plaisir la ruine de cette maison dévouée à l'or, de cette maison faite anathème sur qui la divinité de l'or avait jeté ce regard terrible, qui marque les victimes.

Sa femme et sa fille pleuraient de vraies larmes. Il en était bien aise, il tenait à s'acquitter de ses fonctions. Il n'aurait pas voulu offrir au Moloch épouvantable un sang versé sans douleur. Il tenait à entendre crier sous la scie la chair des victimes. Il voulait offrir à l'or sa famille et sa maison cruellement immolées, palpitantes et fumantes, esprit et vie, chair et flammes.

IV

C'était quelque chose d'étrange que de voir Ludovic descendre dans la cave. Il était évident qu'il s'y préparait comme à un acte religieux. Il se cachait. Il y avait dans sa manière d'agir beaucoup de dissimulation et de prudence ; mais il y avait aussi quelque chose qui ressemblait à la pudeur de l'adoration. Il avait les timidités du ravissement. Il ne voulait pas être pris en flagrant délit d'extase. Peut-être même en arrivait-il à l'humilité. Qui sait si devant son or il ne disait pas secrètement : – Non, je ne suis pas digne ? Qui sait si, au moment de toucher l'objet adoré, sa main ne s'arrêtait pas ? Qui sait si cette main ne désirait pas une consécration ? Il voulait que l'ombre de son amour abritât ses rapports avec sa divinité. Il se cachait pour allumer cette bougie, qui était devenue une chandelle. Il se cachait pour descendre. Il se cachait pour remonter. Il inventait à son absence des prétextes bizarres que le feu de ses yeux démentait. Car il avait un regard particulier qui disait malgré lui à sa femme et à sa fille : – C'est là que je vais.

Et elles tremblaient de tous leurs membres. Car elles sentaient que l'idole de Ludovic allait demander à l'idolâtre quelque sacrifice nouveau qui nécessairement retomberait sur elles. Car lui, à cause de son amour, ne sentait pas le sacrifice, ou ne le sentait que dans la mesure nécessaire pour le goûter. Mais elles, elles le sentaient parfaitement et doublement. Elles le sentaient en lui-même, et elles le sentaient dans l'horreur que leur inspirait sa cause.

Elles auraient mieux aimé avoir perdu leur fortune par quelque événement extérieur, pour n'importe quel désastre ou révolution. Mais être tombées de la richesse dans la misère parce que leur fortune s'était abîmée dans leur cave, être dévorées vivantes par ce monstre sourd, aveugle et muet, qui était là, invisible et tout-puissant, réclamant chaque jour une proie nouvelle, mangeant le pain des deux femmes pauvres, comme il avait bu le vin des deux femmes riches, c'était passer à la fois par les douleurs de la terre, et par celles de l'enfer.

L'enfer ! Elles en parlaient continuellement, quand Ludovic descendait l'escalier, Elles étaient presque arrivées à croire que chaque soir il y allait réellement, et quand il était dans la cave, devant son or, offrant son cœur, son âme, son esprit, son corps, sa substance, sa femme et sa fille, elles le voyaient au centre de la terre, adorant quelque bouc ou quelque crapaud. Elles le voyaient au sabbat, et leur imagination, qui avait l'air de les tromper, leur disait des choses plus vraies et plus profondes que le tableau de la réalité.

Toute religion veut des sacrifices, et chaque soir, remontant l'escalier sombre, après avoir adoré, Ludovic décrétait une immolation. Que vendrai-je demain matin ? Il promenait sur les restes de sa maison désolée un regard menaçant. Sa femme et sa fille connaissaient ce regard. Elles tremblaient devant lui. Ce regard qui s'allumait, sinistre, dans la chambre mal éclairée, c'était le bûcher de l'idole sur lequel une victime nouvelle allait être consumée, c'était l'éclair de cette foudre hideuse qui tombait chaque matin sur la malheureuse habitation. Il était sournois, ce regard, il était circulaire ; il avait l'air à la fois honteux et souverain.

Pendant que Ludovic était en bas, dans la solitude, dans le recueillement, dans le silence, les deux femmes pensaient aux biens spirituels et temporels que l'idole avait dévorés. Elles disaient intérieurement : – Nous serions heureuses si le maître de la maison n'était pas méchant. Il nous aimerait ; l'union, la gaieté, l'aisance régneraient ici. Nous ferions des heureux. Nous verrions des pauvres sortir de chez nous, les mains pleines, et le visage gai. Nous verrions rire quelquefois ceux qui pleurent si souvent.

Elles faisaient des châteaux en Espagne. Anna se voyait apportant chaque jour aux enfants qui ont faim, sous les yeux de leur mère, non seulement le pain, mais le gâteau, non seulement le gâteau, mais des sourires avec des fleurs, avec des violettes au printemps, et des roses pendant l'été. Car elle eût voulu donner non seulement le nécessaire, mais l'utile et l'agréable.

Elle voyait, dans ce rêve de bonheur, la joie autour d'elle. Elle devinait la joie qu'elle eût sentie elle-même, et tout à coup, s'éveillant, elle voyait la tristesse et l'amertume présentes et réelles s'augmenter des désirs auxquels elle venait de s'abandonner, désirs dont la réalisation était à la fois si facile et si impossible. L'argent était là, sous la main, prêt, inutile, demandant à être employé.

– Ma fille serait mariée, pensait Amélie. Elle ne me parle pas de son avenir, et je n'ose pas l'interroger. Mais au fond que se dit-elle ?

Cependant Ludovic, qui très souvent se mettait à genoux pour compter son or, recommençait quand il avait fini, et recommençait encore et avait l'air de lui dire :

– Oui, mon or, regarde. Je suis à genoux ! pour toi j'ai tout sacrifié, c'est pour toi que j'ai égorgé ma femme et ma fille et les pauvres qu'elles nourrissaient. C'est pour toi que leur sang coule. C'est pour toi que je me suis réduit moi-même à une vie misérable. Je pourrais jouir en te donnant. Car tu représentes toutes les jouissances de la vie. Mais je t'aime pour toi-même, je veux souffrir et te garder. J'aimerais une vie large et facile. J'aimerais les réceptions ; j'aimerais les fêtes, j'aimerais les grands repas, les bals et les voyages. Mais j'aime encore mieux savourer le plaisir de te sacrifier tout cela. Et s'il n'y avait pas de sacrifice, où serait ton triomphe ? Oh ! jamais, jamais, ni pour l'empire de la terre ni pour l'empire du ciel, je ne consentirai à diminuer d'une pièce mon trésor, à compter mes pommes jaunes, et à en trouver une de moins, une de moins ! une de moins !

A ce mot : une de moins, Ludovic pâlissait. Et pour se rassurer lui-même contre cette hypothèse épouvantable, comme on se rassure au réveil contre les fantômes d'un rêve effrayant, il tâtait ses pièces d'or. Et dès qu'il les tâtait, sa passion changeait de nature.

Elle devenait cette chose mystérieuse et terrible, qu'il faut appeler avec une précision rigoureuse l'amour physique de l'or. L'or faisait briller ses yeux et bouillonner le sang dans ses veines. Il mettait la main sur sa poitrine, comme pour calmer les battements de son cœur. Entre son cœur et son or une certaine attraction s'établissait, mystérieuse et dévorante, qui usait sa vie et la consumait comme un cierge devant l'autel.

Cet or semblait animé. Le sang et l'or allaient au-devant l'un de l'autre. Ils avaient l'air de s'embrasser. Un jour, il se meurtrit les mains en serrant convulsivement et maladroitement la chose adorée, une goutte de sang vint au doigt meurtri, Ludovic vit cette goutte avec plaisir. Le sang toucha l'or et l'or toucha le sang.

Entre le sang et l'or les effluves magnétiques couraient comme des torrents. Par moments Ludovic regardait fixement l'or, et cette fixité était effrayante, et il lui semblait que l'or le regardait aussi, et qu'ils s'enivraient l'un de l'autre ; que l'or attiré par son regard, venait à lui, lui rendait sa passion. Ce n'était plus de l'attrait, c'était de la fureur. C'étaient des embrassements qui, aux yeux éblouis de l'adorateur enivré, semblaient des embrassements mutuels, donnés, rendus, dévorants, dévorés.

Il y a, entre les passions, des différences accidentelles et des ressemblances essentielles. Quand les ressemblances essentielles ont dévoré les ressemblances accidentelles, quand une seule passion a englouti toutes les passions, il se passe des choses effroyables. La nature humaine s'entr'ouvre, comme la terre dans un tremblement ; la nature humaine s'entr'ouvre, laissant voir ses abîmes.

Alors le contre-nature approche. Le monstrueux gronde dans le voisinage. La passion qui a dévoré les autres passions prend par moments leur figure. Elle étale aux yeux de l'observateur une face qui n'est pas la sienne, la face d'une autre passion, une face étrangère. Les passions qu'elle a mangées lui circulent dans le sang, et la font bouillonner de leur ardeur à elles. Sa fureur victorieuse emprunte quelque chose aux autres fureurs de la nature humaine qu'elle a consumées, sans les détruire, et dans les grondements de la passion qui s'assouvit, on entend des bruits étranges et singuliers ; ce sont les sanglots de l'autre passion qui ne s'assouvit pas, ce sont les rugissements de la passion égorgée.

Un soir, il arriva à Ludovic de se rouler sur son or. Dans les fureurs de son amour, il fit rouler un tas de pièces, et le bruit de cette chute le tirant de son extase, il pensa aux voleurs. Car il n'était pas assez réveillé pour comprendre ce qui arrivait. Des voleurs ! Il arma son pistolet : personne ne vint, bien entendu, et il comprit son erreur. Mais il ne se rassura pas. L'impression dura dans son âme plus longtemps que dans son intelligence. Il pâlit et chancela. Il vit par la pensée la scène qui eût pu avoir lieu. Il souffrit réellement presque autant que si les voleurs eussent été là ; il vit à quoi tenait l'idole, combien la chose était fragile. Une sueur froide le couvrit de la tête aux pieds. Il s'étendit sur son trésor comme s'il eût dit à quelqu'un : – Tu me tueras avant de le toucher, avant même de le voir. On eût dit une vestale devant le feu sacré qui s'éteint. Car, dans sa pensée, l'attentat était commis. Le sacrilège était consommé.

Enfin il se remit. – C'était un rat, dit-il. Très bien ; mais la porte ferme mal. On ne confie pas l'or à un bois vermoulu, et vaguement préoccupé d'une nécessité qui allait bientôt s'imposer à lui, il se remit à compter. Une pièce manqua, ou du moins Ludovic le crut. Etait-ce une erreur de sa part ? Une pièce avait-elle glissé dans une fente du plancher ? Quoi qu'il en soit, la chose est constante pour lui. Une pièce manque. Tout à coup le trésor entier apparaît comme rien devant Ludovic ; la pièce perdue apparaît comme tout. Il eût volontiers donné le reste, il le croyait du moins, pour retrouver la pièce qui manquait. Des souvenirs d'enfance se présentent à lui, comme dans des moments solennels. Ludovic revoit par la pensée un prêtre en chaire qui, aux jours de sa jeunesse, commentait l'évangile de la drachme. – Cet homme avait raison, pensait Ludovic ; la femme a dû abandonner tout le trésor pour chercher la drachme perdue. Ludovic recommença le compte. Cette fois-ci, deux pièces manquaient. – Je ne sais plus compter, dit-il, mes facultés s'altèrent. Cependant il était moins malheureux de deux pièces perdues que d'une. – Il est impossible, pensait-il, qu'on m'ait volé ici en ma présence, depuis tout à l'heure. Je me suis donc trompé. Mais il est nécessaire que j'aie un coffre-fort ! Et le prix de cet objet ! Pour garantir le trésor, il fallait l'entamer ! Ludovic recula devant cette dépense actuelle. – Non, dit-il, il n'y a pas de danger. C'est moi qui baisse, ce n'est pas lui. Et, pour se rassurer, il pensa qu'il ne savait plus compter. Il accusa ses facultés pour justifier son trésor ; il espéra que c'était lui, et non l'or qui diminuait. Cependant une vague inquiétude, plus forte que ses raisonnements, grondait en lui. Et le coffre-fort le suivit dans la journée, c'est-à-dire dans le sommeil ; car maintenant il dormait le jour. Enfin il annonça à sa femme et à sa fille qu'il allait faire un voyage, sans s'expliquer sur la cause et la durée de son absence. Il partit une nuit, vêtu d'une blouse. – Je me ferai passer, se dit-il, pour un paysan, pour un domestique. J'irai à Lorient où personne ne me connaît. Je dirai que je suis chargé d'acheter un coffre-fort, et si le prix est trop élevé, il sera toujours temps de partir. Je ne m'engage à rien, je vais essayer. Voilà tout.

Puis il enferma pour trois jours sa femme et sa fille chez lui, afin que sans s'en douter elles gardassent le trésor. Il leur laissa Mirro et du pain. Elles s'assirent terrifiées et attendirent.

V

Il partit à pied. Trois jours après, il était à Lorient. Pour se consoler lui-même de la dépense possible, probable même qu'il allait faire, il se disait chemin faisant : – Si j'avais fait comme les autres, si j'avais placé mon or, que d'accidents possibles ! J'aurais pu faire de mauvaises spéculations. J'aurais pu perdre plus que la valeur du coffre-fort et je n'aurais pas le coffre-fort.

Alors, comme un enfant qui se raconte une histoire effrayante, il se fit à lui-même le récit d'une spéculation qu'il aurait pu faire. Il se rappela un de ses amis, ruiné par un jeu de bourse. Le même malheur aurait pu lui arriver, et il se figura à demi que le même malheur lui était arrivé. Il se raconta le roman de sa ruine avec une vraisemblance parfaite et des détails merveilleux. Il fit exprès un rêve épouvantable dans l'intention de jouir du réveil prévu. Et il se dit au réveil : – Je ne perds que le prix de mon coffre-fort, et j'assure au trésor complet une sécurité éternelle. Non, non, je n'ai pas joué à la Bourse, non non, je ne jouerai pas. Non, je suis prudent, et je mets fin pour toujours aux possibilités renaissantes d'une inquiétude qui ruine ma vie. A Lorient il se fortifia par ces pensées. En face du marchand, il se fit un visage impassible, pour n'éveiller aucun soupçon.

– Montrez-moi, dit-il, plusieurs coffres-forts.

On lui en montra de plus ou moins solides. Les plus solides étaient nécessairement les plus chers, et un combat, prévu par lui, se livra dans son âme.

Habituellement il sacrifiait tout à l'or ; mais ici, pour la première fois, il fallait sacrifier l'or à lui-même. Il avait immolé les autres choses de sa vie, y compris toutes les passions, à l'avarice ; mais voici que l'avarice entrait en lutte contre elle-même.

Un coffre-fort moins cher, mais un coffre-fort moins solide ! Ou bien un coffre-fort plus cher, mais un coffre-fort plus solide !

Moins d'or à donner aujourd'hui, mais moins de sécurité pour le trésor complet ! Plus d'or à donner aujourd'hui, mais plus de sécurité pour le trésor complet !

Un déchirement moins grand, mais suivi d'une, inquiétude éternelle, et peut-être d'un regret affreux. Un déchirement plus grand, mais suivi d'une tranquillité magnifique et merveilleuse.

Des images contradictoires tournoyaient devant ses yeux, et faisaient pencher son âme vers des résolutions contradictoires. Tantôt il se voyait payant, versant l'or, et le moins cher des coffres était encore trop cher ; il ne voulait plus rien. Le bois suffisait. Il adorait le bois, il détestait son voyage.

Tantôt il se figurait le voleur et son invasion victorieuse, et son œil injecté de sang se posait avec amour sur le coffre le plus invincible. Cette dernière image entraîna sa résolution suprême. Mais quand il voulut parler, les battements de son cœur lui coupèrent lu respiration. Il s'arrêtait à chaque syllabe ; craignant d'être trahi par son balbutiement, et désigné comme le riche achetant pour son compte, il fit semblant de mal savoir le français. Alors le vendeur parla breton pour le mettre à l'aise. Ludovic, ne comprenant pas, sentit grandir son trouble. Pâle comme un mort, il désigna du doigt le coffre le plus solide. Peut-être puisa-t-il dans l'accès même de son trouble la force de faire ce choix. Car, ayant à peu près perdu conscience de lui-même, il ne vit pas d'un coup d'œil le sacrifice tout entier. Il y a des grâces d'état. L'obscurcissement de sa vue lui donna la force de payer. La douleur physique de lâcher l'or vint au secours de son âme brisée. Le trouble de son sang, quand ses doigts lâchèrent l'or, mit un nuage devant ses yeux. Il agissait dans un demi-évanouissement, et la douleur physique, amortissant la douleur morale, fit pour lui, pendant l'achat, l'effet du chloroforme dans une opération. Le coffre n'était pas facile à ouvrir, la clef ne suffisait pas.

Il fallait écrire des mots avec des lettres mobiles et tournantes sur les cercles métalliques et tournants qui pivotaient autour de la serrure. Cette précaution luxueuse, qui donne aux coffres-forts un air de magie, rappelle le : Sésame, ouvre-toi. La clef seule ne servait à rien. Celui-là seul pouvait ouvrir qui savait le mot fatal, et pouvait faire tourner les cercles de façon à l'écrire.

Je renvoie le lecteur, pour plus de détails, à l'examen mécanique des coffres-forts perfectionnés.

Pendant l'explication, Ludovic pâlit plusieurs fois. Le marchand se disait : En voilà un qui a l'air échappé du bagne. Mais cela ne me regarde pas. Il a payé : qu'il aille se faire pendre ailleurs !

Pour le retour, Ludovic acheta une barrique, y introduisit le coffre-fort, et, vêtu en charretier, conduisit la charrette qui portait le trésor.

– Au moins, se disait-il, à présent je suis en sûreté. Il n'y a plus rien à craindre. Je réponds de mon avenir. Ainsi parlent les gens qui viennent de signer leur arrêt de mort.

De Lorient à Hennebont, la route est pleine de côtes. Le regard de Ludovic, plongeant dans les vastes horizons des montagnes, s'assurait à toute distance, devant lui, derrière lui, qu'aucun ennemi n'était là.

Pendant une côte, comme il était descendu, pour diminuer la fatigue de ses chevaux, il vit un voyageur qui suivait la route pédestrement. Le voyageur, dont l'âme s'exaltait en face des chaînes de montagnes, et dont la pensée grandissait avec l'horizon, était un jeune homme pauvre. Voyant un malheureux roulier dont la tenue et la figure exprimaient une misère inexprimable, il se trompa sur la nature de cette misère et croyant rencontrer un homme à jeun depuis plusieurs jours, il s'approcha discrètement de lui, et presque rougissant, lui mit cinq francs dans la main.

Ludovic fit un mouvement où l'étonnement qui allait naître, mourut avant de naître et mourut dans la joie. Il accepta, baissant la tête.

– Je ne me trompais pas, répondit le jeune voyageur qui avait autrefois demandé Anna en mariage et qui passait, sans le reconnaître, auprès du père d'Anna. Mais comme la misère rend sauvage !

Cependant, me direz-vous, la famille ne mourait pas de faim. L'argent sortait donc quelquefois de la maison. Non ! Une ferme qui était la propriété personnelle et inaliénable d'Amélie fournissait en nature le strict nécessaire.

Quand le strict nécessaire était dépassé, Ludovic vendait le surplus. Et la chose transformée en argent ne bougeait plus désormais. Il se passait ainsi un phénomène directement contraire à la nature des choses. La nature des choses veut que l'argent, c'est-à-dire l'espèce, se transforme en substance. La pièce de cinq francs peut devenir poulet ou livre, nourrir le corps ou l'esprit, faire du sang ou des idées. Dans la maison de Ludovic le contraire arrivait. Les choses naturelles se changeaient en argent, non pas pour redevenir ensuite choses naturelles, et rentrer dans le jeu de la vie, mais pour rester métal à jamais. Ce n'était pas l'espèce qui devenait substance, c'était la substance qui devenait espèce. La nature devenait métal. L'objet sortait alors de la circulation, dépouillait sa forme périssable, et entrait dans son immortalité.

Quand la barrique entra dans la cave, ce fut pour Ludovic un moment solennel. Personne n'avait un soupçon, le voyage s'était fait avec une tranquillité relative. Il remit au lendemain l'encaissement du coffre. A la première visite que Ludovic fit à son trésor, il compta avec une certaine anxiété. La pièce qui avait manqué ne manquait plus. Cette circonstance l'épouvanta. Un voleur était-il donc venu prendre d'abord et ensuite restituer ? Est-ce que sa femme, est-ce que sa fille auraient deviné ? Est-ce que, tentées par l'or, poussées par la misère, repoussées ensuite par le repentir ou par la peur, elles auraient pris et rendu ? – Quoi qu'il en soit, se dit Ludovic, je vais en finir avec ces terreurs. Désormais je n'ai plus rien à craindre.

Quand un homme se dit : Désormais je n'ai plus rien à craindre, habituellement son dernier jour approche.

La prétention au définitif est un défi porté à la force des choses, qui s'irrite de votre sécurité, et se charge de vous prouver que le provisoire est votre condition.

VI

Le lendemain, quand Ludovic installa le trésor dans le coffre, il sentit redoubler le respect et l'adoration dont il tremblait devant son dieu. En entrant dans le coffre, l'or lui parut encore plus vénérable. La divinité augmentait avec la sécurité. Quand l'opération fut faite, il regarda le coffre d'un œil fixe et ardent. L'or représentait tout, mais le coffre représentait l'or. Quand pour la première fois elle ferma la porte du tabernacle, la main de Ludovic tremblait. Oh ! cette clef ! où la placer pour être sûr de ne pas la perdre ! Il eût voulu la mettre au fond de lui, dans son cœur.

Oui, mais ce n'était pas tout.

Il fallait choisir un mot qui, écrit avec les cercles secrets, était aussi nécessaire que la clef à l'ouverture du coffre. Quel mot choisir ? Le mot allait devenir sacré lui-même. Le mot allait s'identifier avec l'or. Le mot allait devenir au coffre ce que le coffre était à l'or, ce que l'or était à la nature. Le mot allait devenir l'ange gardien de l'or. Plus que cela, car sans le mot tout devenait rien.

Le mot allait devenir dieu.

Il y avait quatre cercles, dont il fallait quatre lettres. Voici le grand jour, dit Ludovic, et il convint avec lui-même que le dernier mot qu'il prononcerait en présence de son or aurait quatre lettres, et que ce dernier mot serait le mot du jour, et que chaque jour le mot serait changé.

– Voici le grand jour, dit-il, et avec les cercles métalliques il écrivit : *Jour*.

Il trembla jusqu'au lendemain comme s'il eût craint de ne plus savoir ouvrir le coffre. Il craignait, sans savoir quoi. Il touchait la clé plusieurs fois par minute. Le lendemain, il descendit plus tôt qu'à l'ordinaire. Il essaya ; tout allait bien.

Ce jour-là, il jeta un regard de convoitise sur le trésor avant de l'abandonner.

– On dirait que je désire cela, pensait-il. On peut donc désirer ce qu'on possède. Tout cela est à moi : *aurum meum*. Et il adopta le mot : *meum*. Le latin lui sembla doux à cause du secret plus grand. Un autre jour, il écrivit : *amor*, et le lendemain : *meus*. Le surlendemain, il écrivit : *Dieu*.

Il s'élevait de la pratique à la théorie, et venait de déifier l'or.

Le lendemain, à l'heure de la visite, heure qui s'avançait et s'allongeait tous les jours ou plutôt toutes les nuits, le voici qui descend comme à son ordinaire au lieu ordinaire, et là, au moment de toucher le coffre, il s'arrête et demeure immobile.

Une sueur froide le couvre, ses yeux se ferment ; il dit tout bas : – Non, non, je me trompe, je me trompe. Ceci n'est pas vrai ; c'est un rêve.

Et il s'assit en disant :

– C'est un rêve ! C'est un rêve ! Ces choses-là n'arrivent pas. C'est un rêve.

Il resta assis, la tête entre les mains, et ne pouvant pas même crier. Cette impuissance le rassura, et le confirma dans l'hypothèse d'un rêve. – En rêve, se disait-il, on essaye de crier. On ne peut pas, et un instant après, on se réveille.

Et il essaya de se retourner brusquement, pour se réveiller. Il se retourna, mais s'aperçut avec désespoir qu'il ne se réveillait pas.

La sueur devint alors plus froide ; il n'osait pas se parler à lui-même ; il fermait les yeux sur lui-même. Il essayait de retenir la respiration, et se répétait machinalement :

– Non, non, non, cela n'est pas possible. N'est-ce pas que cela n'est pas possible ? Et il semblait interroger quelqu'un qui n'était pas là, et se faisait faire des réponses rassurantes qui ne le rassuraient pas.

Cet homme, plaidant auprès de lui-même la cause du rêve, et perdant son procès, était épouvantable à regarder. La réalité s'attestait à lui.

IL AVAIT OUBLIÉ LE MOT !

Le coffre ne s'ouvrait plus, et ne pouvait plus s'ouvrir. Il avait oublié le mot !

L'espérance de rêver s'enfuyait, plus rapide de seconde en seconde. Il avait oublié le mot !

Que faire ? Le demander ? A qui ? Personne ne le savait. Il était son unique confident, et il avait oublié le mot !

Non seulement il avait oublié le mot, mais il l'avait oublié profondément. Il y a des degrés dans l'oubli. Le mot qui s'échappe laisse entrevoir la distance qu'il a parcourue en s'échappant. On se dit : – Je vais le rattraper ; il est là, sur le bord de mes lèvres, ou bien on se dit : – Non ! je ne sais pas dans quelle direction il s'est envolé. Ici c'était la dernier cas qui se réalisait. Le mot ne voltigeait pas autour de la tête de Ludovic. Il le sentait loin, bien loin, horriblement loin, épouvantablement loin. Avec cette intuition que donnent les sentiments extrêmes, il se dit : – Non, c'est fini. Je ne me souviens pas, et même je ne me souviendrai pas. Ou plutôt il ne se dit pas cette phrase, car il y a des phrases qu'on ne se dit pas ; mais elle se dit elle-même au fond de lui, malgré lui, et lui, il resta assis, la tête dans ses mains, demandant la folie et la folie ne venait pas. A qui la demandait-il ! Il ne le savait pas lui-même.

Jamais il n'avait cru en Dieu, et en ce moment-là même il ne priait pas ; car la prière comporte au moins une ombre d'espérance ; mais il faisait la chose qui ressemble à la prière comme une pierre taillée en forme de cœur humain ressemblerait à un cœur humain. Il ne pleurait pas. Il cherchait à perdre conscience de lui-même, et la fureur de son désespoir devint une sorte d'absence dans laquelle il se réfugia un moment, et de laquelle il fut violemment arraché par un souvenir net de lui-même. Alors il poussa un cri, s'arracha une poignée de cheveux, se frappa la tête contre le coffre-fort, et jouit, un moment, de la douleur physique qui lui procurait une autre sensation que la sensation morne et uniforme de son désespoir. Mais la douleur physique passa, et il se retrouva noyé dans l'océan de son désespoir, océan sans rivage et sans effet de lumière, sans nuage, sans vague et sans accident.

Au bout d'un instant il sortit et se cacha. Il soupçonnait vaguement que sa figure était effrayante ; car les choses violentes et voisines de la folie sont pleines de lucidité. Son instinct le portait à se cacher. Mais il ne se cacha pas toujours. Il avait passé la nuit dans la cave. Vers l'heure du déjeuner, il reparut, poussé par l'instinct de ne pas se trahir et de respecter ses habitudes.

Anna, qui le vit la première, jeta un cri. Les cheveux de son père, noirs la veille, étaient blancs ce matin. Elle alla prévenir sa mère. Le déjeuner fut terrible. On se mit à table, mais personne ne mangea.

Ludovic épiait les paroles qui auraient pu sortir de la bouche des deux femmes ; car peut-être elles allaient prononcer le mot, et toute conversation prenait dès lors pour lui un suprême intérêt.

Mais personne ne parla. Chaque bouche qui s'ouvrait pouvait prononcer le mot. Dès lors toute articulation d'une langue, d'une lèvre humaine devenait pour Ludovic quelque chose de sacré comme l'espérance. – Je le reconnaîtrai, se disait-il, quand quelqu'un le prononcera. Il me semble que c'est un mot qu'on prononce très souvent.

Quand Amélie entra dans la salle à manger, à la vue des cheveux blancs, elle dit tout bas en regardant sa fille : – Oh ! mon Dieu !

Ludovic qui ne perdait aucune syllabe, tressaillit quand le mot Dieu fut prononcé, mais il tressaillit sans reconnaître.

Alors il prit un livre. – Je rencontrerai le mot, se dit-il.

Et il lisait, et il lisait, et il ne rencontrait pas le mot, ou, s'il le rencontrait, il ne le reconnaissait pas. Le premier livre qui lui tomba sous la main fut un livre d'astronomie. – Ce n'est pas cela, dit-il. Un instinct vague le portait vers les livres de piété. Il en demanda un à sa femme qui trembla d'étonnement et qui dit à Anna :

– Est-ce qu'il se convertirait ?

– Non, répondit Anna, car sa figure est toujours sombre.

Il lut et ne trouva pas. Alors il prit le dictionnaire. Il lut et ne trouva pas. La page qui contenait le not *Dieu* était collée. Ludovic la sauta sans s'en apercevoir. Il arriva à l'I, et au mot IDOLE, il jeta un cri. Ce qui se passa en lui, échappe à l'analyse. Il croyait que c'était le mot, et il sentait que ce n'était pas lui. Moralement, pour Ludovic, c'était lui. Matériellement, ce n'était pas lui. Alors il chercha un dictionnaire des synonymes, mais les ironies de la langue l'égaraient au lieu de l'éclairer. Il lui semblait entendre autour de son désespoir les ironies du langage qui lui cachait le trésor et ne lui montrait que ses voisins. Comme il arrive quand les enfants jouent à cache-cache, le langage lui disait par moments : *tu brûles ; tu brûles*, mais au moment de se livrer, le mot branlait et disparaissait dans l'inexorable nuit d'un oubli sans retour.

– Voyons un peu, se dit-il, dans quel ordre d'idées étais-je, quand j'ai choisi le mot ? J'avais pris : *Amor*, puis meus. Il s'agissait de ce qu'on aime, de ce qu'on peut aimer, de ce qui est aimable, de ce qui est adorable. – Voyons, qu'est-ce qu'on peut adorer ?

A ce dernier mot, la pensée de Ludovic qui avait essayé de se ressaisir, et de devenir froide pour devenir lucide, s'échappa et mourut dans un cri de douleur.

– Ah ! mon Dieu, cria-t-il, s'arrachant les cheveux et se roulant par terre, ah ! mon Dieu ! mon Dieu !

ET IL DISAIT LE MOT
ET IL NE LE RECONNAISSAIT PAS !

Il ne le reconnaissait pas, parce que ce n'était pas un mot, c'était un cri ! Et il ne savait pas que le cri était un mot ! Symbolisant à lui seul tout le peuple des idolâtres, qui prononcent le nom de Dieu dans les accidents d'une phrase banale ou dans les contorsions d'une phrase désespérée, il se roulait par terre, en criant : – Ah ! mon-Dieu ! mon Dieu ! Et le nom de Dieu, à force de ne plus rien signifier pour son esprit, ne signifiait plus rien, même pour son oreille. A force de ne rien signifier, ce mot avait fini par ne plus être, pour Ludovic, un mot. A force de n'avoir pas pour Ludovic de sens, ce mot avait fini par n'avoir plus, pour Ludovic, de son !

Et il se roulait à terre, les yeux hors de la tête, criant : – Mon Dieu ! mon Dieu !

Et il cherchait dans son esprit, il cherchait d'une recherche désespérée le mot qui était sur ses lèvres, et le mot fuyait d'une fuite éternelle, parce qu'il était vide !

VII

La mémoire est un univers où les mots sont tenus et retenus à leur place par leur sens qui est leur poids ; le mot qui n'a plus de sens s'écoule comme de l'eau.

– Demain, se dit-il, ou j'aurai trouvé le mot, ou j'aurai cessé de vivre. Il n'avait pas le projet arrêté du suicide. Mais les situations violentes de l'âme mettent à découvert les choses cachées ; elles soulèvent quelqu'un des voiles sous lesquels l'inconnu dort. Les ténèbres serrées sont traversées par des éclairs, et Ludovic vit dans un éclair que l'instant suprême approchait.

Au même moment, Anna dans sa chambre, se sentit lassée d'une lassitude inconnue. C'était ce moment où l'on ne peut plus supporter l'existence. Une agitation profonde s'empara d'elle.

– C'est fini, dit-elle. Je ne puis plus ! ô mon Dieu ! Je ne puis plus !

Le père et la fille disaient à la fois : *mon Dieu !* le même jour, à la même heure ; ils le disaient à la fois mais ils ne le disaient pas ensemble. Pour l'un et pour l'autre ce n'était pas un mot, c'était un cri. Mais, pour le père, c'était un cri vide, partant d'un cœur mort. Pour la fille, c'était un cri plein parlant d'un cœur vivant. Pour le père, c'était moins qu'un mot. Pour la fille, c'était plus qu'un mot, plus qu'une idée, plus qu'un sentiment, c'était l'âme qui éclatait !

Quant à Ludovic, il allait devant lui, répétant : *Demain ! demain !* Et ce mot persistait dans son égarement.

Voici comment les choses s'étaient passées : voici le résumé de la vie de cet homme.

L'or, valeur représentative des choses, l'or qui n'est rien sans elles, avait dévoré les choses, et s'était fait adorer, indépendamment d'elles, pour lui-même. Ensuite l'or s'était identifié avec le coffre. Ensuite le mot du coffre, sans lequel le coffre n'était rien, le mot, valeur représentative de l'or, avait dévoré l'or lui-même. L'espèce avait dévoré les substances. Maintenant l'espèce de l'espèce dévorait l'espèce. Dieu avait été d'abord dévoré dans l'âme de Ludovic par les substances créées, puis les substances par les espèces, puis les espèces par le mot qui les représentait, et, ce mot était le mot : DIEU.

Dieu était le point de départ et le point d'arrivée. Ludovic qui avait fui Dieu, cherchait le nom de Dieu, et ne le trouvait pas.

LE NOM DE DIEU VENGEAIT DIEU.

Ce soir-là, Amélie et Anna tremblèrent d'un tremblement inconnu. Au moment où Ludovic remontait l'escalier, Mirro passait devant lui, la queue en l'air, et se jetait, avide de caresses, entre les jambes de ses deux maîtresses. Le chien, voyant l'avare, fit entendre un grognement et courut aux deux femmes comme pour les consoler. Ludovic le regarda fixement. C'est pourquoi les deux femmes tremblèrent.

Le lendemain matin, Ludovic sortit comme à son ordinaire : comme à son ordinaire aussi, il revint avec un acheteur. Celui-ci avait un fouet à la main. C'était ce moment hideux et effrayant où les deux femmes se disaient chaque jour : Quelle partie de nous-mêmes va-t-il nous arracher aujourd'hui ? Quelle dernière ressource, quelle dernière consolation allons-nous perdre ? Quoi morceau de notre vie va se détacher de nous ? Quelle victime va brûler sur l'autel du démon ?

Ce jour-là, leur anxiété était plus terrible qu'à l'ordinaire. Le temps d'ailleurs était à l'orage. Quelque chose d'inouï pesait sur l'âme des deux femmes.

Ludovic arrivait avec celui que sa femme et sa fille appelaient le bourreau. Les deux femmes s'enfuirent par un mouvement involontaire. Ludovic appela Anna, Anna, Anna !

La colère arrivait.

Anna parut.

– Où est Mirro ? dit Ludovic. Pas de réponse.

– Tu n'entends pas ! Où est Mirro ?

Anna, sans répondre, se jeta au cou de sa mère, en pleurant. Depuis la veille, les deux femmes avaient deviné sans oser le dire. Il y a des paroles qu'on ne peut pas prononcer. Elles n'avaient pas osé dire : Mirro va être vendu ! Mirro, le seul fidèle, Mirro, l'unique ami ! Mirro qui quelquefois ramenait encore le sourire dans la maison désolée. Ne sachant plus si elles étaient seules, ayant tout oublié jusqu'à leur résignation ordinaire, les deux femmes se jetèrent, devant l'étranger, aux pieds de Ludovic. Quant à Mirro, comme s'il eût compris, il s'était réfugié à la cuisine. Ludovic, d'un geste brusque, écarta et sépara les deux femmes qui pleuraient à terre, et appela : Mirro !

Le chien grogna, et ne vint pas.

– Ah ! tu ne veux pas, vilaine bête : je saurai te trouver peut-être. Et prenant le fouet des mains de l'acheteur il se dirigea vers la cuisine d'où venait le grondement. – Ici, Mirro ! – Mirro grogna profondément.

– Anna, dit Ludovic, appelle Mirro.

Anna pleurait à ne plus pouvoir parler. L'ordre d'appeler Mirro pour le trahir et le vendre lui fit éclater le cœur. Elle se tordait dans les sanglots.

– M'as-tu entendu ? dit Ludovic.

– Mirro ! dit Anna d'une voix étranglée.

Mirro accourut d'un air inquiet, lécha les mains à sa maîtresse pour la consoler, et son pauvre langage avait l'air d'un sanglot.

– Mirro, dit Anna, il faut nous séparer. Mirro fit entendre un gémissement.

Ludovic se disposa à le prendre pour le remettre entre les mains de l'acheteur. L'animal se coucha à terre et s'accrocha au plancher.

Ludovic embarrassé regardait l'acheteur. Un mouvement que fit celui-ci permit d'entendre dans sa poche un bruit de monnaie ; les yeux de Ludovic brillèrent et le demi-attendrissement qu'il venait d'avoir devant l'animal couché disparut.

Il prit le chien parle cou, comme pour le soulever, mais l'animal se fit lourd. Il refusa d'être emporté.

– Maman, dit Anna, fais tes adieux à Mirro, et allons-nous-en. Je ne veux pas que tu voies le dernier moment. Amélie, étouffant de sanglots, s'appuyait sur sa fille ! Elle s'approcha du chien, l'embrassa, et lui dit :

– Adieu, Mirro ! dans tous nos mauvais jours, tu nous a été fidèle. Seul tu nous as aimées. Seul tu nous as caressées. Tu sais bien que c'est malgré moi que je te quitte. Seras-tu heureux là-bas ? Auras-tu seulement à manger ? Penseras-tu à nous ? Monsieur, dit-elle, contenant son horreur, et parlant à l'acheteur sans le regarder, soyez bon pour Mirro ! Et elle tenait toujours la tête du chien dans ses mains et sous ses baisers.

– Viens, maman, dit Anna, sortons. Et la jeune fille entraîna sa mère qui se laissa faire sans savoir où elle était. Comme elles passaient la porte, le chien s'élança pour les suivre. Ludovic ferma la porte brusquement.

L'avare, l'acheteur et le chien restèrent en présence ; mais le chien, qui, devant les deux femmes, n'avait été que tendre et caressant, changea de physionomie devant les deux hommes. Sa douceur le quitta avec ses deux maîtresses, et il toisa les deux individus avec un regard plein de colère.

Il fallait pourtant le prendre, l'enchaîner, l'entraîner. Mais, entre les deux hommes, c'était à qui ne l'approcherait pas. Mirro reconnaissait bien Anna et Amélie pour ses maîtresses ; il ne reconnaissait pas Ludovic pour son maître. L'avare n'était pour lui qu'un ennemi.

L'acheteur s'avança. – Le chien grogna.

L'acheteur s'avança. – Le chien montra ses crocs.

L'acheteur s'avança. – Le poil de Mirro se dressa.

L'acheteur s'avança : Mirro devint si effrayant, que l'acheteur recula. – Jamais je n'ai vu pareille chose, dit-il ; je repasserai demain. Et il sortit avec la rapidité d'un homme qui a peur et qui ne reviendra pas. A peine la porte était-elle fermée sur lui qu'il se passa une chose épouvantable. Ludovic leva le fouet sur le chien, pour le punir ; le chien lui sauta à la gorge ; l'homme jeta un cri rauque ; le chien ne lâchait pas. Ses yeux jaunes si caressants avaient pris une expression effroyable, et il mordait et il étranglait. L'œil en feu, le poil hérissé, il avait l'air incrusté dans celui qu'il égorgeait. L'homme et la bête avaient l'air de ne plus faire qu'un. Les yeux, démesurément ouverts, ne clignaient plus. La gorge dévorée rendait des sons étranges qui allaient en s'affaiblissant. Les efforts de Ludovic exaspéraient la fureur du chien. Le râle de l'homme faiblissait, et le chien ne lâchait pas. Les dernières convulsions tordaient le misérable et le chien ne lâchait pas ; un cri voulut sortir de sa gorge serrée. « Ah ! mon Dieu ! »

Et ses cheveux se dressèrent ! Dieu ! Voilà le mot ! Il le reconnaissait ! Le mot ! le mot ! le mot ! le mot ! Et il n'était plus temps ! Le mot cherché avec toute la fureur du désespoir brûlant, toute la patience du désespoir suprême, morne et muet, le mot cherché à travers les conversations, les livres et les dictionnaires ! Le mot pour lequel il s'était suspendu, haletant, aux lèvres de quiconque prononçait un mot ! Le mot ! voilà le mot et Mirro ne lâchait pas !

Et cette fois-ci Ludovic reconnaissait le mot, parce que le mot avait repris dans ce moment-là un sens pour lui. L'approche de la mort lui avait rendu un son, un sens ; l'approche de la mort avait jeté sur lui une lumière, et Ludovic se souvint de l'avoir prononcé dans son désespoir, et de ne pas l'avoir reconnu ; le mot, c'était le mot ! Et maintenant il le reconnaissait, et Mirro ne lâchait pas !

Pendant ce temps les deux femmes parcouraient les rues, sans parler, cachant leurs larmes sous leurs voiles. Il y a des circonstances dans la vie qui peuvent donner à un chien des proportions gigantesques. Le dernier ami, quel qu'il soit, devient une créature d'une espèce à part. Au bout de deux heures, épuisées, mais ne sentant pas la fatigue, elles se trouvèrent devant leur porte et hésitèrent à rentrer. Revoir sans Mirro la maison où Mirro les avait aidées à supporter la vie, appeler Mirro et ne pas recevoir de réponse, se lever le matin, se coucher le soir, ne voir personne, ne sentir que la tristesse, et ne plus même apercevoir Mirro, Mirro remuant la queue !

Enfin elles entrèrent.

Mirro courut à elles, l'air doux, le corps mou et flexible, plein de tendresse, plein de caresses, et il les léchait, et il les dévorait, et il avait l'air de leur dire : – Maintenant nous sommes libres, soyez heureuses !

Et à l'autre extrémité de la chambre, il y avait un cadavre tordu, les yeux sanglants à peu près sortis de la tête, les bras et les jambes qui, déjà dans la mort, semblaient encore dans la convulsion, une bouche crispée, un front livide : la dureté était encore là. Il avait l'air de maudire. Le cadavre semblait déjà vieux en tant que cadavre, et la pourriture, semblable à un avare qui voit enfin rentrer son argent, avait l'air de lui dire : – Je suis pressée, embrassons-nous ! Il y a longtemps que je t'attendais !

2.
DEUX ÉTRANGERS

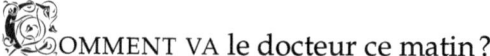OMMENT VA le docteur ce matin ?

– La nuit n'a pas été bonne.

– Lui qui guérit si bien les autres, il ne peut donc pas se guérir lui-même ?

– Ah ! ne m'en parlez pas. Nous sommes au désespoir. Mourir à trente-cinq ans ! un homme si bon et si savant !

– Mourir dites-vous ? Il va mourir ?

– Mais, Monsieur, s'il continue à ne pas manger, la chose est certaine ; il va mourir.

– Et vous ne pouvez pas le faire manger ?

– Si je le pouvais ! si nous le pouvions ! si quelqu'un le pouvait ! Tous les premiers médecins de Paris se sont réunis ici hier matin. Ils ont causé deux heures. Mais que voulez-vous ? Comment faire vivre un homme qui est dans l'impossibilité complète de manger ?

Ce dialogue se tenait à la porte de William, illustre et grand docteur en médecine qui mourait d'un mal inconnu.

Un de ses amis interrogeait le domestique du médecin, et n'en pouvait tirer que la réponse ordinaire :

– Le docteur ne mange pas.

Depuis longtemps William avait perdu l'appétit.

– Je ne trouve plus de goût à ce que je mange, disait-il quelquefois.

Néanmoins, ce mal demeurait dans des limites supportables. William mangeait peu et sans appétit, mais il mangeait assez pour vivre. Insensiblement, cet état devint plus grave ; William tomba dans une tristesse extraordinaire. Rien dans le monde entier ne l'attirait plus ; ses sentiments s'éteignaient un à un ; lui, dont l'ardeur avait été proverbiale, il devenait indifférent. Indifférent ! quelle parole ! Sa passion pour la médecine était seule vivante dans la ruine de son âme et de son corps. Mais un jour vint où cette passion elle même baissa. Alors tous dirent : William est perdu !

Les médecins, ses amis, vinrent lui soumettre des cas difficiles, le consulter sur des choses intéressantes, lui poser des problèmes que seul il pouvait résoudre. William répondit d'un air distrait.

On le mit sur la voie d'une grande découverte. Lui dont ce mot seul, *découverte,* suffisait pour allumer le regard, lui, William ne répondit pas et s'étendit sur un canapé.

Cependant il cessait de visiter ses malades, les recommandait à ses confrères avec l'air négligent d'un homme malheureux qui s'acquitte par devoir d'une commission. La tristesse devint immense en lui et autour de lui.

– Qu'as-tu ? lui dit Robert, son meilleur ami.

– Justement, je n'ai rien, répondit William. Ne me demande pas ce que j'ai ; demande-moi ce que je n'ai pas. Il faut avoir, et je n'ai pas.

– Mais de quoi as-tu besoin ?

– J'ai besoin de quelque chose ; voilà tout !

– Mais enfin ?

– Voilà le commencement et la fin : J'ai besoin de quelque chose.

– Tu n'as pas d'appétit ?

– Je meurs de faim.

– Et pourquoi ne manges-tu pas ?

– Parce que je n'ai pas la chose dont j'ai faim ; cette chose-là me manque.

– Et quelle est-elle ?

– Je ne sais pas.

On essayait chaque jour un mets nouveau. Jamais repas ne fut préparé avec le travail qu'exigeait chaque jour chaque repas de William, et chaque jour ce travail était également inutile. Il s'asseyait à table d'un air triste et comme par complaisance, goûtait du bout des lèvres ce repas concerté par tous les savants réunis, se levait presque furieux, s'enfermait et on ne le voyait plus. Enfin, le mal grandissait de semaine en semaine, la faiblesse était extrême ; une fièvre lente survint, les nuits étaient agitées ; les meilleurs amis n'étaient plus reçus ; William ne voulait voir personne, et Robert en était réduit à avoir avec le domestique qui gardait la porte de son ami le dialogue que nous avons entendu au commencement de cette histoire.

Que faisait dans sa chambre William enfermé ? Il écrivait. Je cite quelques passages.

Voici quelques pages d'un cahier qu'il tenait sous clef.

Je suis seul, bien seul. La porte est fermée, le verrou tiré. Je viens de regarder sous mon lit, sous mes meubles. Il n'y a personne ici, je suis parfaitement seul. Je peux me raconter à moi-même ma folie.

Personne n'entendra, personne ne doit entendre, car personne ne comprendrait.

Je vais mourir. Quand l'heure approchera, je brûlerai ce papier. Je me soulage en me parlant, car l'homme a besoin de dire. Mais je garde mon secret, et je suis seul, seul, seul au monde à le savoir.

J'aurais pu être heureux comme un autre homme. J'aurais pu regarder le jour, les jardins, sentir le parfum des fleurs ; j'aurais même pu être utile.

Il est fâcheux, il est fâcheux que cela soit arrivé. Cela ? Quoi donc ? Qu'est-il arrivé ? Je ne sais si je pourrai me le raconter à moi-même. Ai-je assez de confiance en moi pour me dire cette chose ?

O Dieu ! j'ai été un enfant. Pauvre jardin où je jouais à douze ans ! Pauvre jardin ! Etait-ce moi qu'on appelait William alors ? Etait-ce moi qui étais heureux quand je voyais s'ouvrir une fleur, moi qui m'attristais quand je me disais, à la fin du mois de mai : les lilas sont déjà passés ? Etait-ce moi qui regardais le ciel avec inquiétude, me demandant si le temps serait favorable aux graines que j'avais confiées en chantant à la terre féconde et généreuse ? O mon Dieu ! était-ce moi ?

Etait-ce moi qui jouais, moi qui travaillais ? Etait-ce moi, cet enfant gai, libre, léger, joyeux, blond, riant, au regard ouvert, qui sautait au cou de sa mère ?

O mon Dieu ! était-ce moi ? Est-ce-moi qui ai pleuré, à six ans, la mort d'un moineau ? J'essayais de le faire tenir debout sur ses pattes raidies, et chaque fois que retombait la pauvre petite bête, j'éclatais en sanglots. Comme j'étais heureux ! Comment donc faire à présent pour pleurer ?

Qu'ai-je fait, Seigneur, pour n'avoir plus le droit de pleurer, pour être condamné à ne pas pleurer ? Ah ! grand homme que je suis ! quelle atroce ironie ! On dit que je suis un grand homme ! J'entends parler de mon génie ! Je suis un médecin du premier ordre ; je suis un savant, et il y a des hommes qui me portent envie. Ah ! si j'étais méchant, et si j'avais le pouvoir de changer avec mes envieux, de leur passer ma science avec ses résultats, et de prendre à un paysan le plaisir qu'il a quand il mange son pain noir après avoir fait son ouvrage !

Son pain ? son ouvrage ?

Je n'aurais pas dû écrire ces mots-là, moi qui n'ai plus le droit de les prononcer. Son pain ? son ouvrage ? O pauvre enfant que je suis ! Il y a donc des êtres assez heureux pour faire leur ouvrage et pour manger leur pain ? Son pain ! son ouvrage ! O mon Dieu ! mon Dieu ! mon Dieu ! Seigneur, qui êtes invoqué dans les psaumes que chantent ceux qui peuvent chanter ; Seigneur, Dieu du roi David, faites que j'aime un jour mon pain et mon ouvrage !

Je m'étais pourtant promis de raconter mon histoire. On dirait que j'ai peur de me trahir en me la disant à moi-même, et que je recule le moment, comme si c'était un moment terrible.

Si ce papier tombait entre les mains d'un homme, cet homme me ferait des questions. Il m'interrogerait sur ma folie, comme moi-même autrefois j'ai interrogé des fous. Il faudrait lui dire si j'étais endormi ou éveillé, quand la chose est advenue. Il faudrait lui dire... mais qu'importe ? je n'ai pas de confidents. Je n'ai de compte à rendre à personne. Je vais dire ce que j'ai senti, comme je l'ai senti, sans rien analyser.

Voici le fait. Je l'ai vu, ou, du moins, j'ai cru le voir. Je ne sais ni son nom ni son âge. Mais je l'ai vu. Qui donc ? Lui ! lui, vous dis-je ? Il s'appelle *lui* dans mon âme.

Je ne sais ni à quel moment ni combien de temps je l'ai vu.

Je devais avoir environ vingt-cinq ans.

Depuis longtemps je désirais. Je désirais, sans savoir quoi. Mais enfin, je, désirais. Depuis longtemps ce qui m'entourait m'était devenu insuffisant. Les personnes et les choses avaient perdu, à mes yeux, leur beauté. Je désirais une beauté supérieure aux beautés connues.

Un jour, je m'abandonnais à ce désir vague, et je regardais couler l'eau de la rivière. Ce fut là, si je ne me trompe, qu'il m'apparut. Ce fut lui qui vint à moi.

– Mon enfant, me dit-il, tu es mon enfant, toi. Il y a douze ans que j'ai entendu cette parole.

Elle retentit encore au fond de moi : elle me brûle et me glace les os.

– Mon enfant ! tu es mon enfant, toi ! Voilà quel fut son premier mot.

Je compris. Aussi je ne lui demandai pas son nom. Je ne lui demandai ni d'où il venait, ni où il allait.

Je me dis intérieurement : c'est lui, c'est lui que j'attends.

Et lui, comme s'il avait lu dans mon âme, répondit tout haut à ma pensée.

– Oui, c'est moi.

Quelle voix ! Je lui dis alors ce que je venais de me dire à moi-même.

– C'est bien vous, n'est-ce pas, vous que j'attends ?

– Je t'ai déjà répondu, me dit-il ; ne me fais pas parler inutilement, car mes paroles sont précieuses. Il faut aussi, dans ton intérêt, qu'elles soient rares, car elles coûtent très cher. Je fais payer ce que je dis.

– Veux-tu la science ? dit-il, après un silence.

– Oui, répondis-je.

– Suivez-moi, me dit-il alors, et sa voix était changée. Elle était devenue plus grave et presque effrayante.

Il me conduisit dans un jardin où jamais je n'avais pénétré. Il marchait sans bruit, les feuilles mortes qui jonchaient la terre craquaient sous mes pas, et ne craquaient pas sous les siens. Le jardin traversé, il me conduisit dans une maison qui devait être la sienne. En franchissant le seuil de cette maison singulière, je sentis à ma joie et à ma terreur que j'entrais chez lui.

L'obscurité était profonde : il donna un coup sur je ne sais quel objet, et je le vis tenant à la main une lumière éclatante.

Puis il me conduisit par un long corridor dans la chambre où il devait me parler. Dans ce corridor, je me rappelle très bien que je le suivais à distance, évitant de le toucher. Je ne voulais même pas frôler ses vêtements.

Il me regarda en souriant, devinant ma pensée.

– Bien, bien, dit-il. Tu ne serais pas digne de moi, si tu n'avais pas peur de moi.

Il ouvrit devant moi la porte de la chambre ; je tremblais d'entrer.

Heureusement j'écris pour moi seul, ce qui me dispense de décrire la chambre. Tout ce que je puis dire c'est qu'il y était. Cette chambre le contenait ; je ne sais pas d'elle autre chose.

– A présent, lui dis-je, parlez. Vous savez que la terre ne me suffit pas. Allez-vous me montrer quelque chose de la grandeur de Dieu ?

Après un long silence, il prit, la parole. Combien de temps parla-t-il ? je ne sais. Je ne me rappelle pas un seul mot de son discours et quand je me rappellerais tout, je ne dirais rien encore, je ne répéterais rien de ses paroles ni aux autres ni à moi-même. Tout ce que je sais, c'est qu'elles ne sonnaient pas comme les paroles humaines ; je sais très bien qu'il parlait de Dieu, mais je sais aussi qu'en l'écoutant je m'attachais à lui et non à Dieu. Je sais aussi que j'avais peur, et, sentant vaguement que les choses divines sont calmantes, alors même qu'elles déclarent la guerre, j'avais peur d'avoir peur. Ma terreur s'augmentait d'elle-même. Je ne sais pas en quelle compagnie j'étais.

A la fin il sonna, on apporta un pain qu'il coupa en deux. Il prit une moitié de ce pain et me donna l'autre. Je sentis à la fois en cet instant un plaisir indicible et un malaise profond.

Je sentis à la fois une défaillance agréable et une inquiétude glacée. Je sentis ce malaise que donnent les choses surhumaines, quand elles ne sont pas divines, ce malaise sans nom qui ressemble à une avance que vous ferait le désespoir.

Je mangeai, et pendant que je mangeais, il me regarda avec une espèce de compassion, comme s'il eût dit :

– Pauvre enfant, désormais tu ne retrouveras plus de goût à ce que tu mangeras.

Pauvre éloquence humaine ! pauvre amour-propre humain ! pauvres gens de la littérature ! si vous aviez entendu ce que j'ai entendu !

Après avoir été inondé de ce feu étrange, pourquoi ne suis-je pas mort, puisque j'étais devenu incapable d'admiration, puisque l'idéal pour moi avait dépassé l'idéal des autres, et n'était plus à la portée de nos mains ?

Si devant un homme habitué à la lumière tempérée de nos chambres s'ouvrait une fenêtre par où l'échappée de vue fût incroyable, le paysage rayonnant, le jour tout autre qu'à l'ordinaire ; si, de là, se découvrait un horizon immense, un horizon que personne n'eût jamais soupçonné ; il dirait : Je suis bien petit, et je ne le savais pas. Mais si la fenêtre allait se refermer impitoyablement (et pour la refermer il ne faudrait qu'un peu de vent), la nuit de cet homme serait plus noire que celle des autres, et ceux qui n'auraient pas regardé par cette fenêtre ne sauraient pas pourquoi cet homme se tourne et se retourne sur son lit.

Horizon d'un instant, pourquoi t'ouvrir ou pourquoi te fermer ? O tentateur ! comme je te regrette en te maudissant ! Beauté ! beauté ! beauté ! pourquoi me poursuivre ! Ange de vie ou ange de mort, céleste ou fatal amour, ô mon destin ! pourquoi as-tu apparu, ou pourquoi as-tu disparu ? Pourquoi as-tu disparu, en disant : Tu ne trouveras plus de goût à ce que tu mangeras.

Je sentis, sans le comprendre, la vérité de, cette parole terrible. Devant mes yeux passa, en un instant, toute la vie humaine.

Parents, amis, travaux, plaisirs, devoirs, je sentis que tout, après l'heure que je venais de passer, me semblerait indifférent.

Je sentis que les paroles humaines seraient ridicules pour moi, après celle que je venais d'entendre.

Je sentis que le pain de l'homme, ce pain qui est fait avec le blé et le travail, serait insipide pour moi, après le pain que je venais de manger.

Je sentis en même temps un déchirement au fond de moi, comme si toutes choses m'abandonnaient, comme si je restais seul, à la fois loin des créatures et loin de Dieu. Je sentis la caresse du désespoir qui me passait doucement sa main froide sur le front pour m'isoler.

Quand Dieu sépare un homme des autres hommes pour l'attirer à lui, il en résulte, chez cet homme, le calme et le dévouement.

Mais la séparation que je venais de subir produisit chez moi le trouble et l'égoïsme.

Et depuis ce temps-là, rien ne me va plus, ni le printemps, ni les choses, ni les hommes, ni le travail, ni la vie, ni la mort.

Ceux qui entendraient ce mot, que personne ne doit entendre, n'imagineraient pas tout ce qu'il signifie : car ils l'entendraient en une seconde, ils ne subiraient pas en détail jour par jour, heure par heure, la condamnation que j'ai subie, la condamnation de ne rien aimer.

Je l'ai portée longtemps : la voilà qui devient trop lourde, et je meurs.

Je meurs, comme j'ai vécu depuis dix ans, sans avoir seulement une larme à donner, ni aux autres ni à moi. Mes os sont desséchés.

Les paroles qu'on prononce, celles qu'on lit dans les livres, les consolations usitées entre les hommes, ne sont pas à mon usage ; car toutes s'adressent à des vivants, et moi, je suis mort.

J'ai perdu le sens de la vie, et je suis condamné à agir sans sentir le goût des actions, à manger sans sentir le goût du pain, à serrer la main de mes amis, sans donner ni recevoir la chaleur, à parler sans ardeur, à écouter sans intérêt, à me trouver seul, où que je sois, à ne plus pouvoir dire à qui que ce soit ni : Mon père, ni : Mon frère.

Dieu seul, j'en suis sûr, pourrait combler l'abîme où je m'engloutis. Mais je ne sais pas la route qui mène à lui, s'il y en a une. Je ne sais comment crier, pour me faire entendre. Dieu est le Dieu des autres ! je ne m'aperçois pas qu'il soit le mien. De quel côté se tourner pour trouver Celui qui est grand, sans être fatal, assez grand pour combler, assez bon pour sauver ?

On dit que les condamnés embrassaient les autels et devenaient inviolables. De quelque nom qu'on vous nomme, Être inconnu que je voudrais aimer, dites où sont vos autels, afin que je trouve un asile contre moi-même, afin que je me sauve de moi-même, afin que le ciel me soit rendu avec les larmes, afin que je me jette en pleurant aux pieds du Dieu immense, aux pieds du Dieu retrouvé,! O grandeur! ô grandeur! si je savais qui vous êtes, si je savais, Seigneur Dieu, comment fléchir Votre Majesté, si je savais sur quelle poussière baiser la trace des roues de votre char, ah! comme je rirais et comme je pleurerais, et comme je bondirais, et comme je défierais du haut de mon triomphe le désespoir et l'ennui! O tremblant cœur humain que je porte en moi, comme tu t'apaiserais, et comme tu battrais, et comme…

William écrivait cette ligne quand on frappa violemment à sa porte. Il eut un accès de colère. Qui donc, malgré la défense, osait le déranger? Il ne répondait pas. La porte s'ébranla sous un effort vigoureux, et William vit apparaître un prêtre dont les pieds étaient nus, la robe percée et la barbe très négligée.

– A genoux! dit-il à William.

William s'agenouilla.

– Mon fils, dit le prêtre, je vais vous conduire chez un malade que vous seul pouvez guérir. Je ne vous demande pas si vous voulez me suivre. Je vous ordonne de me suivre.

William mit son chapeau.

– Je suis prêt, dit-il.

– Alors attendez, reprit le prêtre, et causons. Celui que vous allez guérir ne souffre pas tant que vous.

Vous vous trouvez trop misérable pour faire quoi que ce soit, et cependant rien ne vous paraît assez grand pour vous. Toutes choses vous paraissent au-dessous de vos désirs, et au-dessus de votre puissance. Ecoutez-moi : celui auquel vous pensez en ce moment vous a laissé la science, sans vous laisser la lumière. Or la science sans la lumière, mon fils, c'est le désespoir.

– Comment savez-vous à qui je pense ?

– Taisez-vous, reprit-il vivement. Pas de curiosité. Je suis ici pour vous guérir, et non pas pour vous amuser. Voulez-vous plonger dans les splendides abîmes de la lumière insondable ? Voulez-vous un pain de lumière pour vous nourrir ? Un manteau de lumière pour vous couvrir ? Le voulez-vous ?

– Oui, dit William. C'est singulier, pensait-il, celui-ci a quelque ressemblance avec l'autre ; seulement je n'ai pas peur.

– Ce pain et ce manteau, mon fils, reprit-il encore, c'est l'obéissance. Baisez trois fois la terre avant de lire la parole que vous allez lire.

William baisa trois fois la terre.

Le prêtre alors tira de sa poche un livre, et présenta cette ligne à William :

Per viscera misericordiæ Domini, in quibus visitavit nos Oriens ex alto.

Quand vous aurez faim et soif d'obéissance, dit-il après un long silence, le pain vous paraîtra bon.

Prenant alors les mains brûlantes de William, il les serra dans ses deux mains et, couvrant le malade d'un regard ardent, calme et souverain, il lui dit :

– A une âme comme la vôtre, blessée et altérée, faible et embrasée, misérable et dévorante, je ne dirai pas : résignez-vous, je dirai : réjouissez-vous. Je ne dirai pas : résignez-vous en regardant le charme de tel objet ou l'intérêt de tel acte isolé ; je n'essayerai d'aucun palliatif, je n'essayerai pas de vous distraire pour vous préparer. Non. J'irai droit à votre âme et je lui ordonnerai la joie, et je demanderai pour vous, au Dieu qui a obéi, la gloire et la joie d'obéir. Je comprends très bien que rien ne vous suffise. Honneur à l'insatiable ! Nous ne sommes pas ici pour nous contenter de peu. L'Infini ne veut pas qu'on se contente sans lui. Ni le ciel, ni la terre, ni les fleurs, ni les hommes ne remplissent en vous l'abîme béant qui demande : Mon enfant, embrassez-moi ! Et, au nom du Père, et du Fils et du Saint-Esprit, au nom du Consolateur, écoutez le secret, désormais votre conversation sera dans les cieux, désormais vous marcherez tête haute, portant Dieu en vous et contenant le Verbe. Désormais tous vos actes, *tous* (je n'excepte rien), seront ruisselants du sang de Dieu. Tout, tout, et mes lèvres qui vous parlent, et vos yeux qui m'écoutent, et votre tête qui pensera, et votre cœur qui battra, et votre main qui agira, et le pain que vous mangerez, et les cris que vous pousserez vers Celui qui entend tout ; et les soupirs et les larmes (car j'entends que vous pleuriez), et tout ce que je nomme et tout ce que je ne nomme pas, tout ce que je sais, tout ce que je ne sais pas, tout ce qui est en vous, tout ce qui n'y est pas encore ; tout ce que Dieu verra, et vos paroles et vos regards, ce qui est exprimable et ce qui est inexprimable, tout ira à la construction de la Jérusalem éternelle, à la formation du corps mystique du Christ. Cet autel, dressé au Dieu inconnu, que rencontra saint Paul sur le rivage où avait parlé Platon, puisque je le rencontre en vous, je vais dresser dans votre âme l'étendard qui jugera le monde ! Vous avez voulu les hauteurs, les voici ! Montez ! montez ! montez assez haut pour prononcer la parole que l'Aigle apocalyptique a entendu prononcer par la bouche des Trônes, pour prononcer cette parole :

Amen ! amen ! Voilà le mot du secret. Par ce mot, s'ouvriront devant vous les portes de la Vie éternelle où vous allez faire votre entrée triomphante !

– Maintenant, mangez, dit le prêtre à William. Le jeune homme jeta sur le vieillard un regard suppliant et craintif. Son œil bleu et pur était plein de larmes. William tremblait et se sentait rassuré.

– Mon père, dit-il à voix basse, suis-je guéri ? suis-je sauvé ?

– Oui, mon fils, répondit-il, vous l'êtes ou au moins vous le serez. Si Dieu ne se découvre pas aujourd'hui tout à fait et pour toujours, il se prépare, attendez-le. La route est longue devant vous, longue et superbe. Soyez fidèle.

Le moine tira un pain de sa poche, fit le signe de la croix, le bénit, et en posa la moitié dans la main tremblante de William, dont les doigts glacés n'avaient pas la force de serrer et de tenir.

– Du courage, mon fils, dit le vieillard ; celui qui vous a perdu vous a dit : Tu ne serais pas digne de moi, si tu n'avais pas peur de moi. Celui qui m'envoie pour vous sauver, vous dit : Tu ne serais pas digne de moi, si tu n'avais pas confiance en moi.

Vous n'osez pas manger, je le vois. Essayez donc. William porta le pain à ses lèvres et sauta au cou du vieillard avec un cri de joie.

– Maintenant, dit le prêtre, pensez aux autres. Si de mauvaises heures sonnent encore, songez qu'un des remèdes sera de penser aux autres. Je suis venu vous chercher. Quelqu'un vous attend. Autant que possible, mon ami, ne faites jamais attendre.

William fit atteler. Le vieillard monta en voiture avec la gaucherie de quelqu'un qui ne monte jamais en voiture.

Il donna au cocher une adresse. Les chevaux partirent, les deux voyageurs restèrent dans un silence profond. Le prêtre prit son bréviaire. William sentait que cet homme était capable de faire des choses immenses, sans sortir de ses habitudes, avec la simplicité et la régularité d'un enfant qui a des heures fixées pour le travail, des heures fixées pour le repos, et qui ne perd pas un instant. La voiture s'arrêta.

Le prêtre et William descendirent.

Une allée obscure, étroite, humide et froide les conduisit à un escalier de bois tournant en vis, et après avoir monté à tâtons cinq étages, ils arrivèrent enfin à une porte de bois vermoulu que le prêtre ouvrit en la poussant du doigt. La chambre était basse, petite, malpropre, sans ordre et sans lumière. Une veilleuse prête à s'éteindre éclairait faiblement de sa lueur lugubre ce réduit obscur en plein jour.

Le malade était couché dans un petit lit de fer. Il avait la tête découverte ; ses cheveux noirs tombaient à plat de chaque côté de son visage amaigri.

Sa pâleur était extrême. Sur son front grand et blanc, largement découvert, perlait une moiteur effrayante à voir. Ses mains décharnées étaient devenues presque transparentes et tombaient de chaque côté du lit. On eût pu le croire mort ; mais de temps en temps un léger frisson, comme pour trahir la vie, parcourait son corps et contractait légèrement ses lèvres minces et ses paupières fermées.

Une garde-malade, grosse femme de soixante ans, était lourdement assise et à moitié endormie au pied du lit, sur une chaise, car elle n'avait pas trouvé, dans la chambre, un fauteuil. Quand les arrivants entrèrent, elle se leva, recula sa chaise jusqu'à la cheminée où bouillait à petit bruit quelque cafetière de tisane, et jugeant que pour le moment son malade était assez gardé, elle s'endormit tout à fait.

Au bruit que fit la porte en s'ouvrant sous le doigt du prêtre, le malade ouvrit les yeux et se souleva légèrement. Tout ce qui restait de vie à cet homme s'était réfugié dans le regard. Au milieu de ce visage pâle s'ouvraient deux grands yeux noirs flamboyants, dont la prunelle tournoyante ne s'arrêtait jamais. Quelque chose de fixe comme un point blanc brillait dans cet œil toujours agité.

Un instant suffit à William pour s'habituer à l'obscurité, et il aperçut le grabat du malade. Leurs yeux se rencontrèrent, et avant que le prêtre eût pu se rendre compte de ce qui se passait, William recula jusqu'à la muraille, et chercha machinalement une chaise sur laquelle il tomba évanoui.

Le malade se souleva.

– Jetez-lui de l'eau sur la tête, dit-il au prêtre. Le prêtre fit ce qu'on lui disait, et, sentant William revenir à la vie : – C'était donc bien lui ! dit-il, et regardant le malade :

– C'était donc bien vous ? dit-il encore... Descendez, William, laissez-nous seuls un instant ; s'il le faut, je vous appellerai.

William sortit.

A la porte, qu'il laissa entr'ouverte, se montra le visage rose, la tête ébouriffée d'un enfant blond, qui se glissa d'un air sournois jusqu'à la vieille femme endormie et se blottit dans les plis de son jupon d'un air moitié curieux, moitié effrayé.

– Grand'mère, grand'mère ! dit-il à voix basse d'un ton suppliant ; mais il ne put la réveiller. Il s'arrêta, regardant le malade avec terreur, et le prêtre en souriant.

– Ainsi, c'était bien un homme ! disait William en descendant l'escalier. Je n'avais pas rêvé. Maintenant non plus je ne rêve pas. Les voilà en présence, sous le regard de Celui qui voit tout. Suis-je vivant encore ? O Dieu ! pardonnez-nous à tous !

Le prêtre et le malade restèrent en effet vis-à-vis l'un de l'autre.

– Monsieur, dit le prêtre au malade, je suis à vous.

– De quel droit ? répondit le malade. Ceux-là seuls sont à moi que j'ai choisis moi-même. Tenez, voilà l'enfant que j'avais choisi. Il m'abandonne comme les autres, parce qu'il faut que tout m'abandonne. Vous ai-je appelé ? Les hommes qui m'ont laissé vivre seul, ne me permettront-ils pas de mourir seul ? Qui vous dit d'être à moi ?

– Jésus-Christ, répondit le prêtre.

– Jésus-Christ ? dit le mourant. Je veux bien vous le dire, puisque vous voilà. J'ai porté un défi à Dieu. Je savais que Jésus-Christ était pour aller à lui, la route des *autres*. Je n'ai pas voulu qu'il fût la mienne. Ne me dites pas que Jésus Christ est Dieu, je le sais. Ne me dites pas que s'il est la voie, il est aussi le but, je le sais. Ne me dites rien, car je sais ce que vous me diriez. J'ai voulu le Père, et je n'ai pas voulu des moyens que le Fils a offerts aux autres hommes. Ne me dites pas non plus que je suis vaincu. Je le sais. Ne me dites rien. Je ne me conçois pas autrement que je ne suis. Faites comme William qui vient de s'en aller. Voilà l'enfant que j'avais choisi, ajouta-t-il après un silence.

– Voilà l'enfant à qui vous avez donné la mort, et par qui Dieu s'apprête à vous rendre la vie.

– La vie ? dit le mourant avec un sourire effroyable.

– La vie, dit le prêtre.

Il prit son crucifix, le posa sur la cheminée, et se prosterna profondément.

Ils étaient là tous deux immobiles comme deux morts, l'un dans sa prière, l'autre dans son blasphème. Le veilleuse jeta, comme au moment de mourir, une clarté un peu plus vive. La garde dormait, l'enfant, comme s'il eût fait trêve à sa vie propre, restait immobile et partageait le grand silence. On eût dit qu'il sentait, sans le comprendre, le combat qui se passait entre la vie et la mort.

Enfin, d'une voix douce, grave et pleine, le prêtre récita les sept Psaumes de la pénitence. Quand il prononça ces mots : *Rugïebam agemitu cordis mei*, le malade poussa comme un rugissement sourd qui ressemblait à la fois au râle de l'agonie et au cri du désespoir, et qui pourtant était moins lugubre que le silence glacé derrière lequel il s'abritait, comme pour en savourer à l'aise les approches, enfermé dans son isolement.

Les psaumes étaient terminés ; les murs eux-mêmes avaient dû entendre ce *De profundis* et ce *Miserere*, mais le mourant n'avait pas paru les entendre. Aucun effort ne lui pouvait arracher ni une parole, ni un signe de vie. Sans le mouvement de son œil, à la fois effroyable et rassurant, il eût paru mort tout à fait.

Le prêtre, penché sur le mourant, faisait pour lui arracher ou une parole, ou un regard, ou un mouvement intérieur et extérieur, ce qu'auprès d'une telle mort pouvait faire un tel homme.

A la fin, il se releva terrible à son tour.

– Cela ne sera pas, dit-il, Seigneur ! Cela ne sera pas ! Où est William ? Va le chercher, dit-il au petit enfant, descends et remonte.

William et l'enfant remontèrent. William examina le malade : – Il est absolument perdu, dit-il au prêtre en le prenant à l'écart.

– Je le sais, dit-il.

Puis il saisit par la main William et lui dit :

– J'ai souvent vu la haine ; je ne l'ai jamais vue telle que je la vois en vous. Vous allez dire qu'elle fait *un* avec vous, que vous ne concevez pas même par la pensée la possibilité lointaine du pardon, qu'avant de vous arracher la haine, je vous arracherais l'âme, que la pièce viendrait avec le morceau ; taisez-vous ! et dites le *Pater*.

Avant de prononcer ces mots : « Pardonnez-nous comme nous pardonnons, » visitez le dernier fond de votre âme, et ne dites cette parole que si vous pouvez, en face du ciel et de la terre, la prononcer sans peur.

Savez-vous quels sont, dans le monde invisible, les échos du pardon ! Donnez un pardon, William, pour que Dieu en fasse ce qu'il voudra, et priez, comme si vous-même alliez quitter ce monde, pour l'étranger qui va mourir. Descendez en vous assez profondément pour découvrir le lieu du pardon ; vous aurez trouvé le lieu de la prière.

Il y a des instants si suprêmes qu'en face d'eux l'homme ne se reconnaît plus. Habitué à glisser sur la surface de la vie, il ne se reconnaît plus quand il est jeté au cœur de la vie. Rien au monde ne nous semblerait si fantastique que l'apparition de la réalité, ordinairement invisible, et tout à coup aperçue ! William était dans un de ces instants. La clarté soudaine des choses troublait sa vue.

Le silence augmentait. La petite chambre, où combattaient le ciel, la terre et l'enfer, semblait vide. Car on n'entendait aucun bruit, si ce n'est le bruit régulier de l'eau bouillante, et on se voyait à peine. Les respirations ne s'entendaient pas, et comme un mouvement trop rapide pour être saisi, à force d'être intense, la vie semblait avoir disparu. Le personnage principal du drame avait absolument l'air d'un cadavre, et pourtant, sans aucune preuve extérieure, chacun sentait dans ce mourant une activité inexprimable.

Le prêtre promenait, de William au malade et du malade à William, ses regards ardents et calmes ; car même alors, il était calme, et la force contenue dans ce calme agrandissait encore l'émotion, en prouvant à tous au Nom de quelle puissance il agissait.

Auprès de William, il avait senti qu'il fallait parler ; auprès de l'étranger, il sentit qu'il fallait se taire. L'ardeur de sauver ces deux hommes, l'amour qu'il avait pour leur avenir humain et pour leur avenir éternel n'occupaient pas son âme tout entière. Il sentait qu'il n'avait pas seulement affaire à deux individus, mais que ces deux grands individus, représentants de l'humanité déchue, pouvaient devenir les représentants de l'humanité rachetée. Il contemplait en eux les faiblesses, les douleurs, les aspirations de ce tremblant cœur humain qu'il connaissait depuis longtemps, mais qu'il n'avait vu nulle part si plein de désirs et si plein d'accablements.

L'homme ignore ce qui peut se passer en lui, à l'instant où certaines choses qu'il a en puissance viennent en acte. Plongeant au fond de lui-même, le prêtre y saisit subitement d'une main sûre toutes les forces qu'il avait ramassées et préparées depuis longtemps, et les présentant ensemble à Celui qui voit tout, il resta sans parole, comme s'il eût été vide, et dit enfin :

– Seigneur, je ne vois, ni ne sais, ni ne puis. Mais ayez pitié de ces deux hommes entre qui vous m'avez placé : car vous êtes leur Dieu et ils sont vos créatures. La terre est trop petite pour eux : ne les repoussez pas de vous ; ne les éloignez pas de la fête éternelle, car vraiment ils ont besoin de joie, et la joie est un de vos dons. Ils ont épuisé les choses de ce monde ; ils étouffent ; ils ont besoin de franchir les bornes de notre atmosphère. O Dieu de délivrance, qu'ils saisissent enfin de leurs mains vivifiées la jeunesse et la résurrection. J'attends, Seigneur, j'attends : faites, faites. Amen aux explosions de la lumière qui va venir. Ne la ménagez pas, Seigneur ; faites-la couler sur nos fronts, sous nos pas ; car on ne sait où poser le pied, nous sommes encombrés de ténèbres. Amen aux splendeurs matinales de l'horizon qui s'allume, et que ces deux âmes soient délivrées ! Faites éclater votre voix qui soulage en parlant ! Esprit de paix, Esprit de joie, ô langues de feu, douces et dévorantes, souffle qui enflammes et qui rafraîchis, sérénité translumineuse, vivifiante, embrasante, devant laquelle meurt ma parole, j'ai prié, et j'attends. Du fond de l'abîme, Dieu de gloire, je vous parle pour eux dans toute la faiblesse, dans toute la terreur, dans toute l'impuissance, dans toute la solennité dont mon âme est capable. O lumière adorée, pour leur apprendre à dire : Amen ! ravissez-les jusqu'aux régions de la joie et de la foudre. Qu'ils disent Amen de plus près, Amen sur la montagne, Amen dans leur langue, dans la langue de leur patrie, dans la langue dont l'harmonie fait oublier, se souvenir, se reconnaître et pleurer ! Que leur Amen éclate enfin dans les cieux. William pleurait déjà ; l'étranger, pas encore. Une contraction nouvelle agitait sa figure mourante. Les teintes qui terminent l'agonie commençaient à paraître, et cependant le regard du prêtre s'éclairait, comme si, mêlées à ces teintes lugubres, il eût aperçu d'invisibles clartés.

– Mon père, dit William, voilà la mort.

– Mon fils, dit le prêtre, voilà la vie.

La garde dormait toujours ; l'enfant était toujours là, il promenait autour de lui son regard bleu et pur, effrayé, et ne comprenant pas.

Le prêtre alla vers lui, le prit par la main, le fit agenouiller au dos du lit, derrière la tête du malade, qui ne pouvait pas l'apercevoir, et lui dit tout bas : *Fais ta prière*. Puis, parlant en lui-même : – Cela presse, dit-il, mon Dieu ! puis, parlant à celui qui mourait : – Vous rappelez-vous, dit-il, que vous ne vous êtes pas créé vous-même !

Le petit enfant disait l'*Ave Maria* pendant que le prêtre faisait cette question très simple, et la figure du mourant, cette figure de cadavre glacé, s'éclaira tout à coup d'un sourire tel qu'envoient rarement les habitants de la terre.

Se levant sur son séant :

– Il est Celui qui Est, dit-il. J'avais oublié que je n'étais pas l'Être.

Puis sa voix s'adoucit ; sur son front solennel passa une lueur douce ; sa figure devint jeune, candide, enfantine ; son regard plus naïf, plus caressant que celui de l'enfant qui priait au pied du lit, et tendant les bras.

– Pardon, dit-il, William, pardon !

William se jeta dans les bras qui l'attendaient, et quand il put essayer de parler :

– Nous allons donc vivre ensemble ! balbutia-t-il.

– Oui, dit l'étranger, mais non comme tu l'entends. Je vais quitter, Dieu aidant, ce rivage désolé où tu vas rester encore. Aussi faut-il d'abord que je parle au prêtre ; va et reviens bientôt me dire adieu.

Et, se tournant vers le prêtre :

– Mon père, dit-il, c'est moi qui suis à vous. J'ai faim et soif d'être petit enfant ; dites, que faut-il faire ?

Quelques heures plus tard, les mêmes hommes se trouvaient réunis dans la même chambre. L'étranger mourait et consolait William de sa mort. Étendu sur ce grabat, et plus visiblement près de sa dernière minute, il avait l'air d'un triomphateur et parlait de sa naissance.

– Écoute, William, dit-il en prenant les mains du jeune homme, écoute bien. Tu feras ce que je n'ai pas fait. Adieu, mon bien-aimé, oublie ce que j'ai été, et souviens-toi de ce que tu dois être. La science et l'art attendent quelqu'un et c'est toi qu'ils attendent. Vois ce petit enfant, William, vois cette boucle de cheveux blonds qui tombe sur cette petite épaule. Je remets entre tes mains cette majesté trois fois sainte. N'oublie jamais que cette petite bouche rose a dit un *Ave Maria* pour le pauvre pécheur. Je lui parlerai, à lui, le dernier. Je lui dirai adieu à lui, le dernier, je l'embrasserai le dernier parce que c'est un enfant.

Sa figure changea et resplendit tout à coup d'une majesté incompréhensible.

– Il y a donc sur terre une montagne, s'écria-t-il, en retrouvant la voix, une montagne que Jésus-Christ a montée, et qui s'appelait le Calvaire !

William, ouvre ce tiroir et donne-moi l'Évangile.

William obéit.

Le malade cherchait à lire et ne pouvait pas. Après de longs efforts : – Approche aussi la lampe, William. Tiens, voilà l'homme, ajouta-t-il en souriant. J'aurais pu faire toute la nuit d'inutiles efforts pour lire l'Évangile, et oublier d'approcher la lampe. Et il lut : « Je suis la Voie, et la Vérité et la Vie ». – Oui, dit-il, cela est ainsi. Jésus-Christ a pu dire sans effort : Je suis la Vérité, car Il est Elle, en effet, la Vérité ! qui suis-je pour prononcer seulement son nom ! Je me sens écrasé. Suprême élévation, suprême misère ! J'ai peur de moi, j'ai peur de moi en face d'elle, parce que j'ai un front qui plisse, et que la Vérité ne plisse pas. Elle est immuable ! immutabilité ! mot incompris des hommes !

Ah ! ce sera un beau jour que celui où je mourrai ! Un beau jour ! Mais c'est aujourd'hui ! Mais c'est tout à l'heure, et moi qui ne songeais plus que c'était tout à l'heure ! Embrasse-moi, William, et chante au lieu de pleurer ! Si tu penses à moi, souviens-toi que je suis un misérable et secondaire individu, et pourtant chante ma naissance, car je vais naître. Penche-toi sur mon berceau. Tant que je n'ai pas aimé, tu n'as pas pu dormir ; maintenant j'aime, dors et chante, Dieu te donnera ton oreiller.

Sa sublime figure, alternativement sévère et attendrie, semblait voyager, en un instant, de la terre au ciel.

– Vis dans la vérité, William, dit-il, et traite avec douceur ceux qui ne la connaissent pas. Pauvres gens, qui se trompent ! Fais l'œuvre que je n'ai pas faite, l'agneau de l'Apocalypse te regardera de là-haut.

– Jésus-Christ ! Jésus-Christ ! s'écria-t il. Songez-vous qu'il y a encore autour de nous quelque chose de l'air qu'il a respiré ?

Bénissez-moi encore, mon Père. Adieu, William ; où est cette femme qui m'a gardé ? Il faut que je lui dise adieu.

Enfin, toi, dit-il au petit enfant, viens m'embrasser, et souviens-toi qu'il faut aimer le bon Dieu.

Puis il murmura :

– Notre Père qui êtes aux Cieux, que votre Nom soit sanctifié, que votre règne arrive…

La voix s'éteignit.

3.
Simple histoire

Le Bonheur et le Malheur

Sur les hauteurs qui dominent la ville d'Hennebont, entre Vannes et Lorient, il y avait une fois, comme disent en ce pays ceux qui racontent des histoires, il y avait une fois une partie de plaisir. Deux familles s'étaient réunies pour s'amuser, et, chose merveilleuse ! elles s'amusaient. Une bande de jeunes filles rieuses et légères voltigeait dans la campagne. Mais, comme il faut bien que quelque chose manque en ce monde, une des amies manquait à la fête, bien qu'elle y assistât. A la fois absente et présente, Mlle Exuline Romiguière restait assise à côté de sa mère, déjà vieille, non pour lui tenir compagnie, mais pour lui témoigner son chagrin. L'attitude de cette jeune fille révélait un découragement profond, une douleur incurable. On la sentait frappée à mort. Ses amies lui apportaient les fleurs les plus parfumées, inventaient pour elle des divertissements et l'excitaient à vivre. Mais Exuline souriait par complaisance, et retombait dans sa léthargie. Les rires de la bande joyeuse n'allaient pas jusqu'à son âme.

Mme Romiguière jetait sur sa fille des regards désolés. Un instant elle s'éloigna d'elle pour causer de sa douleur avec son amie, Mme Larey.

– Pauvre petite, disait la mère d'Exuline, de quel chagrin meurt-elle ?

– Peut-être ne le sait-elle pas elle-même, répondit Mme Larey.

– Au fond de son âme, reprit Mme Romiguière, elle souffre peut-être d'un vide qu'elle ne m'avoue pas.

– Mon fils Adrien a demandé votre fille en mariage, l'avez-vous oublié ?

– Non ! et pourtant je suis heureuse comme si je l'apprenais, reprit avec un sourire plein de grâce et de tendresse la pauvre mère.

Le soir, toute la société se réunit chez Mme Romiguière. Cette famille, sans avoir les soucis de la richesse, qui oblige aux représentations du monde, n'avait pas non plus les soucis de la pauvreté. La maison était simple, mais charmante, le jardin, rempli de rieurs, la table assez grande pour donner place aux amis : toute la famille était unie, on s'aimait dans cette maison, et l'on était aimé de tous : celui qu'Exuline semblait préférer allait devenir son mari. Que lui manquait-il donc pour être heureuse ?

Ces réflexions, Mme Romiguière les faisait chaque jour à sa fille, et les lui faisait faire par Mlle Marie Répel. Mlle Marie avait été riche et donnait actuellement des leçons de piano, au rabais, afin de ne pas mourir de faim ; sa mère était morte en apprenant sa ruine. Son père, grand propriétaire autrefois, électeur influent et personnage distingué, l'une des *notabilités* du Morbihan, avait été réduit, par une spéculation où sa fortune avait péri tout entière, à devenir postillon de diligence ; car c'était encore au temps *heureux* des diligences et, aux environs d'Auray, la voiture qu'il conduisait et qu'il savait mal conduire, avait versé et l'avait écrasé. Marie avait eu sous les yeux le cadavre mutilé de son père.

Cette jeune fille, déjà habituée et résolue à tout, avait demandé du travail et n'en avait pas trouvé. Ceux qui dînaient autrefois à la table de son père ne se souvenaient plus de son nom. Seule au monde,

Marie avait appris ce que c'était que de rentrer le soir dans sa petite chambre sans avoir gagné son pain du lendemain.

Frappée d'admiration et de respect, Mme Romiguière fit de Marie l'amie d'Exuline.

– Mademoiselle, lui dit-elle, il me semble que vous devez savoir consoler ; consolez ma fille, je vous prie.

Marie et Exuline se lièrent, et ce fut Marie qui tâcha de consoler Exuline.

Marie fit à Exuline un portrait charmant du bonheur dont elle aurait dû jouir. Elle lui représentait la bonté de sa mère, la bonté d'Adrien, qui l'avait demandée en mariage, la beauté de son avenir, la beauté de la nature.

– Crois-moi, répondait Exuline, personne plus que moi ne sentirait toutes ces choses, si j'étais heureuse. Ah ! si j'étais heureuse, je serais bonne, affectueuse, je jouirais de ton amitié, je jouirais du soleil et des fleurs.

Je jouirais de cette petite maison si jolie, je jouirais du dévouement d'Adrien ! Mais, hélas ! le soleil m'irrite, il se moque de moi, il me rappelle mon désespoir ; ton amitié me fait regretter de ne pouvoir l'apprécier et en jouir. Adrien me rappelle, sans le savoir, que le bonheur n'est pas fait pour moi, et quant au jardin, quant aux fleurs, ne me parle jamais d'elles, Marie.

Là s'arrêtaient les épanchements d'Exuline, et la confidence suprême mourait sur ses lèvres.

– Que désires-tu ? disait Marie ; parle, nous sommes à ton service.

– Ah ! Marie, tu ne sais pas ce que c'est que le malheur, toi ! tiens, je voudrais être morte !

Les jours se passaient ainsi, et ni sa mère, ni Marie, ni Adrien n'avaient arraché à Exuline son terrible secret. On la voyait de plus en plus sombre. Les soins et les tendresses étaient perdus. Le matin, après une nuit agitée, sa mère l'embrassait et lui demandait de ses nouvelles. Exuline détournait la tête d'un air mourant.

– Ton mariage aura lieu dans huit jours, lui disait-elle, et Adrien est bien bon.

– Je ne sais pas, répondit Exuline, cela se peut. Bientôt tout s'aggrava. Exuline avait une passion, et une passion de l'espèce la plus compromettante et la plus noire. Elle s'enfermait dans sa chambre, tirait la clef, sortait de là pâle, défaite, et on avait vu dans sa main tremblante, des billets d'une écriture inconnue. Mme Romiguière appela Adrien.

– Je dois tout vous avouer, lui dit-elle, mon fils. Voici ce qui se passe : non seulement je ne veux rien vous cacher, ce qui serait un crime, mais je viens vous demander un service Exuline est malade : si quelqu'un peut la guérir, c'est vous. Mais, avant de porter remède, il faut savoir quel est le mal. Il faut pour vous, pour elle, pour nous tous, qu'avant votre mariage, avant huit jours, vous sachiez le secret terrible qui compromettrait le bonheur et l'honneur de deux familles. Ce secret, mon fils, il faut que vous le découvriez. Je vais vous dire tout ce que je sais, afin que vous puissiez me dire ce que je ne sais pas.

– Comptez sur moi, madame, répondit Adrien ; si je n'ai pas le bonheur de vous ramener ma femme, je vous promets au moins de vous ramener votre fille.

A partir de cet instant, Adrien mena une vie singulière et mystérieuse. On le vit le soir longer les murs de la maison d'Exuline, épiant quiconque approchait. Le plus suspect des passants, c'était le facteur. Quand il aperçut le collet rouge de ce digne fonctionnaire, Adrien sentit son cœur battre. Il se cacha derrière un buisson et aperçut Exuline. Elle allait au-devant du facteur ! Ah ! Dieu ! voici l'instant ! pensa le malheureux jeune homme. Exuline prit des mains du facteur plusieurs lettres, en mit une dans sa poche, et alla d'un air dégagé remettre les autres à sa mère, laquelle n'était pas loin. Aucun de ses mouvements n'échappa à Adrien qui suivit de loin la jeune fille. Exuline s'enferma dans sa chambre, et quand elle rentra dans le salon où sa famille était réunie, son regard froid et sec s'arrêta à peine sur Adrien.

Un imperceptible tremblement agitait le bout de ses doigts. D'amères réflexions traversèrent l'âme du jeune homme. Je l'épouse, pensait-il, je voudrais la rendre heureuse. Elle me sacrifie, et se sacrifie avec moi à je ne sais quel étranger, qui se moque d'elle, sans aucun doute.

Exuline, triste et froide, faisait de la tapisserie dans un coin du salon. Il fallut dévider un écheveau de soie. Exuline prit dans sa poche le papier nécessaire, et Adrien reconnut, avec la plus grande surprise, la lettre qu'elle venait de recevoir. Exuline le pria de tenir l'écheveau, et ce fut avec le plus grand calme qu'elle dévida la soie sur la terrible lettre.

Quelle profondeur de dissimulation ! pensait Adrien ; que d'habileté dans une enfant ! Le plus sûr moyen de cacher une lettre, c'est de la montrer. Jamais les soupçons ne s'arrêtent sur un papier étalé à tous les regards. Oui, mais j'emporterai le peloton, ajouta-t-il intérieurement, en tremblant de son audace. Sa mère m'a chargé d'elle, et d'ailleurs ma tête s'en va ; il faut que je prenne la lettre, que je la lise, avant de devenir fou.

La soirée fut terrible pour Adrien. Il ne perdait pas de vue la lettre fatale, et tremblait à chaque mouvement d'Exuline. Pendant ce temps, Marie cherchait le moyen de lui dire un mot, afin de l'interroger et de l'aider dans son entreprise. Adrien l'évitait, prenait ses avances pour des coquetteries, et un malentendu général donnait au salon de Mme Romiguière l'aspect d'une scène de comédie.

Quant à Adrien, il parlait des jeunes filles en général, de leur légèreté, de la vanité des sentiments qui n'osent pas se montrer au grand jour, du danger des correspondances secrètes, etc., etc., si bien que les jeunes filles lui demandèrent pourquoi il n'avait pas produit plus tôt un si joli talent de prédicateur. Exuline se moqua de lui cruellement. Adrien sortit furieux et navré ; mais il emportait la lettre !

Il s'assit dans sa chambre, et dévida lentement cette soie qui contenait le secret d'Exuline et leur destinée à tous deux. Ma vie va se décider, disait-il tout haut. Il s'arrêtait, les larmes lui venant aux yeux, reprenait lentement son cruel travail, s'arrêtait encore, posait la main sur son cœur pour en contenir les battements, mesurait les minutes pendant lesquelles il aurait encore le bonheur d'ignorer, regrettait son audace, se désespérait d'avoir emporté la lettre ! Enfin il tint dans ses mains tremblantes le papier ; se recueillit un instant, appela son courage, ouvrit et lut ;

« Mademoiselle,

Je n'ai pu me procurer le muguet rose que vous paraissez désirer tant.

Veuillez croire aux regrets sincères de votre dévoué serviteur.

JEAN FORTIN,

Horticulteur. »

Quand Adrien sortit de l'hébétement où nous plonge la surprise lorsqu'elle dépasse les limites connues, il prit sa cravache, attacha ses éperons, sonna son domestique, demanda son cheval, et partit à franc étrier sur la route de Vannes.

Cependant Exuline dormait ; le lendemain matin, elle descendit dans le salon où elle trouva Marie.

– Je suis triste, lui dit Exuline, je suis navrée, désolée. Je succombe, ma chère Marie. Je voudrais être morte ! A quoi suis-je bonne !...

A ce moment on entendit le galop furieux d'un cheval qui brûlait le pavé. Chacun courut à la grille, l'épouvante était générale : les événements sont rares à Hennebont. On crut qu'une estafette arrivait de Paris, annonçant une commotion sociale : on aperçut un cavalier couvert de poussière ; son cheval s'abattit plutôt qu'il ne s'arrêta à la porte d'Exuline, qui recula effrayée.

– Voilà, voilà ; je l'ai, prenez, prenez ! cria le cavalier, qui sauta d'un bond au milieu de la chambre. Exuline ! c'est Adrien qui vous l'apporte.

Et, en effet, Adrien tenait dans la main un énorme bouquet de muguets roses ; il le posa, frémissant de joie, sur les genoux d'Exuline.

Et celle-ci, que fit-elle ?

Poussa-t-elle un cri de joie ? – Ah ! vous ne connaissez pas le cœur humain !

Exuline repoussa Adrien et jeta à terre le bouquet en disant :

– *Il est trop tard* ; je ne puis plus être heureuse, j'ai trop attendu. Pourquoi ne m'avez-vous pas apporté ce bouquet il y a un an ? Pourquoi, malheureux, avoir prolongé mon agonie ? C'était il y a deux ans qu'il eût fallu me donner du muguet rose, et encore, ajouta-t-elle en pleurant de rage, et encore *je l'aurais voulu panaché !*

Adrien garda un profond silence ; il commençait à comprendre. Marie releva le muguet rose qu'Exuline avait lancé à terre, et le présenta au jeune homme qui lui dit :

– Mademoiselle Marie, je vous prie de garder ce bouquet.

Exuline eût consenti à épouser Adrien avant l'aventure du muguet rose ; mais, après ce fait, elle refusa absolument. Adrien était guéri : il ne regretta que son cheval : le pauvre animal était mort du voyage.

Trois mois après, Exuline mourut de cette maladie que l'on nomme la consomption lente : quelques jours avant cette catastrophe, Marie avait reçu d'Adrien la lettre que voici :

Mademoiselle,

Je viens à vous parce que vous possédez le secret de la vie. Ce secret que j'ignorais l'an dernier, je l'ai un peu deviné en vous regardant.

Vous avez supporté les malheurs qui vous ont frappée sans interruption et vous n'êtes pas désespérée.

Mlle Exuline a été comblée de tous les bonheurs qui peuvent ou qui semblent charmer la vie : elle meurt de chagrin.

La pauvre enfant a cru et l'on a cru avec elle que le muguet rose était arrivé trop tard, et que d'ailleurs il le lui aurait fallu panaché.

Pour moi, je commence à comprendre.

La folie humaine, sans changer de nature, a pris une forme plaisante pour m'éclairer.

Les hommes croient désirer telle ou telle chose, comme un enfant malade demande à changer de lit.

Je commence à comprendre que la maladie ne tient pas au lit, mais à l'homme.

Alexandre, qu'on a appelé le Grand, a fait comme Mlle Exuline : son muguet rose a été l'empire du monde ; il est allé le chercher dans l'Inde, puis il est mort disant qu'il le lui aurait fallu panaché.

Que l'homme espère se satisfaire par la possession de tous les mondes créés, ou par la rencontre du muguet rose, la plaisanterie est la même, en vérité.

L'ennui est au bout de toute chose, si Dieu ne s'en mêle pas.

Vous, Mademoiselle, vous êtes plus ambitieuse qu'Alexandre ; vous avez voulu faire descendre l'Infini en vous par l'acceptation sévère de la vie telle qu'elle est, et l'Infini est descendu.

La vie, douce ou terrible, est toujours un poids quelconque, et nul ne peut la porter sans consentir à un sacrifice quelconque.

Vous l'avez portée terrible. Exuline a refusé de la porter douce ; parce que vous saviez, et parce qu'elle ne savait pas le sens du mot *bonne volonté,* qui est synonyme du mot *bonheur*.

Voilà ce que vous m'avez dit, Mademoiselle, non en paroles, mais en actes. Si j'ai bien compris, je vous demande à partager, devant Dieu et devant les hommes, en vous épousant, votre bonheur.

ADRIEN.

Le mariage se fit peu de jours après.

4.
LES DEUX MÉNAGES

I

Deux mariages venaient de se célébrer en même temps à la petite église de Gléni, près La Châtre. Marie venait d'épouser Yves, et sa cousine Blanche venait d'épouser Louis, frère d'Yves.

Les deux cousines avaient perdu leurs pères ; les mères vivaient toujours et ne se ressemblaient pas. La mère de Marie s'appelait Jeanne. La mère de Blanche s'appelait Rosine.

Quand on revint de l'église les prés étaient couverts de rosée, et les oiseaux sautillaient dans les buissons, en gazouillant tout bas : c'était le matin.

Blanche était blonde, petite, un peu grasse ; elle avait le nez fin, les yeux grands, les lèvres fortes, et le sourire un peu malin. Quant à Marie, elle était plus grande que Blanche, svelte et brune. Son visage était sérieux, et, sans être jolie, elle plaisait. On la sentait discrète à la nature de son sourire. Bien qu'elle fût du même âge que Blanche, on lui parlait comme à une femme, et on traitait Blanche en enfant. Elles étaient nées le même jour, on les mariait le même jour, elles épousaient les deux frères.

II

Marie et Yves se choisirent leurs joies pour ce jour de fête. Suivis de trois ou quatre amis, ils gagnèrent le bois voisin. La première, la meilleure de ces amies était Jeanne, la mère de Marie. Cette vieille femme était jeune, car elle était gaie, et son bonheur était grand, car il était le même que le bonheur de sa fille. Les mariés et leur petit cortège s'engagèrent dans d'étroits sentiers ; au bout de quelques pas, ils entendirent un léger bruit, se retournèrent, et virent un ami qui arrivait en trottant, sans avoir été invité à la fête.

C'était l'âne gris de la maison. Il s'était échappé tout joyeux de l'écurie, sans bride ni bât ; libre, pour la première fois, depuis le jour où on l'avait retiré à sa mère. On lui permit d'être heureux avec les autres, et, quand il arriva dans la grande clairière, on partagea avec lui les fraises qui couvraient la pelouse.

Marie regardait son âne gris, le muguet blanc, les arbres verts, les fraises roses, avec ce bonheur indicible et muet qui part du fond de l'âme et se répand sur la nature, sur les détails de la vie, pour tout éclairer et tout réjouir : la joie et la gaieté naissaient sous les pas de la famille et naissaient à tout propos. Marie jouissait de tout, partageait toutes les joies, jusqu'à, celle de son âne. Le doux animal trottait le long des sentiers, montrant à découvert une belle raie noire en croix sur son dos et sur ses épaules. Jeanne, les yeux humides de bonheur, regardait sa fille et son fils avec une tendresse toute jeune : elle donnait sa fille à un fils qu'elle aimait ; elle la donnait joyeusement, et la trouvait en la donnant.

Le même jour, à la même heure, Rosine, la mère de Blanche, regardait sa fille avec une irritation mal contenue ; elle ne donnait pas sa fille, la vieille Rosine, elle la cédait à contre-cœur ; elle croyait la perdre, et réellement elle allait la perdre, par cela seul qu'elle le croyait, car la jalousie s'aliène tous les cœurs : voulant tout garder pour elle, elle perd tout : voulant tout avoir, elle n'a rien.

Jeanne avait élevé sa fille Marie afin qu'elle devînt un jour épouse et mère. Rosine avait élevé sa fille Blanche pour qu'elle restât sa fille, et ne devînt pas autre chose. Donc Jeanne devait avoir toujours dans Marie une fille et une amie. Rosine devait avoir bientôt dans Blanche ou une ennemie ou une victime ; elle n'eut qu'une complice, qui détesta Rosine et Louis.

Blanche, Louis, Rosine et beaucoup d'invités dînèrent ensemble chez le plus fameux aubergiste du village. On rit beaucoup pendant ce dîner ; mais personne ne s'amusa, personne n'emporta une joie intérieure, personne ne se sentait léger.

Quand on rentra à la maison, la vieille Jeanne se jeta au cou d'Yves, qu'elle aimait comme un fils, et qui l'aimait comme une mère. Personne n'avait rien perdu : tout le monde avait gagné.

Quand on rentra à la maison, la vieille Rosine jeta sur Louis un regard contraint. Elle lui reprochait intérieurement de lui avoir volé sa fille.

Jeanne, en embrassant son fils, lui recommanda de rendre sa fille heureuse.

Rosine n'embrassa pas son fils, et, en embrassant sa fille, lui laissa deviner qu'elle regrettait d'avoir un gendre. La vieille femme se retira immédiatement à l'écart, non par discrétion, mais par mauvaise humeur. Elle se retirait, non pour laisser Blanche et Louis seuls, mais pour avoir le droit de se dire chassée, pour se préparer elle-même un grief contre eux. Louis sentit qu'il n'était reçu ni comme un enfant, ni comme un ami, ni comme un maître. Il en fit l'observation à Blanche, qui se mit à pleurer. La journée finit dans la froideur, dans la défiance, dans la contrainte et dans les larmes.

La vieille Jeanne s'endormit en se disant : « Je ne sais si j'ai bien rempli mon rôle de mère. Je ne sais si j'ai été assez bonne pour eux. Je m'unirai à Yves pour soigner le bonheur de ma fille. Je consulterai, je me défierai de moi-même, et Marie sera heureuse. »

La vieille Rosine ne s'endormit pas sans s'être dit vingt fois qu'elle avait rempli tous ses devoirs et qu'elle était irréprochable. « Avec un jugement sûr et droit comme le mien, pensait-elle, on n'a pas besoin des conseils des prêtres, et j'ai la conscience tranquille. »

III

Le lendemain des deux mariages, les deux familles songèrent aux visites de noce. « Allons donc bien vite voir le vieux Bertham, dit Rosine à Blanche. Peut-être ton mari voudra t'en détourner. Défie-toi des amis qu'il voudra te donner. Reste fidèle aux vieux amis de ta famille. Bertham a de l'expérience ; il a un jugement droit. Il sait ce qu'on doit à la vieillesse, et si tu es tentée de l'oublier, il te le rappellera. »

Bertham possédait aux environs de Gléni une cabane, et on le trouvait toujours assis sur le bord du chemin, en face de cette cabane, le jour, tressant les paillassons, le soir, regardant jouer les enfants dans la rue. Ses vêtements en lambeaux, d'où sortaient des pieds et des mains énormes, retombaient flasques et malpropres sur ses membres grêles. Son visage allongé, couleur de cuivre, sillonné de rides énormes, était ombragé de cheveux noirs et crépus. Ses larges oreilles étaient plates et blafardes ; les sourcils et les cils étaient blancs, l'œil fauve et couvert. Bertham clignotait dès qu'on lui adressait la parole. Sa bouche mince était garnie de dents blanches, serrées et pointues comme les dents d'un loup. Cet homme avait je ne sais quoi de fantastique et de sombre qui saisissait. Rosine et Blanche avaient de l'attrait pour lui, tandis qu'il inspirait à Jeanne et à Marie une secrète répulsion. Bertham semblait inoffensif, parlait peu et pensait encore moins.

Marie refusa d'accompagner sa cousine chez Bertham.

Rosine et Blanche entrèrent seules, causèrent avec le vieillard, regardèrent curieusement sa cabane. Le vieux fauteuil de Bertham avait les pieds enfouis dans des épluchures de légumes. Ces légumes étaient la nourriture habituelle de deux lapins. Les deux, lapins broutaient au milieu d'une douzaine de poules conduites par un coq noir fort jaloux de son autorité, qui se prélassait dans tous les coins de ce taudis. Ce désordre était affreux. Blanche toucha à tout en riant aux éclats, et finit par mettre la main sur une vieille boîte cachée derrière les rideaux du lit. A ce moment, le vieux pâlit et s'avança vivement pour la lui retirer des mains. Ce mouvement si brusque n'était pas nécessaire ; Blanche avait déposé la boîte sur une planche avec une terreur inexplicable.

— Le vieux a un trésor, dit Rosine à sa fille, quand elles furent sorties de la cabane.

— Non, mère, dit Blanche ; la boîte était légère. Cependant tout s'ébruite dans les villages. Bertham acquit cette importance énorme que donne aux yeux des paysans un trésor supposé ; aussi l'on plaignait Marie et l'on enviait Blanche, car Bertham n'approchait jamais la première, et passait des journées entières chez la seconde.

Lorsque Blanche et Louis étaient aux champs, Bertham et Rosine causaient ensemble. Vers le soir, Blanche rentrait un peu avant son mari. Pendant cet instant, Bertham lui adressait paternellement la parole : il la plaignait d'être dominée, subjuguée par Louis. Une femme, disait-il souvent, ne doit pas être l'esclave d'un homme. Blanche s'excusait comme une coupable ; elle craignait, disait-elle, de rendre son mari malheureux, de le pousser à de graves désordres, de compromettre pour toujours la paix et le bonheur de sa vie. — Pauvre enfant, répliquait Bertham, vous ne voyez donc pas que plus une femme obéit, plus son despote devient impérieux ! Allons, un peu de caractère et de dignité, si vous voulez être heureuse.

Peu à peu, Blanche faiblit. Bientôt elle passa à ses yeux, et aux yeux de tous, pour une esclave, pour une victime malheureuse, innocente et persécutée.

Louis n'entendait, en rentrant chez lui, que des théories confuses et extravagantes. Il déserta sa maison ; il n'y rentrait que pour dormir. Blanche fut livrée à Bertham, qui continuait ses enseignements.

IV

La maison de Jeanne était heureuse et charmante. Le matin et le soir, la mère et les deux enfants disaient leurs prières en commun. On riait, on s'aimait, on s'embrassait, on se trouvait riche.

Quand les enfants rentraient, ils trouvaient sur le seuil de la porte la vieille et charmante Jeanne, qui les recevait avec une égale tendresse. Jeanne ne cherchait que le bonheur des autres : par conséquent, elle faisait le sien. Marie et Yves l'entouraient de leur affection, et, plus ils s'aimaient, plus ils aimaient leur mère ; tandis que Rosine, en détachant sa fille de son mari, l'avait, par une punition merveilleuse, détachée de sa mère en même temps.

Un dimanche du mois de juillet, Marie et Yves allaient à l'église. Ils rencontrèrent Blanche qui marchait en sens inverse. Marie avait toujours ses habits de paysanne. Blanche avait adopté ceux des grisettes de la ville. Blanche arrêta sa cousine par le bras :

– Il faut que je te parle, lui dit-elle d'un air sombre.

– Je veux bien, dit Marie ; la messe n'est pas encore sonnée. Yves fera un tour le long de l'eau.

– Vois-tu, dit Blanche à sa cousine, d'une voix saccadée, Bertham a un secret. Il peut nous donner tout l'argent que nous voudrons. Je pars pour Paris avec ma mère. Bertham sera notre domestique. Nous serons riches, riches, riches, entends-tu ?

– Et Louis ! répondit Marie.

– Louis se dérange, dit Blanche ; je ne lui dois plus rien.

– Malheureuse ! cria Marie, comment rendras-tu à Bertham son argent ?

– Tu ne comprends donc pas ? je te dis qu'il a un secret ! cria Blanche presque tout haut, puis, baissant la voix : Il y a chez lui une boîte que j'ai touchée le jour de mon mariage.

– Eh bien ? dit Marie, qui avait le frisson sans savoir pourquoi.

– Eh bien, dit Blanche d'une voix basse et précipitée, les petites pièces d'argent qu'on y met se changent en pièces d'or : nous partons pour Paris.

Marie regarda Blanche fixement.

– Au nom du ciel, refuse et reste, dit-elle.

Blanche dégagea ses deux mains de l'étreinte de Marie et partit sans répondre.

Deux jours après, ni Bertham, ni Rosine, ni Blanche n'étaient plus au village. Louis tomba dans un désespoir très voisin de la folie. Yves alla le trouver, le prit parla main, l'amena dans sa maison. Mais Louis resta dans une sorte d'hébétement, et on l'entendait chanter à voix basse une complainte monotone.

Jeanne, Marie et Yves étaient heureux. Ils travaillaient et ils s'aimaient sans jalousie. Ils travaillaient à la terre, Le travail rend à l'homme les vraies richesses, les richesses fleuries, parfumées, vivantes, la splendide abondance sans laquelle les trésors du monde entier perdent leur valeur.

Les richesses de la terre sortaient de leurs mains rudes et vigoureuses.

Marie interrompait par instants son travail, s'appuyait sur sa bêche et disait à Yves, en regardant la terre :

– Nous sommes heureux, Yves ; nous nous aimons ; nous travaillons, parce que c'est la loi. Nous avons un peu écorché cette pauvre terre sur laquelle nous vivons ensemble. Nous lui avons confié un grain ; nous pouvons rentrer dans notre maison. Dans quelque temps, elle sera couverte, cette terre chérie et reconnaissante, de fleurs roses, bleues, parfumées. Il fera frais le long des prés. Un peu plus tard, les arbres plieront sous le poids des fruits ; les blés seront mûrs ; nous n'aurons plus qu'à avancer la main et à prendre ce que Dieu offre, comme dans ce pays des contes de fées où on relève, en se baissant, des perles et des rubis. Tout nous est rendu au centuple. Il me semble qu'en retour nous devons quelque chose à Dieu. Quand je suis à l'église, quand je m'adresse à lui, je sens dans mon cœur une joie profonde, comme si je ne pouvais lui parler sans recevoir à l'instant ma récompense ; il nous comble de biens ; que pouvons-nous lui rendre ?

– Tiens, dit Yves, voici la réponse.

En effet, un pauvre venait à eux et demandait l'aumône.

Marie alla à sa rencontre ;

– Venez, lui dit-elle, voici ma maison. Vous la reconnaîtrez aux roses qui sont plantées le long des fenêtres ; venez souper avec nous tous les soirs. J'obéis à mon maître en vous parlant ainsi.

Le pauvre y vint, et s'assit comme les autres près de la cheminée, en mangeant sa soupe et son pain. Ce mendiant jouait de la flûte et accompagnait Louis quand Louis chantait sa complainte.

VI

Un soir, Yves, Marie et Jeanne, le vieux pauvre Louis, étaient réunis dans la cabane.

Assise sur le banc de bois qui garnissait la grande cheminée, Jeanne s'était endormie ; Louis fredonnait sa complainte ; Yves tressait des paniers ; Marie racontait tout bas au vieux musicien, devenu son ami, l'histoire de Blanche et de Rosine. Au dehors, le vent soufflait avec violence. Tout à coup, un cri, un seul, mais déchirant et terrible, se fit entendre. Louis, retrouvant son agilité perdue, sauta d'un seul bond vers la porte, en criant : « Blanche ! » et disparut. Tous coururent dans la direction qu'il avait semblé prendre ; tous rentrèrent, après quelques heures de recherche, sans l'avoir retrouvé.

Ils se racontaient les uns aux autres leur poursuite vaine, quand ils aperçurent une troupe de paysans qui venaient à travers champs, portant un brancard. Les paysans approchèrent de la cabane, déposèrent le brancard au milieu de la grande cuisine, tout à l'heure si calme, et le découvrirent. On aperçut alors Blanche et Louis couchés l'un près de l'autre. On les avait trouvés au bas de la montagne, et on les avait rapportés sans connaissance. Blanche vêtue de velours et d'hermine, Louis dans sa blouse de futaine. Que s'était-il donc passé ? Le médecin fut appelé en toute hâte. Blanche et Louis rouvrirent les yeux l'un après l'autre ; mais les yeux de Blanche restèrent fixes ; elle refusa de quitter ses riches vêtements, et rit d'un rire affreux ! Elle avait perdu la raison. Louis jetait sur elle des regards désolés : il la perdait une seconde fois.

Il demeura comme anéanti. Il avait oublié sa complainte. Le vieux musicien, consterné du malheur de ses amis, avait oublié sa flûte, et le silence régnait dans la maison.

Un soir, Yves dit à Marie :

— La gaieté a quitté la maison, il faut qu'elle y revienne. Tout le monde est triste. Relève-toi, car il faut que tu nous relèves. Chante un de nos vieux airs d'autrefois, Marie ; Pierre (c'était le nom du musicien) t'accompagnera. Il retrouvera sa flûte quelque part, si tu l'ordonnes.

De grosses larmes vinrent aux yeux de Marie ; il y avait si longtemps que personne n'avait chanté dans la maison ! Jeanne l'encouragea d'un regard et Marie chanta doucement d'une voix basse et tremblante la complainte de Louis. Louis leva la tête, au bout d'un instant, ses yeux brillèrent d'un éclat étrange qu'on ne leur connaissait pas. Blanche tremblait et sa pâleur était effrayante. Le vieux Pierre reprit sa flûte et accompagna Marie. Celle-ci, sans se rendre compte de rien, sentit qu'il se passait quelque chose d'extraordinaire. Sa voix s'éleva et devint frémissante. Pierre avait rejeté en arrière ses cheveux blancs ; sa taille s'était redressée. Tout à coup, Louis se leva, courut à un vieux coffre, seule richesse qu'il eût conservée, et l'ouvrit avec transport. Il en retira une vieille coiffe de dentelle jaune et flétrie à laquelle pendaient encore quelques boutons de fleurs d'oranger. Ses membres tremblaient, ses genoux pliaient. Blanche courut à lui, l'entoura de ses bras et cria de toute sa force :

— Anne ! Marie ! Yves ! Louis ! je suis-sauvée !

— Elle pleure, dit Marie, elle n'est donc plus folle ! Se dépouillant à la hâte des lambeaux d'hermine et de soie qui la couvraient encore, Blanche puisa dans ce coffre ses habits de jeune mariée. Elle suspendit au crucifix de Marie la couronne d'oranger et coiffa la coiffe jaunie de son mariage, que Louis couvrait de baisers.

Or on trouva dans la belle robe de Blanche une lettre ainsi conçue :

« La boîte que tu sais est perdue. Nous irons, Bertham, toi et moi, demain soir, sur la montagne où on en fabrique. Sois exacte au rendez-vous, ma fille.

« *Signé :* ROSINE. »

On retrouva sur la montagne deux cadavres calcinés. Les habitants du pays crurent reconnaître Rosine et Bertham.

5.

Julien

Conte Breton

Ce jour-là, bien que ce ne fût pas un dimanche, on voyait dans les sentiers, le long des prés, les jeunes filles en habit de fête. Elles avaient le jupon de drap orné de galon ; elles avaient le corsage rouge et noir, et la grande coiffe de mousseline. C'est que, ce jour-là, Ivonne s'était mariée à Jean-Marie. Jean avait tiré au sort il y avait un mois ; il avait eu un bon numéro ; on avait fait bien vite la noce. Marie avait seize ans ; Jean en avait vingt et un ; les deux enfants pouvaient entrer en ménage.

La journée allait finir ; le repas de noce était fait. Ivonne aurait craint quelque malheur si elle n'eût porté quelques débris du repas solennel à la vieille Marie.

La vieille Marie était respectée dans le canton. Elle donnait, disait-on, de bons conseils. Elle vivait seule, ne prenant part à aucune fête. Nul ne savait ce qui se passait ni en elle, ni chez elle. Les paysans la suspectaient, et en même temps la révéraient.

Ivonne, suivie de quelques jeunes filles curieuses et presque effrayées, alla donc faire visite à la vieille. Elles la trouvèrent assise sur le seuil de sa cabane.

– Tenez, mère Marie, dit Ivonne en approchant, voici un gâteau qui vient de mon dîner de noce, un gâteau de froment.

– Merci, dit la vieille sans lever les yeux.

– Voyons, mère Marie, dit encore Ivonne, est-ce que notre visite ne vous est pas agréable ?

– Les jeunes gens croient toujours faire plaisir aux vieux, quand ils viennent les voir, répondit Marie la centenaire.

Marie avait, dit-on, cent trois ans.

– Il y a des vieux à qui la jeunesse rappelle le bonheur, ajouta-t-elle après un silence. Mais il n'en est pas ainsi pour tous les vieux !

– Que vous rappelle-t-elle, mère ? dit Ivonne, d'une voix presque tremblante, mais en s'asseyant, comme une personne qui veut demeurer et insister pour savoir.

– Elle me rappelle mon histoire, dit Marie la centenaire.

– Ah ! une histoire ! crièrent les jeunes filles. Mère Marie, contez-nous une histoire.

La vieille les regarda d'un air mécontent.

– Mère, dit gravement Ivonne, qui n'avait pas pris part à la joie bruyante de ses compagnes, voulez-vous me dire votre histoire ? Je suis une femme à présent. Peut-être pourrai-je profiter de vos paroles.

II

– Il fait froid, dit la vieille ; rentrons.

Bientôt, les cinq jeunes filles furent assises autour de la cheminée de la cabane. La vieille avait pris place au fond de la cheminée. Sur un feu de tourbe tombait, suspendue à une crémaillère noire et enfumée, une vieille marmite de fonte ébréchée, d'où sortaient une vapeur légère et un petit murmure sourd. Un chat frileux dormait en rond dans la cendre ; son ronron se mêlait au grondement de la marmite ; au-dessus de lui brûlait, dans une petite pince de fer, une chandelle de résine. La chaumière basse et noire, à pignon pointu, n'avait pas de fenêtre ; elle ne prenait jour que par la porte. Le sol n'était recouvert ni de planches, ni même de briques ; il était seulement battu et durci. Le lit de vieux chêne eût été beau ; mais les pieds vermoulus tenaient à peine. Une vieille armoire ornée de serrures de cuivre et un vieux coffre composaient tout le mobilier. Les poules avaient sans doute le même logis que la vieille : de petits paniers suspendus aux murs indiquaient qu'elles venaient là pondre leurs œufs et élever leurs couvées. Une bonne table occupait le milieu de la cabane, et une planche suspendue au-dessus de la table supportait la provision de lard et de fromage.

Le soleil était couché ; on n'apercevait plus que les teintes pourpres de ses derniers reflets ; une petite poule noire, couchée dans un panier, montrait sa petite tête, curieuse et immobile.

– Voyons, mère Marie, dit une jeune fille, contez vite l'histoire, car nous voulons aller danser.

– Si vous voulez aller danser, n'écoutez pas l'histoire, dit la vieille.

– Tais-toi donc, Jeanne, dit Ivonne. Pardonnez à cette enfant, mère Marie, et contez-nous l'histoire.

– Il n'est pas en votre pouvoir de me fâcher, dit la vieille femme ; vous ne pouvez que vous faire du mal à vous-mêmes, si vous n'êtes pas sages. Vous pouvez attrister vos anges gardiens ; vous n'avez pas prise sur moi. Retenez ce que je vous dis.

III

Après un long silence, la vieille continua :

– Vous allez tous les samedis de Grâce à Guingamp, pour le marché, mes enfants ; mais jamais peut-être vous n'avez remarqué une petite maison basse, qui est près de la chapelle de Persanken, à côté de la maison des Capucins.

Julien, celui dont je vais vous parler, quitta cette liaison sans rien regretter ; il y laissait pourtant son père et sa mère, le vieux Ménig et Marianne. Julien était ouvrier, il allait faire son tour de France. Il se croyait son maître ; il éprouvait cette joie qu'éprouvent les jeunes gens quand, livrés pour la première fois à eux-mêmes, ils pensent que tout leur est permis ; aussi adressait-il la parole aux passants de l'air assuré d'un homme à qui rien ne résiste. Julien n'était pas méchant, mais il était léger et se disait esprit fort. Il croyait encore un peu à Dieu, disait-il, mais il ne croyait plus au diable. Julien marchait vite, il courait presque. N'ayant plus à craindre le contrôle du père ou du maître, il se croyait le souverain du monde. Il se racontait d'avance, comme si elles étaient arrivées déjà, les charmantes aventures qui l'attendaient probablement. Peut-être, s'il eût tourné les regards vers le village, caché au milieu des arbres verts, ce village dont il n'entendait plus que de loin les bruits confus, peut-être il se fût arrêté, et, libre de choisir, il eût compris que le bonheur était là. Mais il poursuivit son chemin. A l'instant où il dépassait les dernières maisons, il entendit le chant éloigné du coq, qui semblait le rappeler : il ne tourna pas la tête. Il serra d'un cran la ceinture de cuir de sa blouse grise, et, confiant en lui-même, il partit en chantant.

Cependant, à Guingamp, les voisins causaient de son départ. Chacun disait son mot : l'un rappelait les qualités, l'autre les défauts du jeune homme. Celui-ci prédisait la réussite, celui-là les chutes sans retour. Trois personnes ne disaient rien : Ménig, Marianne, et une jeune fille nommé Marie, qui était l'amie d'enfance de Julien. Marie était une enfant sans père ni mère, que les vieux avaient recueillie ; c'étaient des chrétiens charitables.

Ici, la vieille s'arrêta un moment ; sa figure avait une grande expression de tristesse. Elle reprit :

IV

La route que suivait Julien était la route Neuve. Pressé de s'éloigner, il avait pris le plus court chemin, sans souci des souvenirs laissés aux haies, aux buissons, aux fleurettes du chemin Vieux. Julien n'avait pas cette mémoire-là. Marie, moins oublieuse de son enfance, et des premières émotions de sa vie, s'était attardée par le chemin Vieux. Elle était là, jetant sur les bergers qui gardaient leurs troupeaux un coup d'œil distrait. Mais Julien s'avançait à grands pas sur la route Neuve, bordée de belles maisons, d'où l'on ne pouvait entendre le chant d'un oiseau. La route Neuve semblait conduire de la ville à la ville, le chemin Vieux semblait conduire de la ville à la campagne. Julien avait dix-neuf ans ; n'ayant pas souffert dans le passé, il n'appréhendait rien dans l'avenir. Son ancienne vie, si douce et si libre, il la fuyait comme l'esclavage, et, se voyant seul, il se croyait affranchi.

Julien voulait être plus qu'un ouvrier ordinaire : voilà pourquoi il avait choisi la sculpture sur bois. Ce n'était pas qu'il voulût représenter la Sainte Vierge ou son saint patron ; mais il voulait s'élever au-dessus des autres compagnons, parce qu'il avait appris un peu de latin. Julien était petit et robuste, leste et fort ; son œil se promenait sur tout et ne s'arrêtait sur rien : il ne regardait jamais en lui-même. Vous voyez par là, mes enfants, que, sans être encore vicieux, il était capable de toutes les chutes.

Marie revint triste à la ville. Elle alla à Persanken, afin de consoler, par ses soins et par ses caresses, le vieux Ménig et sa femme. Quand elle entra, les deux vieillards étaient assis aux deux coins de la cheminée. Ménig fumait gravement une petite pipe. Marianne se cachait pour pleurer. Tous deux grands, maigres, voûtés, étaient plus usés par le travail que par l'âge. Leurs figures, allongées et sérieuses, avaient dû être belles et portaient la marque de l'honnêteté. Marie ne leur dit rien, mais les embrassa si tendrement, que Marianne en fut émue.

– Tu as tort de venir si tard, petite, dit-elle ; on dit qu'on a vu sous la passe, le soir, de mauvaises gens.

A ce mot, le vieux Ménig pâlit, et Marie resta interdite.

– Vous n'auriez pas dû laisser partir Julien pour un si long apprentissage, dit Ménig. Il va rester sept ans loin de nous, et qui sait combien de mauvaises pensées peut lui inspirer le méchant esprit ?

Marianne fit le signe de la croix.

– Marie lui écrira, dit-elle, elle est plus savante que nous, et quand Julien reviendra, nous marierons ces deux enfants.

– Oui, s'il revient, dit Ménig, et s'il revient tel qu'il est parti.

– Pensez-vous, dit Marianne d'un ton de reproche, que le bon exemple lui ait manqué dans notre maison ?

– Non, dit le vieux en regardant Marianne d'un regard profond, grave et tendre, comme le regard d'un homme qui se souvient en un instant de toutes les joies et de toutes les peines partagées, et qui remercie de l'aide qu'on lui a donnée dans les difficultés de la vie.

Marianne le sentit, et répondit par un regard. Son visage dévoila en ce moment la chasteté de toute sa vie, et resplendit aussi de la majesté de la vieillesse. Ses rides sévères portaient la marque de la force, de la bonté, et, dans le sourire qui éclaira son visage, il y avait encore une trace des grâces heureuses de la jeunesse. Aussi le souper fût-il moins triste qu'on ne devait s'y attendre. Le regard du vieux Ménig, le sourire de sa femme, avaient remué profondément d'anciens souvenirs. La jeunesse, qui semblait avoir disparu pour toujours de la maison, emportée par Julien, revint un instant s'asseoir entre les deux vieillards, à cette table désolée.

VI

Huit jours plus tard, on reçut une lettre de Julien. Ce fut Marie qui la lut. Le vieux Ménig était aux champs. Il travaillait à la terre ; Marie courut le trouver pour lui annoncer ce qui se passait. Elle suivait, joyeuse et légère, le chemin étroit qui longe le jardin des Capucins et qui conduit à la campagne. C'était le matin, au mois de mai. Les fleurs s'ouvraient ; la terre était couverte de rosée. La tête blanche et rose des pommiers dominait les haies chargées d'aubépine et de chèvrefeuille. Leur odeur fraîche et pénétrante se faisait sentir au loin. Marie, tout en courant, évitait de raser les haies où les fraisiers étaient en fleur. Elle écoutait, à demi transportée, le gazouillement des oiseaux qui s'éveillaient. Elle jouissait d'une de ces heures si rares en ce monde, d'une de ces heures où tout est harmonie, les joies de notre âme et les splendeurs de la nature.

Marie tendit la lettre comme un trésor ; elle la serrait à deux mains, comme s'il elle eût craint de la perdre. Du plus loin qu'elle aperçut le vieux, elle appela en criant : « Une lettre ! » Ménig interrompit son travail, et, appuyé sur sa pioche, écouta gravement Marie, qui seule de la maison savait lire.

VII

Voici la lettre de Julien :

« Mes chers parents, me voici à Rennes où j'ai trouvé de l'ouvrage. Vous voyez que tout va bien. J'ai fait gaiement le chemin, en pensant à vous.

J'ai rencontré, à deux lieues de Saint-Brieuc, trois jeunes ouvriers qui voyageaient aussi. Ce sont de bons camarades, et nous ne nous quittons plus. En route, nous nous sommes égarés ; on nous a recueillis le soir dans une ferme, où on n'a rien voulu recevoir pour notre dépense. Avant de se mettre au lit, les paysans ont raconté des histoires à faire peur, dont nous avons bien ri, mes amis et moi. Le lendemain, comme on ne nous offrait rien pour la route, nous avons emporté, sans rien dire, un peu de pain et de fromage : cela ne leur fera pas grand mal, et nous a fait beaucoup de bien. Je vous embrasse, mes chers parents, je vous écrirai sans tarder. Dites bonjour pour moi à la petite Marie si elle va encore chez vous. »

Marie sauta le passage où Julien racontait légèrement l'histoire du déjeuner dérobé, et elle s'en retourna triste par ce chemin qu'elle venait de parcourir si gaiement. Le soleil avait bu la rosée, les arbres avaient perdu leur splendeur, et Marie connaissait la lettre de Julien. Quand elle revint à la cabane, Marianne était sur le seuil de la porte, attendant la jeune fille. C'était à la vieille à entendre maintenant ce que son mari avait entendu le premier. Marie lut, Marianne s'aperçut qu'elle passait sous silence quelques lignes. Ménig ne s'était douté de rien. Mais on ne trompe pas les femmes, voyez-vous, mes enfants, surtout les mères !

Les lettres de Julien se suivirent pendant quelque temps, puis elles devinrent de plus en plus insignifiantes, et de plus en plus rares.

VIII

Quatre ans plus tard, Marie reçut une lettre qui était adressée, non plus aux vieux, mais à elle-même, une lettre à laquelle elle ne comprit rien, et qu'elle montra à M. le curé. Je vois encore d'ici la figure du vieux prêtre.

– Mais, dirent les jeunes filles à la vieille femme, c'était donc vous, Marie ?

– Chut ! dit la vieille qui reprit aussitôt son récit. Voici ce que contenait la lettre :

« Ma chère Marie, disait Julien, c'est à toi que j'écris aujourd'hui. Viens me rejoindre ; il y a dans le monde des plaisirs que tu pourrais connaître et que tu ignores. Pour moi, j'ai cru te voir il y a quelques jours le long des prés toute seule, j'aurais voulu pouvoir t'emmener avec moi. La vie que tu mènes là-bas, c'est la mort. N'écoute pas le curé. Je l'ai en horreur, cet homme en soutane qui ne me parlait que de mes péchés. Ils étaient jolis, dans ce temps-là, mes péchés !

Marie, épargne-toi d'aller désormais à confesse. A quoi bon le son des cloches ; à quoi bon l'eau bénite ; j'ai perdu le scapulaire que la vieille m'avait mis au cou quand je suis parti. Je vois en esprit ce qui se passe à Guingamp ! Le chien noir est toujours mon camarade ; il n'y a pas longtemps, nous avons passé une nuit ensemble. Tiens, regarde-moi, je n'ai pas peur de l'enfer ! que j'aime les voyages ! Pourtant la terre tient encore à mes pieds. Il y a des choses qui ressemblent à des rêves, et qui cependant ne sont pas des rêves. J'ai besoin d'argent. Comment vont les vieux ?

JULIEN. »

Cette lettre folle, désordonnée, sans suite, qui laissait entrevoir, à travers le délire, quelque mystère frappa Marie de terreur. Il lui sembla que Julien avait fait connaissance intime avec ceux qui habitent l'enfer. Cela a commencé, pensait-elle, le jour où il a volé du pain et du fromage. Et qui sait à quelles horreurs, à quels sacrilèges, peut-être, ses camarades l'auront entraîné !

IX

Au bout de quelque temps, le vieux Ménig maigrit d'une façon étrange. Il visitait matin et soir toutes les chambres de la maison, disait que les choses ne restaient pas à la même place, puis il pleurait comme un enfant, se plaignant d'avoir perdu la mémoire.

En lisant le dernier mol de la lettre de Julien : *Comment vont les vieux ?* Marie avait eu le frisson sans savoir pourquoi. Un jour, en entrant à la ferme, elle trouva Marianne en pleurs. – Le vieux devient fou ! disait la bonne femme. Cette nuit, il m'a appelée en criant et m'a dit qu'il venait de voir Julien, que Julien avait voulu l'étrangler pour avoir son argent. Tu vois, ma fille, que le vieux a perdu la tête. Qui veux-tu maintenant qui conduise la maison et travaille la terre ? Nous sommes perdus !

– Le vieux n'est peut-être pas fou, dit Marie ; ne souhaitez pas de voir ce qu'il a vu.

Marianne se jeta en pleurant sur le banc de la chaumière.

– Ah ! pourquoi Julien est-il parti ? disait-elle ; il ne reviendra jamais !

A ce moment, elle crut entendre à son oreille une voix qui disait : *Je reviendrai.*

– Et moi aussi, je deviens folle ! cria-t-elle.

Et elle courut dans les prés où elle avait joué toute petite fille. Elle espérait retrouver là la raison et l'ordre, qui n'étaient plus dans la chaumière.

Ménig appela Marie.

– J'ai eu peur cette nuit, ma fille, lui dit-il ; n'est-on pas venu pour me faire mourir ?

– Qui donc ? dit Marie.

– Je serai assassiné. Un de ces jours, Marie, on me trouvera mort dans mon lit.

Mes enfants, Marie soigna toute la journée le bonhomme qui avait la fièvre.

Le temps passait, et le vieux ne se rétablissait guère. Quand le temps était beau, il venait, l'après-midi, s'asseoir devant sa porte avec Marianne. Marie tâchait souvent de les égayer un peu. Elle n'y parvenait pas. Il régnait entre ces trois personnes ce malaise sombre et continuel qui vient des craintes dont on ne parle pas.

X

Une nuit, il se fit un certain mouvement dans la cour. Marianne s'éveilla et fut saisie d'horreur. Elle appela Marie, qui accourut. On entendit la voix du vieux qui criait :

– Au secours !

Marie appela le garçon de ferme, qui remplaçait depuis quelque temps Ménig dans ses travaux, et pénétra avec lui dans la chambre du bonhomme. Ah ! Dieu ! il n'était plus temps. Ménig allait mourir ; il eut la force de me dire tout bas : « Sois bonne chrétienne, Marie ! » Puis il mourut.

Il y avait ce jour-là sept ans que Julien avait quitté la ferme.

Au bout de quelques jours, on reçut une lettre de lui ; il annonçait son arrivée, mais n'en fixait pas le jour.

Mes enfants, ce retour ne causa de joie à personne, croyez-moi.

XI

Le premier samedi de juillet arriva : c'est le jour de la fête à Guingamp. Marie, remise de ses fatigues, un peu parée, presque gaie, car la jeunesse trouve en elle-même de grandes sources de joie, se rendit, par un soleil admirable, au lieu où l'on dansait sur le wailly.

Elle y était depuis quelques minutes, quand un, étranger se présenta et l'invita pour la prochaine bourrée. Il était élégant, agréable de tournure, de ton, de manières ; presque tous ceux qui se trouvaient sur le wailly l'avaient connu autrefois. Mais Marie seule le reconnut, et elle n'oubliera jamais, si longtemps que Dieu la laisse sur la terre, le frisson glacé qui la traversa en ce moment.

– Non ! dit-elle avec horreur. Et, sans qu'elle sût pourquoi, cette horreur redoubla quand la main du jeune homme la toucha.

Deux heures après, Julien était chez Marianne. La pauvre bonne femme faillit mourir de joie en revoyant son fils. Celui-ci prononça de son côté quelques phrases pleines d'amitié en apparence et capables de tromper ceux qui ne savent pas ce que c'est que l'amitié. L'heure du repas arrivait ; on se mit à table.

– Ma mère, dit Julien, j'ai pris à la ville des coutumes qui ne sont pas d'ici ; je ne quitte jamais mes gants, vous le voyez, c'est bien innocent.

A ces mots, Marie s'appuya sur le mur. Julien tendit vers elle, pour la soutenir, sa main gantée. Marie refusa cet appui et tomba évanouie.

Au bout d'un instant, elle rouvrit les yeux. Marianne n'était plus là. Marie entraîna Julien dans la chambre où Ménig était mort. Que se passa-t-il entre eux ? Personne ne le saura jamais. Mais ce moment fut terrible, car tous deux sortirent pâles et défaits de cette chambre fatale. Marie n'a jamais pu raconter ce qu'elle a entendu. A l'heure qu'il est, elle n'ose pas encore s'en souvenir, et pourtant quatre-vingt-cinq ans ont passé depuis ce jour-là sur sa tête. Tout à coup, le gros chien noir de la ferme entra en remuant la queue d'un air familier et caressant pour prendre part au repas. Dès qu'il aperçut Julien, il courut en hurlant se jeter dans les jambes de son ancien maître ; il semblait vouloir déchirer ses vêtements. Julien avait les yeux ardents et se défendait. « Attends, disait-il, attends, attends. »

Le soir, à la tombée de la nuit, Marie se dirigea vers les prés. Vous allez bien voir qu'il n'y a pas de petites fautes dans la vie de ce monde.

Marie céda à l'inexplicable attrait de la chose défendue. Elle a payé cher sa curiosité. La curiosité seule la poussait ; car elle avait horreur de Julien, mais la curiosité était plus forte que l'horreur. La beauté calme de cette soirée lui reprochait de chercher les agitations de l'âme. Le soleil était déjà couché, et on ne distinguait plus la campagne qu'à travers une vapeur légère qui s'élevait comme un voile de gaze jeté sur toute la nature, pour en adoucir à nos yeux les splendeurs. Les cieux étaient pleins d'étoiles, et on sentait que la lune allait se lever. On entendait au loin les derniers tic tac du moulin, et le chant plein, le chant sonore du meunier, qui quittait le travail du jour pour prendre le repos du soir. Mais Marie ne sentait pas ce soir-là la nature. Elle ne chantait pas ce soir-là, en marchant dans les prés, sa chanson ordinaire. Elle ne savait pas elle-même où elle allait, ni ce qu'elle allait faire, ni ce qu'elle allait voir : la seule chose qu'elle sentît, c'est qu'elle allait faire une chose mauvaise puisqu'elle se cachait ; elle avait la démarche d'une criminelle ; elle était réellement criminelle, car elle entrait volontairement dans le royaume des ténèbres. Aussi elle aimait presque l'obscurité de la nuit, et le bruit de ses pas l'effrayait. Julien la rejoignit bientôt.

– Marie, lui dit-il, vous m'avez arraché mon secret. Votre assurance m'a fait perdre la mienne. Puisque vous savez tout, il faut que vous partagiez ma vie. Il me fallait de l'argent, voilà pourquoi le vieux a bien fait de mourir. Et que pouvez-vous regretter de lui ? Pendant les misérables jours qu'il eût pu passer encore sur la terre, il ne vous eût donné que des ennuis.

– Vous êtes un monstre ! dit Marie, et...

– Assez, dit Julien, le temps presse, je n'ai plus qu'une heure à moi. Il faut que je te dise un dernier mot : Marianne ne peut vivre bien longtemps désormais. Son bien sera à moi, à nous deux si tu veux m'imiter. Viens, viens avec moi. Tu ne connais rien de la vie ; viens, je t'apprendrai de grands secrets.

Marie était à ce point de terreur où l'on ne sait plus si l'on veille ou si l'on dort. Elle n'osait ni faire un mouvement ni parler ; le son de sa voix lui eût fait l'effet du tonnerre.

Julien prêta l'oreille, et Marie entendit un frottement sourd. C'était le chien noir, mes enfants, qui courait à son maître, l'œil en feu, le poil hérissé, la gueule rouge, les dents éclatantes. Il arrivait de côté, à la façon des bêtes fauves. Julien, qui tenait le bras de Marie, parla au chien tout bas, et les grognements de la bête lui répondaient. — Qui donc a dit qu'on ne peut pas agir pendant la nuit ? Ils sont là-bas qui nous attendent, les autres ! Ah ! que nous allons nous amuser ! A l'œuvre, camarade ! A toi la vieille, à moi Marie ! voici ma vie qui commence.

Marie se sentit serrée par une griffe inconnue ; elle étouffait, elle ne pouvait remuer. Elle voulait appeler, pas de voix. Elle distinguait des ombres noires qui flottaient dans la campagne, elle sentait la fraîcheur glaciale, elle se sentait loin de la ferme, et pourtant elle crut y être ; elle entendit crier Marianne tout près d'elle ; elle vit la vieille femme renversée ; elle vit le chien noir ; elle reconnut autour du cou de la mère de Julien la trace bleue qu'elle avait vue au cou du vieux.

— Vous pâlissez, dirent les jeunes filles qui écoutaient ce récit.

Mais la vieille sans répondre continua.

XII

Au point du jour, Marie se réveilla dans son lit. Elle se leva, elle courut au lit de Marianne, elle appela. Marianne ne répondit pas. Marie appela plus haut. Marianne ne répondit pas, Marianne ne devait plus jamais répondre. Elle était allée rejoindre le vieux Ménig. Pauvre vieille femme ! Marie tomba à genoux en pleurant, se rappela toutes les bontés de celle qui lui avait servi de mère, toutes les heures, bonnes ou mauvaises, qu'elles avaient passées ensemble. Habituée depuis quelques jours aux choses inexplicables, elle ne cherchait plus à rien s'expliquer, et s'abandonnait simplement à sa grande douleur, quand Marianne fit un mouvement. La morte remua un doigt. Marie suivit des yeux ce geste terrible, et le doigt de Marianne lui montra un gant de son fils oublié près du lit, puis le cadavre rentra dans son immobilité du dernier sommeil.

— Oh ! mère, cria Marie, je comprends ! grâce pour lui !

Le médecin déclara que Marianne avait succombé à une attaque d'apoplexie.

Le notaire fit avertir Julien que le vieux Ménig avait laissé un testament, et que la lecture lui serait faite dans la journée des dernières volontés de son père.

Le soir donc, en présence des amis et des parents, on ouvrit le testament, et voici ce que lut le notaire.

« Je donne et lègue à mon fils Julien le gant qu'on trouvera près des morts, afin qu'il se souvienne de son père. Je donne et lègue le reste de mon bien à l'église, afin qu'une messe soit dite tous les jours pour l'âme de mon fils Julien, qu'il soit vivant ou qu'il soit mort ! »

Chacun se retira en silence. Les jeunes filles, qui trouvent toujours occasion de rire, se moquaient de la tournure de Julien, et aussi de la tournure de Marie, qui, disaient-elles, avait *fait des frais* pour lui. Les vieux répétaient : – Le bonhomme est mort fou.

Marie et Julien restèrent seuls.

Marie regardait cette maison, autrefois joyeuse, maintenant pleine d'horreur, et cependant le parfum des fleurs qui garnissaient les fenêtres n'avait jamais été si doux. Les souvenirs de son enfance lui revinrent en foule, pleins de soleil, de douceur et de jeunesse ; peut-être Julien lui-même regretta-t-il en ce moment d'avoir perdu le souvenir.

Marie prit la parole. – Venez au grand air, dit-elle à Julien, vous m'entendrez mieux. Et elle l'entraîna dans le jardin. – C'est ici, dit-elle, que vous avez passé votre enfance ; c'est ici que vous avez été bercé, aimé, caressé ; c'est ici que vous avez appris à connaître Dieu et vos devoirs ; c'est ici qu'il faut interroger votre conscience. Me voici devant vous. Voulez-vous revenir de l'enfer, où vous êtes, vers le ciel ? Dieu vous attend encore ; il me dit de ne pas vous abandonner, si vous avez la volonté de faire un effort vers lui. Vous voyez jusqu'où peut aller mon pardon : devinez donc, s'il est possible, jusqu'où peut aller celui du Seigneur !

Marie avait à peine prononcé ces paroles qu'elle fut saisie d'une pénétration étrange et terrible. Julien se transforma à ses yeux, elle le vit couvert de sang.

Elle se sauva épouvantée ; le garçon de ferme, qui passait dans le jardin, vit Julien en proie à des convulsions horribles. Il courut chercher le médecin ; quand le médecin arriva, il ne trouva plus qu'un cadavre informe, entièrement carbonisé, gros à peine comme la tête d'un homme. C'étaient les restes de Julien. Le docteur, homme fort savant, qui avait fait ses études à Paris, déclara que *le sujet* était mort d'une combustion spontanée.

Mais une vieille femme, qui était là, branlait la tête et disait à Marie :

– Cet homme-là doit avoir du sang aux mains.

– Mère, dirent les jeunes filles, nous ne comprenons pas. Quels avaient été ces crimes de Julien ? Que lui était-il arrivé ? Qu'avait-il fait ?

– Mes enfants, répondit Marie, ne m'interrogez pas trop. Mais craignez d'avoir de mauvaises pensées, de peur que le mal que vous auriez désiré la nuit dans votre cœur, ne vienne à se montrer, le jour, devant vos yeux.

Marie a aujourd'hui cent trois ans, mes enfants : elle n'a pas oublié ces paroles.

6.
LA LAVEUSE DE NUIT

Conte Fantastique

I

Les goélands s'abattaient sur le rivage désert : on entendait du village de Saint-Adrien leurs cris aigus et rauques, froids comme la nuit. Mais dans la ferme où est réunie la famille des Plernick (nous sommes au fond de la Bretagne), une seule personne écoute.

Les paysans n'entendent pas les bruits de la nature, et si quelqu'un d'entre eux saisit une harmonie entre les plaintes de son âme et celles de la tempête, celui-là va cesser d'être campagnard.

Le vieux Plernick, sa journée faite, mange une écuelle de bouillie de blé noir sous la cheminée : près de lui sa femme file silencieusement sa quenouille.

Dans un coin de la chambre, à côté d'un verre de cidre vidé, dort un jeune homme, la tête dans ses mains et les coudes sur la table : c'est le gendre des deux vieillards. Anna, sa femme, prend les derniers soins de la journée, range la cabane, prépare la nuit ; mais je crois voir dans son œil une certaine mobilité de prunelle et dans ses gestes une vivacité étrangère au paysan ; elle travaille avec une activité qui semble venir de l'esprit, et s'arrête de temps en temps. Ecoute-t-elle les goélands de la côte, qu'elle n'écoutait pas hier ? Peut-être !

Que s'est-il donc passé ? – Une fête. La famille Plernick a bu et dansé tout le jour à la noce d'un richard du voisinage, leur propriétaire ; car la cabane n'est pas à eux.

La porte s'ouvre, et il entre une cinquième personne : c'est une enfant de quinze ans, mal vêtue, déguenillée, une fille de ferme qu'on a prise pour faire le gros ouvrage ; elle s'appelle Ivonne.

Cette enfant ne regarde personne en face.

Le bonhomme, sans quitter sa place, pose près de lui son écuelle vide, et allume sa petite pipe pour la fumer.

Pierre, c'est le nom du jeune homme, vient de s'éveiller. Il se lève.

– Où vas-tu ? dit le vieillard.

– Au Dolmen, pour les filets, répondit Pierre.

– La pêche ne donnera rien demain et il ne fait pas bon approcher du Dolmen ce soir, reprend le bonhomme.

Les paysans bretons ne demandent jamais l'explication de rien.

Pierre s'asseoit à la place qu'il vient de quitter.

La jeune femme lève la tête et regarde le vieillard ; elle a le désir de le questionner, mais le regard de son père lui ferme la bouche. La petite fille s'adresse à la bonne femme et lui dit, sans toutefois la regarder :

– Que se passe-t-il donc ce soir au Dolmen ?

Le vieillard essaye d'imposer silence à sa femme d'un geste que celle-ci ne comprend pas, et, soupirant comme les vieilles gens qui se laissent aller au souvenir de leurs jeunes années, elle s'apprête, contre son habitude, à parler longuement, et causant moitié avec elle-même, moitié avec les autres :

– J'ai vu cela, dit-elle, mes enfants. On appelait cette femme *la Mère de l'argent*, parce que, disait-on, l'argent faisait des petits chez elle. Vous lui prêtiez dix francs : au bout de l'année, elle vous en rendait cent ; cent francs, elle vous en rendait mille ! C'est vrai, comme je vous le dis là. Tous les pauvres gens lui portaient leurs épargnes. Il paraît qu'en rentrant chez elle, il fallait donner à manger à un oiseau de nuit, qui perchait sur la porte ; souvent l'oiseau vous mordait jusqu'au sang. Mais bien des gens ont fait leur fortune, jusqu'au jour où, à ceux qui venaient demander l'intérêt de leur argent, la vieille a répondu :

« Bonsoir, il n'y a plus rien. »

La nouvelle, vous le pensez bien, se répandit dans le canton, comme un incendie, que la Mère de l'argent ne payait plus. Les pauvres gens perdaient tout à la fois, capital et intérêt. Et moi-même, mes enfants, si M. le curé ne m'eût mise en garde, j'aurais fait comme les autres. Personne ne dormit cette nuit-là dans le pays. Je n'oublierai jamais, tant que je vivrai, la journée qui suivit. On envahit la maison de la vieille. Celle-ci semblait sourde et muette ; elle ne répondait rien, sinon que l'argent n'était plus là. On fouilla dans la maison, dans le lit, dans les armoires ; on défit les matelas ; on chercha jusque dans les jointures des planches, tout cela sans dire un mot. Mais les figures étaient pâles.

On ne trouva rien.

Après le premier froid de la terreur, il y eut comme une rage. Ce furent des cris, des larmes, des malédictions ! Je vois encore d'ici une femme qui vint chez moi, folle, s'arrachant les cheveux, hurlant comme un loup, et se jetant à mes genoux comme si le secours eût été en mon pouvoir. Elle ne s'entendait plus ; elle me criait : « Grâce ! » d'une voix qui me fendait le cœur : « Grâce ! mon mari va me tuer ! J'ai caché chez elle mes économies, pour qu'il ne les boive pas au cabaret. Je lui ai dit qu'elles étaient toujours dans mon armoire. Il va me redemander la dot de notre fille et je n'aurai rien à lui donner. Je ne rentrerai plus chez moi. » Et la femme, déchirant ses vêtements, monta sur le Dolmen, d'où elle se jeta dans la mer. On a retrouvé le matin, à la marée descendante, son corps meurtri.

Et ces peines-là s'entendaient de tous les côtés, du matin au soir, du soir au matin. On ne parlait plus, on ne faisait que pleurer. La campagne ressemblait à un cimetière. On ne tuait pas la vieille, et même on la ménageait encore, parce qu'on espérait toujours. On l'abordait d'un air suppliant ; mais elle, sans répondre, se tenait dans sa cheminée : une main sur sa pelle et l'autre derrière le dos, elle avait l'air de préparer quelque nouvelle horreur ; quand elle faisait entendre un bruit, c'était comme un ricanement.

Un jour, elle voulut quitter le pays. Alors les paysans la poursuivirent à coups de fourche. Hommes, femmes, enfants, tout le monde se mit de la partie, comme on fait pour les chiens enragés, et on l'atteignit près du Dolmen. « Dire que je ne pourrai la tuer qu'une fois ! » cria une vieille paysanne en baissant le bras qui tenait une fourche. Le coup porta sur la tempe gauche. La Mère de l'argent tomba ensanglantée et s'appuya sur la grande pierre. Tous reculèrent : ils avaient peur de leur vengeance, car ils croyaient en Dieu. Mais il c'était plus temps. La vieille ne se releva plus.

Voilà quarante-neuf ans de cela, mes enfants ; mais il paraît que tous les sept ans, à la pleine lune de décembre, à minuit, ceux qui vont regarder le Dolmen, voient au clair de la lune une vieille en haillons qui se tient debout sur la pierre. Elle pousse des cris plaintifs, puis tout à coup tire de sa poche des écus d'argent et s'approche à pas lents de la mer ; elle y plonge les pièces blanches, les lave, les lave encore, les regarde au clair de la lune, les lave toujours. Alors elle tire de sa robe un couteau de cuisine et s'ouvre le sein ; puis elle lave l'argent avec son sang, en rugissant ; elle se raidit les bras, et tord son argent comme du linge, le regarde, aiguise sur le Dolmen la pointe du couteau, agrandit la blessure qu'elle vient de se faire, se déchire la poitrine avec fureur, comme si le fer froid la rafraîchissait ; quand elle est inondée, elle embrasse avec amour les écus d'argent et les plonge dans le sang rouge.

On dit qu'alors elle se tourne lentement de tous les côtés et regarde dans la campagne autour d'elle, et que ceux qui l'appellent la voient entrer. Elle tend la main ; on y dépose un écu, encore comme autrefois. On est riche le mois qui vient ; mais gare à la septième année ! Il paraît que quelques-uns l'ont vue entrer seulement pour avoir pensé à elle. On dit qu'elle entend les mauvais désirs comme les chiens sentent l'odeur des morts. La bonne femme cessa de parler, et le silence se fit dans la chambre. Le bonhomme ne disait mot. Pierre s'était rendormi. Anna était triste.

Livrée aux pensées dangereuses du soir, à la faiblesse de cette heure incertaine, elle était bercée par cette espérance vague qui se croit encore innocente parce qu'elle ne sait pas où elle conduit. « Si tu étais riche, lui disait à l'oreille la voix qui ment toujours, il n'y aurait plus de pauvres dans la campagne, et c'est toi qui renoncerais au bonheur modeste dont tu jouis. »

Mais elle reconnut l'accent du tentateur. Habituée à veiller sur elle et à se vaincre, elle avait amassé, dans les petites occasions, dans les luttes journalières, ces forces qui préparent les grandes victoires. Elle s'était assez souvent mesurée avec la tentation pour la traiter d'avance en vaincue. D'ailleurs, elle savait le moyen : elle fit le signe de la croix.

Quant à Ivonne, ses yeux brillèrent. Elle aussi connaissait les difficultés de la vie ; elle avait l'habitude de la défaite.

« Est-ce qu'on est riche comme celle qui vient de se marier aujourd'hui ? dit-elle. Est-ce qu'on a un château et des domestiques ? » Elle se parlait à elle-même, jetait sur ses vêtements déchirés un regard amer, comme si elle eût regretté les habits de fête qu'elle quittait ; puis son œil devint vague.

La famille se coucha. Les deux vieillards et Pierre se couchèrent comme tous les jours. Anna s'endormit avec délices : après avoir senti dans la journée les premiers désordres du désir, elle se serrait tendrement contre son bonheur, se réfugiait en lui ; elle savourait cette joie, ignorée comme toutes les grandes joies, et qui n'a que Dieu pour témoin, la joie douce et immense des victoires intérieures ; elle aimait en ce moment-là tous les hommes.

Ivonne se coucha sans s'être mise à genoux. Elle se sentait seule. Ne prenant pas encore la tentation au sérieux, elle s'amusait à se laisser tenter : ses yeux étaient attachés sur une pièce d'or qu'elle avait prise près d'elle dans son lit ; cette pièce, la première qu'elle eût jamais eue en sa possession, elle l'avait rapportée de la fête. De qui la tenait-elle ? Je l'ignore ; mais ce que je sais, c'est qu'elle prenait plaisir à la cacher dans ses draps, puis à l'en retirer et à la voir briller.

– Tu n'as pas éteint la chandelle, Ivonne, cria de son lit la vieille mère.

– J'éteins, j'éteins, répondit l'enfant, qui, forcée de renoncer à sa joie, serra avec amour et force la pièce d'or dans ses mains, comme si elle eût voulu s'infuser le métal dans le sang. Elle éteignit la résine. Minuit sonna à l'horloge de Plœmeur ; les douze coups retentirent lentement dans le silence de la nuit. La jeune fille prit deux cailloux qu'elle avait instinctivement mis à sa portée, et fit jaillir une étincelle pour voir une fois de plus briller le jaune de l'or ; elle avait peine et plaisir ; elle s'abandonnait à une sorte de défaillance agréable ; ses yeux s'allumaient, que se passait-il dans son âme.

L'or l'attirait comme le reptile attire l'oiseau, le gouffre, celui qui se penche, la vue du sang, la bête féroce. L'étincelle mourut. « Ce serait le moment, » pensa Ivonne. Elle sentit ce malaise qui précède les chutes, semblable à une avance que vous ferait le désespoir. Puis elle se cacha sous la couverture comme pour échapper à quelque regard qui l'eût suivie dans l'obscurité. Cinq minutes plus tard environ, elle entendit une clef grincer dans la serrure. Et elle se sentit pâlir dans les ténèbres.

« Entrez, » pensa-t-elle.

Elle ne vit rien, mais elle entendit distinctement le bruit d'un bâton noueux comme ceux sur lesquels les vieilles gens s'appuient ; puis une main froide lui toucha le cou.

Dans la chambre voisine Anna dormait paisiblement.

Le lendemain, quand Ivonne se rhabilla, Anna lui dit :

– Je ne te vois plus la croix d'or que tu portais au cou.

Ivonne fit semblant de chercher quelque chose dans l'armoire pour cacher sa pâleur.

– Peut-être l'aurai-je perdue hier en dansant, dit-elle avec indifférence, mais sa voix chevrotait.

II

Voici ce qui s'était passé au château le jour de la fête.

Jean Kemorak épousait Louise, belle et charmante. Les paysans conviés chantaient dans la campagne, aux rayons du soleil, au son du vieux biniou breton, dans leurs habits de fête, avec l'ardeur sérieuse des fêtes bretonnes. Jean et sa femme, qui chantaient, beaux et confiants comme la jeunesse, s'arrêtèrent et saluèrent en passant un vieillard affaissé plutôt qu'assis dans un fauteuil de bois noir. C'était le père de Jean, de l'heureux Jean et de la belle Louise. Le vieillard détourna la tête, comme si le spectacle de ses enfants lui eût été odieux.

La pâleur de cet homme était livide ; ses mains étaient tremblantes, épaisses, courtes, humides et froides comme celles des gens à qui rien ne répugne ; ses lèvres pendantes dénotaient les hideuses faiblesses d'une nature emportée et vacillante ; il semblait étaler avec je ne sais quel plaisir les difformités de la vieillesse et de la maladie. On eût dit que, par son attitude de bête fauve, par le cynisme de ses vêtements, il eût voulu arrêter l'élan du bonheur. Le corps semblait mort ; la vie s'était réfugiée dans le regard, où éclatait un feu sombre. Ce regard attestait tous les vices de la vie, grouillant au sein de la mort, dans un cœur déjà glacé. Il regardait rire autour de lui les jeunes gens avec le sourire particulier à ceux qui espèrent toujours voir la joie flétrie et l'innocence perdue ; puis, baissant les yeux, il regarda la terre comme un homme qui songe au passé. Il regrettait une fille qu'il avait perdue et n'entendait plus rien de ce qui se passait autour de lui ; il n'avait eu dans sa vie qu'une affection : il avait aimé sa fille, s'il est permis d'employer ce mot à propos d'un tel homme.

Cette enfant, morte à vingt ans, avait cependant trouvé le temps d'être un monstre. Près d'elle, et près d'elle seule, le vieillard avait pu ne rien cacher ; il s'ouvrait à elle, il trouvait en elle le complément de lui-même. Sentant tout vieillir en lui, il caressait amoureusement les vices encore jeunes de celle qu'il avait formée et en qui il espérait revivre ; il avait compté sur elle pour accomplir les œuvres qu'il avait désirées : celle-là ne l'eût pas trahi.

Quand elle était morte, il avait sentit s'éteindre la plus vive partie de lui-même. Haïssant le bonheur des autres, le soleil et le ciel bleu, il repassait les beaux temps de sa vie : l'époque où vivait sa fille.

La femme Hourra, la Mère de l'argent, était sa fermière. Souvent, il s'enfermait avec elle de longues heures dans quelque coin retiré. Sa fille seule avait le droit d'entrer. Il paraît qu'une amitié épouvantable et un commerce mystérieux unissaient ces trois êtres.

Tout à coup, le vieillard se leva comme s'il fût revenu aux jours de sa première jeunesse :

– Ma fille s'écria-t-il.

Et il sauta au cou d'Ivonne qui passait.

– Tout n'est donc pas fini ? dit-il d'une voix étouffée. Elle me disait bien, Hourra, elle qui savait les secrets, que ma fille n'était pas morte, que je reverrais l'enfant de mes entrailles.

Et le vieillard, galvanisé par une tendresse horrible, semblait prêt à oublier ses infirmités et à prendre part à la fête.

– Oui, tu es ma fille ! ma fille ! s'écriait-il, la nature ne fait pas deux êtres si semblables. Viens ! viens avec moi !

Et il l'entraîna vers sa demeure.

Un certain jour, Jean, le jeune marié, se sentit pris, en sortant de table, d'une douleur de tête inconnue. Le lendemain, il ne souffrait plus ; mais il était pâle encore. Cette pâleur augmenta, et, au bout d'un mois, sans agonie, sans maladie connue, il dit à sa jeune femme, dont les yeux n'osaient plus se fixer sur lui :

– Louise, je désire que cette campagne, pleine de souvenirs, soit ma dernière demeure. Fais-moi porter, je te prie, près de la cabane des sabotiers, quand tu verras que tout est fini. Pardonne à mon père et ne venge pas ma mort. Ne dérange pas ce qui doit se passer.

La jeune femme le crut en délire ; et d'ailleurs le désespoir ne cherche pas à comprendre.

– Ecoute, dit le malade : n'entends-tu rien ? Louise prêta l'oreille.

– On dirait que quelqu'un parle dans la chambre qui a été celle de ma sœur.

– Tu ne te trompes pas, dit Louise, et cependant j'ai entendu dire que personne n'y est entré depuis sa mort. La porte est condamnée.

Louise était près de la fenêtre ; elle vit, sans la reconnaître, Ivonne qui passait dans la cour. Le bruit cessa.

Louise entra dans la chambre condamnée ; elle y resta longtemps. Tous les domestiques étaient absents à la même heure. La jeune femme revint dans la chambre de son mari, lui demanda comment il se trouvait et n'eut pas de réponse : elle sortit sur la pointe des pieds. Mais ces précautions étaient inutiles, son mari ne devait plus être gêné par aucun bruit. Peut-être avait-il fait, pour appeler, un effort inutile.

Cependant son père ne témoigna ni surprise ni douleur de cette mort étrange, mais il devint plus sombre et bientôt lui-même mourut soigné par sa belle-fille Louise et aussi par Ivonne, Ivonne la préférée de son cœur, à laquelle par testament il laissait tout son bien.

III

Sept ans se sont écoulés. Le château a changé de maître.

Que sont devenus les deux vieillards. Pierre, Anna, et Ivonne ? Quant à Pierre et aux vieillards, ne me demandez pas leur histoire. Ceux qui ne prennent point part aux combats n'ont pas d'histoire.

Voici ce qui se passait au château.

Les domestiques riaient, buvaient, chantaient devant une table bien servie. Un cri se fit entendre.

– N'irons-nous pas voir ? dit Marie, la plus jeune de deux servantes.

– Ah bah ! dit un autre domestique ; il a crié aussi là-bas, notre vrai maître, le fils, l'héritier de tout, et elle a su faire que personne ne fût là pour lui porter secours. C'est une histoire qu'on n'éclaircira pas de longtemps.

– Tais-toi, dit Marie, ne dis pas de ces choses-là.

– Je sais ce que je sais, répondit l'homme. Dure et injuste envers ses gens, Ivonne s'était fait haïr de tous. Elle avait usé de la richesse comme en usent ceux qui l'ont désirée immodérément.

– Va donc voir, disait Jeanne. Qui sait si ce cri n'est pas le dernier ?

– Va toi-même si tu veux, répondait Julie qui devint pâle.

La porte s'ouvrit, et une jeune femme entra, c'était Anna. Anna n'avait jamais pénétré dans cette demeure sans avoir été saisie de ce froid particulier que vous connaissez peut-être et qui ressemble aux caresses glacées d'une main invisible. Jamais aussi elle ne rentrait chez elle sans éprouver un sentiment de joie et de sécurité ; elle subissait dans sa cabane ce charme de la simplicité qui parfois nous saisit au cœur quand nous traversons un village et que nous regrettons de le quitter si vite. La simplicité est attendrissante. Devant Anna, les domestiques prirent un air de componction.

– Comment va-t-elle ? demanda la jeune femme.

– Pas bien, ma pauvre dame, dit Jeanne ; elle est tous les jours plus pâle que la veille, et les médecins ne conçoivent rien à cette maladie-là.

– Et vous la laissez seule ? dit Anna. Personne ne répondit.

– Madame, dit Jeanne à voix basse, je ne vous engage pas à entrer.

Sans répondre, Anna prit le chemin de la chambre d'Ivonne, et Jeanne la suivit presque involontairement.

Quand elles furent seules :

– Jeanne, dit Anna, il fallait m'avouer que vous n'osiez plus veiller, je vous aurais remplacée.

– J'ai veillé, bien sûr, dit Jeanne, j'ai veillé.

On arrivait à la chambre de la malade. Anna ouvrit malgré Jeanne, qui, instinctivement, retenait sa main.

Ivonne était sur son lit, pâle comme les vivants ne le sont jamais, comme les morts ne le sont pas ordinairement. Anna approcha un miroir de ces lèvres sans couleur : le miroir ne fut pas terni.

Il y eut entre les deux femmes un silence terrible.

– S'il y a là-dessous quelque chose de plus affreux que la mort, jurez-moi le secret, dit Anna à Jeanne.

– C'est à vous de me le jurer, si vous voulez savoir, dit Jeanne à Anna.

– Parlez, dit Anna.

– Vous ne répéterez à personne ce que je vais vous dire. On rirait de moi.

– Parlez donc.

– Cette nuit, dit-elle, je veillais Ivonne. A minuit je me suis éveillée ; j'avais froid. J'entendis un petit bruit ; je vis une lueur, mais je croyais que c'était la veilleuse qui éclairait la chambre comme toutes les nuits. Je me levai pour lui donner à boire. Voulant chauffer du tilleul, je m'approchai de la veilleuse, et je m'aperçus alors qu'elle était éteinte, et pourtant il y avait toujours une lueur dans la chambre. Alors j'ai regardé du côté du lit, et j'ai vu dans l'alcôve, j'ai vu comme je vous vois et à la place où je vous vois (Anna recula involontairement), j'ai vu une vieille aux yeux fauves comme ceux d'un chat-huant. Je ne dormais pas, je ne suis pas folle et je ne mens pas. Ivonne se débattait contre elle. La vieille lui présentait une petite croix d'or, reculait en ricanant, dès que celle-ci, dit Jeanne en montrant la morte, dès que celle-ci voulait la saisir, et elle disait : « Est-ce que je ne te l'ai pas bien payée, cette méchante petite chose qui ne valait pas deux liards ? » Puis la vieille s'est approchée : elle a fouillé avec ses ongles dans la poitrine autour du cœur en disant : « Ce serait le moment, ma mignonne : la lune se lève, il te reste quelques gouttes près du cœur, et il me les faut, j'en ai besoin pour ma lessive. »

7.
Un secret trahi

Je passais par la ville de... Je voulus voir la maison des fous. Ce spectacle n'est pas gai, mais il est instructif. Il y a dans le fou un avertissement terrible. La folie est féconde en enseignements extraordinaires. La déraison vulgaire, celle qui habite les rues et les maisons, celle-là cache son absurdité sous une certaine apparence de bon sens conservé ; elle a gardé le respect humain ; elle ne dit pas son dernier mot. Elle mitige ce qu'elle aurait de violent par mille tempéraments : elle s'accommode un peu à la déraison de ses voisins : elle se plie aux exigences du monde : elle n'est pas complète, absolue, entière. Aussi reste-t-elle sociale, précisément parce qu'elle se cache.

Mais la folie, proprement dite, ne se cache plus. Elle s'étale, elle a perdu la pudeur d'elle-même. Aussi est-elle bien instructive, parce qu'elle se trahit. Elle montre sa cause, en ne cachant aucun de ses effets. Elle montre en flagrant délit la passion dont elle est née. Elle la montre dans ses dernières conséquences, et voilà la leçon ! Quand la passion s'arrête à mi-chemin, son caractère n'éclate pas, mais quand elle a tué le sens commun et qu'elle marche tête haute, visière levée, seule et victorieuse dans le silence de la raison vaincue, il est difficile de ne pas reculer d'épouvante ; en la voyant, en passant à côté d'elle.

Je vis un homme qui se croyait Dieu. Beaucoup se croient Dieu d'une certaine manière; mais celui-ci se croyait Dieu de manière à le dire, à le proclamer. Il exigeait le culte; il parlait de l'impiété des hommes de ce temps-ci, de la dureté de leur cœur.

– C'est moi qui les ai créés, disait-il, et ils ne m'en savent aucun gré.

Puis il se mit à causer, et raisonna très bien, dès qu'il ne parla plus de lui-même. C'était un homme instruit et intelligent.

Il s'offrit à me servir de *cicerone*, fit mille réflexions ingénieuses et justes.

– Ces gens sont fous, disait-il de temps en temps; que je les plains!

Il me conduisit à un de ses camarades.

– Tenez, me dit-il, quelle pitié! Voilà un homme de talent, bon géomètre. Il pouvait rendre des services à la société. Il est charmant, il est aimable, il est doux. Pauvre jeune homme! Ne s'est-il pas imaginé un beau jour qu'il était Dieu le Fils. Concevez-vous qu'une folie pareille entre dans une tête humaine? C'est comme je vous le dis, il croit qu'il est Dieu le Fils. Mais ce n'est pas tout; ce qu'il y a de plus extraordinaire, de plus incroyable, ce que vous ne voudrez jamais admettre, c'est qu'il ose me dire cela en face, sans se troubler, à moi qui suis Dieu le Père! Il me l'a dit, non pas une fois, mais cent, sans que ni raisonnements, ni supplications, ni menaces aient rien pu sur lui. J'ai de temps en temps la pensée de le foudroyer; mais je ne le fais pas. Il est si jeune!

– Tenez, continua-t-il, en voilà un qui se croit empereur, comme s'il pouvait être empereur sans ma permission!

Voici une femme qui s'est persuadé que Jeanne d'Arc revit en elle.

Mais ce n'est pas tout. Voici un homme qui se croit soleil. C'est l'orgueil qui a perdu tous ces pauvres gens.

Soleil! continua mon guide en s'animant, un homme de chair et d'os qui se croit soleil! Que la folie est une chose étrange! Et c'est à moi qu'il vient le dire, à moi dont le soleil n'est qu'une faible image! Voyons, vous, monsieur, qui probablement m'adorez, auriez-vous pensé qu'un homme pût arriver à se croire soleil, si vous n'aviez pas rencontré un Dieu pour vous le dire et pour vous le montrer ?

Mon guide continua.

– En voici un autre dont la folie est assez singulière, me dit-il en montrant son propre gardien; il croit que je suis fou. Je le plains, et je ne lui en veux pas. Cependant, pour vous dire toute la vérité, j'ai contre lui des moments de haine. Deux ou trois fois, j'ai voulu l'obliger à se mettre à genoux devant moi. Il a refusé. J'ai pris le parti de mépriser les hommages qu'il me refuse. Que voulez-vous ! Il ne sait pas. Il est fou; il n'est pas responsable de ses actions. Il y en a un autre ici qui croit être le directeur d'une maison de fous. Il me traite comme un des malades dont il est chargé, et m'envoie quelquefois un médecin. Je reçois le médecin avec bonté. Un Dieu doit être bon. Si je n'étais pas bon, on ne saurait pas que je suis Dieu.

En voici un qui se regarde comme l'inventeur de la vapeur; je ne veux pas le détromper, parce que cette idée le rend heureux.

Nous marchions toujours. Mon guide parlait et je l'écoutais.

Je vis un homme qui pouvait avoir une cinquantaine d'années, un homme à la figure intelligente, au regard ardent et fixe, qui se livrait à l'exercice le plus singulier. Il s'approchait de tous ses compagnons, et disait à chacun un mot à l'oreille; puis il posait un doigt sur sa bouche, et ajoutait : – Ne me trahissez pas.

Il vint à moi : – Etes-vous un homme d'honneur, Monsieur ? me dit-il. Je crois que vous êtes homme d'honneur, et je vais vous dire un secret.

Il me prit la main et me la serra fortement.

Mon guide me retint par l'autre bras.

– Il va vous dire que je ne suis pas Dieu ; surtout ne le croyez pas. N'allez pas augmenter le nombre des impies.

En prononçant ces mots, celui qui s'était fait mon guide et qu'on nommait Antoine, quitta son expression bienveillante pour une expression terrible. Je sentis la fureur dans le voisinage, cette fureur sans appel qui est toujours tout près, quand la folie est là, même la folie la plus douce ; les deux fous me tenaient, chacun semblait vouloir me gagner à lui et me sauver de son voisin.

– Défiez-vous de lui, me dit l'homme qui parlait à voix basse, et qu'on nommait René ; défiez-vous de lui ! il va vous trahir ! Confiez-vous à moi, bien plutôt. J'ai trahi un secret, je le sais ; mais je n'en trahirai plus jamais. Ne dites vos secrets qu'à moi, Monsieur. Tenez, je parie que tous les jours vous allez dans une maison de la rue…, au numéro… eh bien ! vous pouvez me le dire, mais ne le dites pas à d'autres ; ils vous trahiraient. Moi, je ne trahirai plus ; j'ai trahi une fois, il y a de cela six mille ans, et je m'en souviens comme si c'était hier ; six mille ans, cela passe vite.

– Qu'est-ce que six mille ans, dit Antoine interrompant son camarade ; qu'est-ce que six mille ans, près de l'éternité ? Moi qui suis Dieu…

– Tais-toi, dit René, tais-toi, tu n'es pas Dieu… Ah ! s'écria-t-il, et il devint pâle comme un mort.

Oh ! pardon ! pardon ! pardon, mon fils ! Voilà que je trahis encore un secret ! Ne meurs pas, mon fils ! ne meurs pas ! Oh ! pourquoi ai-je parlé ? J'ai trahi le secret d'Antoine en disant qu'il n'est pas Dieu. Mais je ne le trahirai plus. Tu es Dieu. Antoine, tu es Dieu !

Et René tomba aux genoux de son malheureux ami ou ennemi, comme vous voudrez l'appeler.

– Voyez, me dit Antoine, ma divinité l'écrase ! René se releva.

– Si tu es Dieu, continua-t-il, rends-moi mon fils. Je n'avais que lui. Oh ! pourquoi ai-je parlé ? Désespoir ! désespoir ! pourquoi ai-je parlé ?

Il s'arrachait les cheveux ; l'attaque devint furieuse, le docteur fut appelé.

Voici l'histoire du pauvre René, telle qu'on me l'a racontée :

Il avait été riche ! Sa fortune avait péri tout entière dans une spéculation, et non seulement elle avait péri, mais, chose plus amère, elle avait été volée. Chose plus amère encore ! elle n'avait pas été volée par des voleurs, au coin d'un bois : elle avait été volée par des *amis.*

Quant aux détails de l'affaire, ils ne nous regardent pas. Ce qu'il y a de certain, c'est que René fut dépouillé de sa fortune.

Sa femme était morte jeune. Il restait à René un fils, nommé André, et un ami, M. Charles Lerdan.

La ruine de René n'était pas entière, il pouvait encore vivre, et il vivait. René parlait souvent de son dévouement, il en parlait excessivement en homme qui ne sait ce que c'est. Son cœur était presque tout entier dans son imagination. Excellent quand il était bon, il n'était pas bon longtemps de suite, et il était prudent de ne pas mettre aux prises chez lui la bonté et l'amour-propre.

Quel homme était Charles Lerdan ? Je ne sais trop. Ceux qui m'ont raconté l'histoire ne l'avaient pas connu. Il paraît seulement qu'il ne ressemblait pas à tout le monde. Etait-il grand ou était-il seulement bizarre ? C'est une question que je ne puis résoudre. En tout cas, René le regardait comme un objet extraordinaire et précieux. En parlant de lui, René disait : J'aime Charles ; et, de bonne foi, croyait l'aimer. René avait trouvé le moyen de concilier l'enthousiasme et l'égoïsme. Quand un homme lui était agréable, il croyait aimer cet homme-là ; mais il n'aimait que lui-même, à propos de cet homme-là,

René et Charles se voyaient, dit-on, tous les jours depuis leur enfance. Le lien qui les unissait semblait solide. Ces deux hommes pensaient et sentaient de même. Mais il n'y a rien de solide dans un monument quand l'amour-propre se glisse par les fentes : à l'instant même, les pierres sont disjointes.

Pendant le récit je me disais : L'un se croit Dieu, l'autre soleil, l'autre empereur. Si René est fou pour une cause analogue, décidément c'est l'amour-propre qui peuple cette maison.

Reprenons le récit.

Un jour, René alla voir Charles à huit heures du soir. Charles n'était pas chez lui. Le lendemain il y alla encore, et Charles était encore absent. Le troisième jour il en fut de même. René était mécontent. – Où va Charles ? pensa-t-il. Est-ce qu'il se cache de moi ?

Cette piqûre d'épingle suffit pour blesser René, ou, si vous voulez, suffit à René pour se faire une blessure.

Il aima moins son ami. Son amour-propre enfla.

Un soir, René devait recevoir quelques personnes.

– Tu viendras ? dit-il à Charles.

– Je ne peux pas, répondit celui-ci. Et pas d'explications.

La blessure de René se creusait.

Mais, quelques jours après, René fit jouer une comédie au Théâtre-Français. Il comptait sur son ami pour le succès de la pièce. Il lui porta un billet.

— Nous dînerons ensemble, lui dit-il ; je veux m'assurer de toi et ne pas te lâcher.

— Je suis désolé, dit Charles, de te refuser aujourd'hui ; mais je n'irai qu'à la seconde représentation.

Depuis quelques jours, je ne suis pas libre le soir. Quand tu es venu me chercher, tu ne m'as pas trouvé. Quand tu m'as appelé, je n'ai pas répondu. Ton invitation d'aujourd'hui, je ne la refuserais pas sans motif sérieux.

— Tu as un secret que tu ne peux me confier ? dit René.

— Tu me donnes ta parole d'honneur de garder, sur ce que je vais dire, un silence absolu ? demanda Charles.

— Tu te défies donc beaucoup de moi ?

— Non, René, dit Charles ; mais une indiscrétion perdrait tout. Prends tes précautions contre toi-même. Donne ta parole d'honneur.

Tous les soirs, dit Charles, je vais rue..., n° ; l'affaire qui m'y appelle est grave. Il s'agit d'obtenir la réparation d'une injustice. Mon entreprise est difficile : je demande aux coupables eux-mêmes de défaire le mal qu'ils ont fait autrefois. Or ils partent demain pour l'Amérique. Je vais tenter ce soir l'assaut décisif. Ce soir, entends-tu ? Ta comédie sera jouée plusieurs fois. Mais je ne verrai qu'une fois, je ne verrai que ce soir l'homme qui part demain. J'ai à sauver cet homme de l'injustice qu'il a faite, et un autre homme de l'injustice qu'il a subie.

— Fais ce que tu voudras, dit René.

– A demain, dit Charles. Pour l'affaire dont je te parle, ajouta-t-il en le quittant, j'ai différé mon mariage.

En effet, Charles devait épouser Mlle Marie Léonce, et depuis quinze soirs la famille Léonce attendait Charles inutilement.

L'explication de Charles avait satisfait la raison de René, mais non pas son amour-propre. Il était blessé à l'endroit sensible. Dans la journée, René, faisant trêve un instant aux préoccupations théâtrales, se rendit chez la famille Léonce, avec son fils.

Il se passa là une de ces trahisons dont les amis seuls ont le secret.

René crut apercevoir que Mme Léonce était mécontente de Charles. Il crut voir l'effet de l'absence. Le refroidissement lui parut sensible. Au fond du cœur, René fut content.

Il parla de son admiration pour Charles.

– C'est un homme complètement supérieur, dit-il. Quel dommage que son caractère ne soit pas à la hauteur de son intelligence !

On causa. Chacun dit son mot.

– Depuis quelque temps, remarqua un des causeurs, on ne le voit plus. Il abandonne ses amis.

– La fidélité, dit René, n'est pas la vertu favorite de Charles.

– Où passe-t-il ses soirées ? dit un indifférent. Je ne le rencontre plus dans le monde.

René se pinça les lèvres, comme un homme qui a quelque chose à dire et qui ne veut pas parler.

Alors on le questionna. Il se défendit comme on se défend quand on va céder. Au lieu de l'arrêter par un mot bref, il excita la curiosité par mille demi-mots.

Enfin, enchanté de montrer qu'il savait ce que les autres ne savaient pas, désireux de nuire à Charles, désireux de le faire suspecter, désireux d'irriter contre lui la famille Léonce en lui prouvant que Charles avait des secrets pour elle, il se cacha à lui-même tous ses sentiments mauvais, et se dit : – Il faut que je prévienne cette famille. Charles suit une mauvaise voie ; ce jeune homme se perd. Il prend de mauvaises habitudes. Il y a dans son absence, dans sa préoccupation, quelque chose de mauvais. Pourquoi se cacher, s'il ne fait pas le mal ? C'est une passion, le jeu peut-être qui l'attire là où il va, là où il veut aller seul, là où il se cache pour aller. Dans son intérêt et dans l'intérêt de Mlle Marie, il faut que je prévienne la famille Léonce.

S'étant ainsi trompé lui-même, en se parlant tout bas, René parla tout haut.

– Charles, dit-il, me fait beaucoup de peine. Mon amitié pour lui me rend inquiet sur son compte. Je vous dirai, entre nous, que son rendez-vous de tous les soirs est invariable. Il va rue… numéro… chez qui ? Je ne sais. J'ai mauvaise idée de cette maison. Quelqu'un m'a dit avoir vu Charles sortir de là, à deux heures du matin, un billet de banque à la main. C'est au moins imprudent. Il pourrait être attaqué.

(Le fait était à moitié vrai. Un curieux avait vu Charles sortir de cette maison, un papier à la main ; mais ce papier était une lettre d'affaires.)

– Charles, continua René, a eu de tout temps pour les jeux de hasard un attrait qui m'inquiétait malgré moi ; car nous sommes amis d'enfance. Et, dans cette circonstance, il m'a fait un chagrin véritable, en ne m'avouant pas le vrai motif de ses rendez-vous continuels.

René jeta un coup d'œil autour de lui, comme pour contempler sa victoire.

Chose remarquable! sa confidence avait produit un effet directement contraire à celui qu'il attendait.

Quand il insinua que Charles était un menteur et un joueur, tous sentirent en lui le traître, et une réaction se fit en faveur de celui qu'il trahissait. Le frère de Marie se leva et ouvrit la porte.

— Sortez, monsieur, dit-il à René; vous êtes méchant.

René sortit suivi de son fils André.

Ce jeune homme partageait la rage de son père, et la partageait d'autant plus volontiers que Mlle Marie ne lui déplaisait pas. Pour les hommes comme René et son fils, l'humiliation subie devant *une femme* est un malheur qu'ils ne pardonnent ni aux autres ni à eux-mêmes, et, par une malice *du sort*, ce malheur leur arrive sans cesse. A l'instant précis où son frère avait mis René à la porte, Mlle Marie avait ri de bon cœur. N'étant pas émue, elle avait observé la scène, qui pour elle n'était qu'une comédie, car elle savait le secret.

– Ma mère, dit-elle, il faut renvoyer Julien (c'était le nom du domestique). Tout à l'heure il écoutait à la porte.

Julien fut renvoyé, comme René.

– C'est le jour des expulsions, disait Marie; la maison va devenir nette. Le jour de mon mariage, il faudra vendre les fauteuils sur lesquels ces gens-là se sont assis.

A minuit, André se dirigea, en courant, vers la maison mystérieuse d'où Charles sortait vers une heure du matin. Il tenait à lui raconter lui-même la visite qu'il avait faite avec son père chez la famille Léonce, afin que son récit ne fût prévenu, précédé, détruit par aucun autre récit; afin qu'il pût dire à Charles que Mlle Marie semblait avoir reçu de fâcheuses impressions sur son compte; que son père René et lui André avaient fait, pour les dissiper, d'inutiles efforts;

que M. Léonce avait détourné la conversation. Enfin, il se proposait d'enfoncer doucement à Charles un poignard dans le cœur, suivant l'usage des amis.

Il approchait de la maison indiquée. Il vit courir vers lui un homme qui se jeta dans ses bras et le serra à l'étouffer : c'était Charles.

– Cher André, lui dit-il, tiens, voilà la fortune de ton père ; ceux qui la lui avaient dérobée ont reconnu ses droits et la lui rendent. Je travaillais depuis quelque temps à faire éclater la justice ; voilà pourquoi je suis devenu invisible.

Eh bien ! va, cher ami, porte à ton père toi-même ce qui lui appartient, ce qui lui est rendu. Dis-lui que j'ai gardé le secret vis-à-vis de lui dans la crainte de lui préparer, en cas d'échec, une déception. Dis-lui de me pardonner mon silence et mon absence. Demain je serai tout à lui.

André quitta Charles, chargé de billets de banque ! Avait-il des remords ? Je ne le crois même pas. Son père l'avait habitué à ne jamais dire : j'ai tort.

Pendant le colloque de Charles et d'André, un homme était resté debout près d'eux, immobile et inaperçu.

C'était Julien, le domestique indiscret, Julien qui avait entendu dire par René que Charles traversait cette rue toutes les nuits, à une heure du matin, sortant d'une maison de jeu et chargé quelquefois de billets de banque. Julien qui avait entendu, chez Mlle Léonce, la conversation de René, venait d'entendre ici la conversation d'André et de Charles.

Charles s'éloignait. Julien savait qu'André emportait le trésor. Il le suivit, et quand il jugea le moment favorable, lui saisit les deux mains et les attacha, car il était le plus fort.

– Silence, dit-il, ou je te tue.

Et il s'empara des billets de banque.

André voulut appeler. Julien tira de sa poche un couteau, et frappa André au cœur avec tant de précision, que le jeune homme tomba mort.

Le lendemain, René apprit les événements de la nuit et devint fou.

Au moment où l'on venait de me raconter son histoire, René repassa devant moi, suivi du docteur. Il vint à moi. – Soyez discret, monsieur, dit-il. Quelquefois on prononce un mot légèrement, et on n'en devine pas les conséquences. Je connais un homme qui, pour avoir trahi le secret le plus insignifiant, a perdu d'un mot, si ce qu'on dit est vrai, son bonheur, son honneur, sa vie, son ami, son fils, sa fortune, son avenir, sa raison.

Et René continua sa route, un doigt posé sur sa bouche.

8.
Un homme courageux

Par une soirée du mois de mars, en 1853, quelques jeunes gens marchaient bruyamment dans la rue de l'École-de-Médecine.

Arrivés devant une porte cochère, ils se dirent adieu, éclatèrent d'un rire épais, firent quelques grosses plaisanteries, se serrèrent la main plus fort que quand on se la serre avec plaisir, puis l'un d'eux entra dans la maison.

– Bonsoir, vieux ! lui crièrent ceux qui s'en allaient.

– Edouard n'a jamais été si gai que ce soir, se disaient-ils entre eux.

– Il est gai, parce qu'il est fort, dit le plus philosophe de la troupe.

– Si on choisissait sa destinée, je choisirais cette destinée-là, dit un second personnage.

– Les anges ont éternué à sa naissance, dit-on encore.

– Quand l'argent ne va plus, il se console avec sa pipe, et fait bien, ajouta un malin de profession.

– Quelqu'un l'a-t-il vu triste ? demanda une dernière voix, qui ne voulait pas rester muette dans le concert.

Et toutes les voix répondirent : Non.

Celui qu'on louait ainsi, Edouard Castagnou, montait lentement deux étages. Pour un homme gai, il marchait bien lourdement : la gaieté va toujours vite. Cependant, ne nous hâtons pas de juger. Ses camarades doivent le connaître mieux que moi.

Le voilà devant la porte de sa chambre : voici l'instant décisif, car il est seul. Nous allons bien savoir s'il est heureux : il est seul. (Je le regarde, il est vrai ; mais j'ai ce privilège épouvantable du narrateur, le privilège de voir et de n'être pas vu.)

Edouard tire une clef de sa poche, la met dans la serrure, et l'y laisse un instant. On dirait qu'il hésite à ouvrir. Mais je ne puis le croire ; suivons-le.

Il pousse sa porte. Le voilà dans sa chambre, sans lumière. Cependant il jette un coup d'œil rapide derrière la porte et autour de lui, comme un homme qui chercherait ou qui serait cherché.

Sa chambre est obscure. Je vais user de mon droit d'observateur pour toucher sa main qui cherche maladroitement sur la cheminée une allumette.

Sa main est froide, non pas comme le marbre de la cheminée qu'il touche, mais autrement. Si je touche le marbre de la cheminée, je me refroidis la peau. Si je touche la main d'Edouard, elle me glace le sang.

Voilà la bougie allumée. A quel homme avons-nous affaire ?

Il est grand et fort, circonstance fâcheuse peut-être, car elle a pu augmenter son aplomb extérieur. Beaucoup de gens, je le crois, ont été préservés de mille folies par leur petite taille et leur maigreur, qui leur inspirent, en certaines circonstances et en face de certaines gens, une sorte de timidité salutaire.

Edouard est grand et fort. Il a l'air habitué au commandement. Mais il y a dans son œil quelque chose de flottant et d'indécis. Il regarde partout et ne regarde nulle part. Le voilà qui s'assied d'un air inquiet. Il est dans sa chambre, et on dirait qu'il n'est pas chez lui. J'en conclus qu'il fait le maître quand il est chez les autres.

Il se relève. Va-t-il se coucher ? Non. Il prend sa bougie, et regarde sous son lit, après s'être consulté un moment, comme s'il faisait un effort.

Décidément je ne comprends plus.

Est-ce un coupable ? La figure des coupables peut avoir trois expressions : la froideur, le repentir ou le remords.

Quand le coupable est indifférent, il a une froideur dont rien ne donne l'idée.

Quand le coupable se repent, sa physionomie se prépare à se calmer. On sent qu'il marche vers la tranquillité. Le repentir, quelque déchirant qu'il puisse être, apaise ; les choses qui sont dans l'ordre du bien pacifient, même quand elles déchirent.

Quand le coupable n'a que des remords, il offre aux yeux la raideur du désespoir. Si le repentir, qui contient l'espérance, rafraîchit, même quand il désole, le remords qui contient le désespoir, agite et glace, même quand il réduit sa victime à un état de calme apparent.

Les choses qui sont dans l'ordre du mal, troublent même quand elles immobilisent.

Le remords, par sa froideur, touche souvent à l'indifférence. Il s'en distingue par sa brutalité. L'indifférence est plus polie.

Edouard ne se repent pas ; son œil est dur, fixe et sec. Il n'a pas l'indifférence aisée de l'homme qui se dit : Tout ce que j'ai fait est bien fait, car ses mouvements sont saccadés.

A-t-il un remords ? Peut-être. Il est si lourd sur sa chaise ! Il porte sans doute un poids énorme. Je sens, à la profondeur de son abattement, que cet homme rit souvent et très haut, mais qu'il n'a pas le droit de rire ; qu'il ne pleure jamais, mais qu'il aurait le droit de pleurer. Il est accablé ; oui, mais il n'est pas tout entier là. Je ne devine pas tout. Cet homme doit se résumer dans un mot, et ce mot m'échappe encore. Je regarde et j'attends. Il ne fait rien ; rien, c'est bien vide. Il a l'air d'inspecter, et j'ai froid en le contemplant. Il promène autour de lui ses regards, comme s'il attendait quelqu'un, et cependant je sens qu'il n'attend personne, ou s'il attend quelqu'un, ce quelqu'un-là ne doit pas venir. Si ce quelqu'un venait, je sens que j'aurais peur. Peur ! voilà le mot que je cherchais. Je l'ai trouvé, comme on trouve tant de choses, quand j'ai regardé en moi, oubliant le dehors.

Edouard a peur, car j'ai froid. S'il avait peur des voleurs, s'il avait peur d'un danger, je n'aurais pas froid, en le regardant. La peur qu'il a, c'est la peur froide : toutes les créatures humaines, armées pour le défendre, s'assembleraient là autour de lui, sans le rassurer.

On frappe à la porte, il se retourne et souffle sa bougie.

Je ne me suis pas trompé, il s'est retourné brusquement. Il a peur ; mais il n'a pas peur de celui qui frappe à sa porte : celui-là n'est que l'occasion. Celui dont Edouard a peur ne fait aucun bruit. Et si, par extraordinaire, il pouvait entrer, je crois qu'il pourrait entrer sans frapper.

Le surlendemain, deux amis d'Edouard causaient ainsi :

– Hier soir, à onze heures, j'ai frappé à sa porte ; il n'a pas répondu.

– C'est qu'apparemment il n'était pas chez lui.

– Pardon, j'ai vu sa lumière par le trou de la serrure, et sa lumière s'est éteinte.

– Est-ce qu'Edouard devient fou ?

– Cet homme-là se meurt, vois-tu, mon cher, car voilà trois mois qu'il ne s'est battu.

– J'ai entendu parler de sa dernière affaire ; mais je n'étais pas à Paris. Conte-moi l'aventure.

– La voici. Edouard se promenait bras dessus bras dessous avec un Anglais qui lui dit : Mon garçon, je connais votre réputation. Vous êtes crâne, comme on dit en France ; mais vous avez trouvé votre maître. Je suis plus crâne que vous. Edouard répondit : – C'est ce que nous verrons.

Tous deux sortaient de table et avaient bien déjeuné.

– Voici, mon garçon, poursuivit Edouard, ce que je vous propose. Je lance cette pièce en l'air : Pile ou face. Pile ? Je vous brûle la cervelle : Face ? C'est vous qui me la brûlez.

– Accepté, dit l'Anglais.

La pièce retomba, Edouard la releva sans la moindre émotion :

– Face, dit-il. Camarade, vous allez me brûler la cervelle. Ce sera drôle. J'ai chez moi un pistolet tout neuf, quelque chose d'excellent. Vous allez l'essayer, et, par testament, je vous le lègue. S'il est bon, vous continuerez à vous en servir.

Ils allèrent chez Edouard ; ils chargèrent le pistolet, puis Edouard alluma un cigare, en offrit un autre à son *camarade* ; tous deux fumèrent. En fumant, Edouard disait :

– J'ai un conseil à vous demander : à ma place, est-ce dans la bouche ou dans l'œil que vous appliqueriez le pistolet ?

– Dans l'œil, dit l'Anglais.

– Eh bien, dit Edouard, quand vous voudrez.

Et il s'appliqua le pistolet sur l'oeil, présentant la détente à son *camarade*.

Cependant l'Anglais, un peu moins ivre qu'une heure auparavant, prit une attitude théâtrale et dit :

– Il ne faut pas que la crânerie française périsse, et tu la représentes bien. Ami, tu es un vrai crâne, un bon, un vieux, un raffiné. Je veux que tu vives. Buvons à la santé de la crânerie un verre de château-margaux. Et puis changeons de pari. Le premier que nous trouvons dans la rue, je lui demande ses oreilles ; s'il me les refuse, je le tue. Toi, tu en fais autant au second qui se présente. Et nous verrons qui de nous deux aura tué le premier et le plus gentiment son homme.

– Très bien, dit Edouard. J'aime la lame ; je ne serais pas fâché de faire avaler un pouce de fer à quelqu'un pour me dégourdir le poignet.

Edouard n'aurait jamais osé dire : J'aime le sang.

Ils sortent. L'Anglais aborde un passant et lui dit :

– Monsieur, voudriez-vous me faire le plaisir de me donner vos oreilles ?

– Très volontiers, monsieur, répond le passant, d'un air agréable. Ayez seulement la bonté de passer à mon hôtel dans deux heures. J'aurai l'avantage de vous les remettre.

Et il donna sa carte.

Deux heures après, l'Anglais se rendit à l'endroit indiqué où il trouva son homme. Mais son homme, après lui avoir attaché ses deux mains derrière le dos, lui donna le fouet, deux heures durant. Quand il fut fatigué de frapper, il prit l'Anglais par la peau du col, comme un chien, et le jeta par la fenêtre. Il demeurait à l'entresol. L'Anglais n'eut que des contusions.

Quant à Edouard, il aborda, lui, un jeune homme élégant et lui fit la demande convenue.

Le jeune homme, qui se nommait, si j'ai bonne mémoire, Emile, au lieu d'appeler un sergent de ville, se troubla. Il n'avait pas vécu dans le monde des duellistes, et ne savait ce que cela voulait dire.

– Se trompait-il ? dit l'interlocuteur.

– Là n'est pas la question, poursuivit celui qui racontait. Ce qu'il y a de certain, c'est qu'Edouard ne lâcha pas son homme, sut où il demeurait, connut ses habitudes, le vit le lendemain entrer dans un café, y entra après lui, et, devant ses camarades attablés près de M. Emile, lui cracha à la figure.

Le rendez-vous fut pris. On devait se trouver à Vincennes le lendemain matin, et on s'y trouva. L'arme choisie était le pistolet.

Au premier coup d'Edouard, Emile tomba frappé d'une balle dans la tête. Il ne mourut que dans la soirée. Voilà l'aventure, mon cher ; voilà le dernier duel d'Edouard.

A l'heure de la consultation, Edouard se trouvait dans le cabinet de M...., médecin célèbre. Ils causaient depuis fort longtemps, et les malades, dans le salon d'attente, s'impatientaient.

– Monsieur, dit le docteur, votre cas est des plus extraordinaires. Je réfléchirai, je causerai avec mes confrères. Voici, pour le moment, mon avis : Voyagez, changez toutes vos habitudes. Je vous interdis Paris et surtout votre chambre. Je vous défends d'y rentrer ce soir. Partez aujourd'hui. Ecrivez-moi dans deux jours. Je veux savoir si les phénomènes se sont reproduits dans les conditions nouvelles où vous vous trouverez. Je vais réfléchir, étudier, consulter, et, dès que j'aurai une lettre de vous, je vous répondrai.

Edouard à M.

Bourges.

« Cher docteur,

J'ai quitté Paris depuis trois jours et je ne suis pas délivré. La voix, qui parlait le soir, quand onze heures sonnaient, dans les salons de Paris ou dans ma chambre, parle là où je suis, à mon oreille, que je sache l'heure ou que je ne la sache pas ; elle parle du même ton, douce, calme, un peu plus faible peut-être qu'autrefois ; mais c'est elle, c'est bien elle, toujours elle, fidèle, impitoyable. Oh! si elle pouvait crier ! il me semble que cela me soulagerait ! Mais non ; c'est une voix douce. Si elle était menaçante et si je savais d'où elle part, si c'était la voix d'un adversaire, la voix de quelqu'un, si j'avais quelqu'un en face de moi, quelqu'un à qui répondre, je me sentirais sauvé. Mais non, c'est la voix du silence.

Pourtant, vous me l'avez dit, je ne suis pas fou. Je m'examine, je me regarde, je m'écoute : j'observe l'effet que je produis sur les autres. Je ne suis pas fou.

J'ai quitté Paris pour aller à Nantes, où je n'avais rien à faire. Je fuyais, voilà tout. A onze heures, j'étais en wagon : le train partait d'Angers ; le coup de sifflet était aigu, j'étais près de la locomotive : un autre train croisait le nôtre ! Tout ce tapage eût couvert mille voix humaines ! je ne sais si j'aurais entendu le tonnerre ; mais j'ai entendu passer le petit souffle qui donne chair de poule, et j'ai entendu la petite voix me dire sur le ton ordinaire, la parole du soir :

L'assassin n'a pas longtemps à vivre !

Pour couvrir toutes les voix, pour dominer le tumulte du départ, la voix ne s'est pas donné la peine de s'élever.

Le lendemain, j'étais au théâtre : je ne savais pas l'heure. Arnal jouait à Nantes : la salle était pleine ; on riait beaucoup. Au moment le plus comique, j'ai senti le froid à mon oreille gauche, et, malgré les éclats de rire de la salle entière, j'ai entendu dire à côté de moi, comme à Paris, comme en wagon, comme dans la solitude, comme partout :

L'assassin n'a pas longtemps à vivre !

Comme vous êtes docteur en médecine, je puis vous écrire ces choses. Si vous étiez docteur en droit, vraiment j'hésiterais. Savez-vous bien que la justice, si elle cherchait un criminel, pourrait fort bien tourner vers moi ses soupçons ?

Enfin, mes amis savent que je suis un honnête homme, et je ne ressemble pas plus à un voleur de grand chemin qu'à un aliéné de Charenton. Le cas échéant, docteur, vous direz que je n'ai jamais arrêté, sur aucune grande route, aucune diligence.

Je plaisante, et cependant je ne suis pas gai. Ne m'avez-vous pas demandé vous-même, cher docteur, si je n'avais aucun remords ? Non vraiment. Je suis innocent comme l'enfant qui vient de naître. Ma jeunesse s'est passée comme toutes les jeunesses : quelques petites bamboches, quelques légèretés, quelques affaires d'honneur, ce qu'il faut pour n'être pas ridicule, et voilà tout. Voilà ma confession, docteur. C'est celle de tous les jeunes gens. J'ajouterai, pour qu'elle soit complète, que je commets, en esprit, le crime de Prométhée.

Je voudrais m'emparer du tonnerre, l'avoir à ma disposition, le faire éclater à onze heures, comme il n'a jamais éclaté, et briser, s'il le fallait, à ce moment-là, les mondes, dans l'espace, les uns contre les autres, pour couvrir la petite voix.

Mais le craquement de l'univers cassé, pulvérisé, ce craquement-là suffirait-il ? J'en doute. Elle est si faible, si douce, la voix maudite !

si faible, si faible, qu'elle doit être invincible.

P. S. Si je me tirais un petit coup de pistolet dans la cervelle, à onze heures moins cinq ? Mais qui sait si à onze heures la voix ne parlerait pas encore ? Au moins, elle ne dirait pas la même chose. Pour faire cesser une prédiction, le meilleur moyen, c'est de la réaliser. Ce procédé me tente un peu. Je suis allé à Nantes, de là à Bourges. Il faut peut-être aller plus loin. »

Le jour où il écrivait cette lettre, Edouard quittait Bourges vers sept heures du soir.

Dans le même wagon que lui, il y avait deux hommes qui causaient, et une jeune femme en noir qui ne parlait pas.

– Ce pauvre Emile, disait l'un des deux hommes, voilà aujourd'hui un an qu'il a été assassiné.

– Assassiné ? répondit l'autre.

– Ne savez-vous pas son histoire ?

– Mais non, mon cher. Je n'ai pas connu cet Emile dont vous parlez si souvent ; et comme vous en parlez souvent à demi-mot et d'un air mystérieux, je n'ai que des renseignements fort incomplets.

Le voyageur raconta à son ami l'histoire d'Emile, telle que nous la tenons du camarade d'Edouard.

Au moment où son récit finissait, un de ces feux qui sont allumés la nuit sur le passage des convois éclaira, pour la première fois, le visage de cette femme silencieuse, de cette femme en deuil qui était dans un coin et qui semblait dormir.

– Pardon, madame ! s'écria le narrateur. En racontant la mort de mon ami, je ne savais pas parler devant sa veuve !

Onze heures sonnaient à une horloge près de laquelle le train passait, et la voix qu'Edouard appelait la voix du soir, sortit cette fois d'une bouche visible.

– L'assassin n'a plus longtemps à vivre ! répondit la veuve d'Emile.

On arrivait à une station.

Quand on ouvrit la portière, un corps tomba lourdement sur la route. C'était le cadavre d'Edouard, d'Edouard qui s'était depuis un instant appuyé contre la portière.

On ouvrit le cadavre.

– Il avait un anévrisme, dit le médecin de province.

– Les anévrismes produisent quelquefois de singuliers effets, ajouta le médecin de Paris

9.
LES MÉMOIRES D'UNE CHAUVE-SOURIS

Je suis vieille, mes enfants, mais heureuse et gaie, vous le savez toutes. Quelquefois, le soir, à l'heure où nous prenons joyeusement nos ébats dans l'air purifié et rafraîchi, vous me demandez le secret de ma joie fidèle. Il est juste que je vous le livre avant de mourir ; car nul n'a droit au bonheur, s'il est heureux pour lui seul.

Je fus jeune autrefois. Mes parents avaient vécu d'une vie simple et sans faste entre les fentes d'une vieille corniche ; ils n'aspiraient ni à la gloire ni aux richesses. Mais une vieille chauve-souris, qui avait beaucoup voyagé, venait quelquefois le soir et nous entretenait des contrées qu'elle avait parcourues. Ma sœur, car j'avais une sœur, se laissait enflammer l'imagination par ces récits un peu emphatiques, peut-être, mais séduisants, je l'avoue. Toutes les races d'oiseaux et de papillons passaient devant nos yeux, quand nous l'écoutions. Elle nous introduisait dans un monde féerique qui éblouissait ma sœur, mais qui ne me suffisait pas. Oh ! je rêvais voyage aussi, mais je rêvais un autre voyage.

Va, pauvre petite sœur, disais-je intérieurement, va écouter le caquetage que les oiseaux font sous les feuilles. Tu seras ridicule à leurs yeux, odieuse et même laide. Tu ne les comprendras pas ; tu le feras chasser honteusement. Cependant, moi, je jouirai de la conversation des sages.

Les hommes ! les hommes ! que peut souhaiter une chauve-souris, sinon de les connaître ?

Il est une race pour qui l'univers a été créé, qui a pénétré les secrets les plus intimes de la Nature, qui a tiré de cet admirable spectacle le droit d'être sage et heureux, et moi qui ne suis pas une chauve-souris ordinaire, moi dont l'âme est autrement faite que celle de ma sœur, moi qui suis tendre, sensible, passionnée, mélancolique et reconnaissante... Je causais ainsi avec moi-même quand mes regards tombèrent sur deux cadavres : c'étaient ceux de mon père et de ma mère. Je reçus une preuve nouvelle de mon immense sensibilité ; je fis sur leur triste destinée les plaintes les plus touchantes. Mes chers parents avaient été écrasés par une pierre. J'allais pleurer chaque nuit sur cette tombe naturelle, et j'exhalais ma douleur en soupirs harmonieux. Pendant mon deuil, mon visage ne démentit pas une seule fois l'amertume de mes pensées. Quelquefois je m'excitais au désespoir et je m'enivrais de ma propre éloquence.

Je m'arrangeais dans mon trou aussi commodément que possible, et je me lamentais. Je passais en revue tous les malheurs qui avaient assailli ma confiante jeunesse, et je m'attendrissais avec volupté sur mes illusions perdues. Mais il fallait pour ces scènes de deuil une lune complaisante, un temps doux, une santé parfaite et une position commode sur la tombe de mes chers parents.

Car la moindre gêne physique empêche absolument ces effusions de cœur.

Quand il me sembla que j'avais assez longtemps gémi, je me rappelai que la force est la vertu des grandes âmes.

La Providence, en me faisant seule et libre, ne m'avertissait-elle pas qu'il était temps de réaliser mes projets. Ah ! certes, il m'en coûtait de me séparer de la tombe de mes parents.

Mais les hommes étaient là qui m'attendaient pour m'instruire. Je me dévouai, mes enfants. Toute ma vie n'a été qu'un long dévouement. Je dis adieu à ma sœur en pleurant.

J'enviais cette enfant insouciante qu'une nature vulgaire devait préserver des dangers de la gloire !

– Adieu, lui dis-je, sois heureuse, puisque le bonheur t'est permis. A toi le repos, à moi la lutte ! Mon âme va s'user et se briser : la tienne s'endormira.

– Pourquoi me quitter ? me dit-elle. Je suis seule. Au lieu de te dévouer à l'univers qui n'a pas besoin de toi, si tu te dévouais à ta famille qui t'aime et que tu peux rendre heureuse ?

Je m'éloignai en souriant.

Je rencontrai en route la vieille chauve-souris qu'avaient aimée mes parents. Cette vue m'attendrit. Notre amie m'appela.

– Je n'ai pas le temps de m'arrêter, répondis-je sans détourner la tête.

Je n'ai pas d'amour-propre : je n'en ai jamais eu ; mais je ne pus m'empêcher de comparer ses voyages aux miens. Elle avait vu des insectes et j'allais voir des hommes. Elle avait appris des détails de ménage ; elle avait vu des fourmis préparer leurs magasins, et vous saurez tout à l'heure à quels spectacles la Providence me destinait.

Mais ne parlons pas de moi. Les hommes qui écrivent ne pensent jamais à eux. Ils songent à tout, excepté à leur intérêt personnel. Ils travaillent pour être utiles et par charité pure. Je les ai étudiés. Je les imite. J'arrive au fait.

J'ai connu des oiseaux qui parlaient sans cesse d'eux-mêmes ; ils étaient insupportables ; moi, je ne parle jamais de moi. J'arrive au fait sans détour.

J'aime les voyages ; ils multiplient la vie, et, quoique je me sois toujours oubliée pour les autres, cependant j'aime à contempler, en me retournant, cette trace de moi-même que garde l'air, fendu par mes ailes joyeuses et rapides.

Je contemplais ma destinée et j'admirais la nature. Je venais sans doute de passer les Alpes quand j'aperçus une habitation humaine. Je crois avoir le droit de me reposer.

A ma gauche était un moulin : je me blottis entre les pierres d'un vieux pavillon. A droite, j'apercevais un bois de pins mélancolique, et, profondément mélancolique moi-même, plus mélancolique que le bois de pins, je rêvais. La tristesse, qui est la maladie des grandes âmes, me visita. Elle me toucha de son aile noire. Plût au ciel, dis-je en pleurant, que je ne fusse jamais née ! La vie est courte. Passons-la dans le désespoir. Après tout, qu'est-ce qu'une chauve-souris ? C'est un roseau, un grain de sable, un nuage que le vent emporte, un...

J'allais parler et accuser la Providence, quand une voix coupa la mienne. C'était une voix d'homme qui résonnait dans l'intérieur du pavillon.

J'avoue qu'un instant le cœur me manqua presque.

– Courage, me dis-je enfin, courage, toi qui as été choisie pour être offerte en exemple aux chauves-souris à venir. Courage !

Deux jeunes gens et une jeune fille causaient ensemble. Avec quelle noblesse ! Dieu le sait. Comment ai-je appris la langue des hommes ? Quand je l'entendis pour la première fois, je crus l'avoir entendue toujours !

L'un de ces jeunes gens avertissait son ami d'un danger grave dont il le croyait menacé. Il semblait regretter un temps plus heureux. Je me rappelle le nom d'une reine qui revenait sans cesse dans leur conversation : c'était, je crois, la reine Athalie. Les deux jeunes gens s'appelaient Joad et Abner. Joad répondit avec une majesté douce, sans peur et sans bravade, aux conseils de son ami. Son langage était cadencé, harmonieux, solennel :

> Je crains Dieu, cher Abner, et n'ai pas d'autre crainte.

dit-il. Je l'entends encore ! Dieu ! qu'il était beau ! et que je m'attendris sur sa femme Josabeth ! Eternel et doux souvenir ! Quand j'aurais payé de ma vie ces sublimes leçons, les aurais-je payées trop cher ?

Quand ils eurent résolu de prendre certaines mesures qui devaient conjurer l'orage, changer la face des choses, et, si j'ai bien compris, placer la couronne sur la tête d'un enfant nommé Joas, ils se séparèrent. J'étais transportée, et non rassasiée. Je ne pouvais pas me séparer d'eux. Les hommes ! Je voulais les voir de plus près encore. Je voulais être admise dans leur intimité ! Dans quelle lumière je venais de les contempler ! Comme Joad priait et remerciait Dieu ! Quelles actions de grâces les hommes rendent continuellement à leur créateur ! Nous étions au soir. Le soir, c'est l'heure sainte : c'est l'heure de la prière. Quel magnifique spectacle doit offrir à Dieu, qui sait tout, et à une pauvre chauve-souris, qui ne sait rien, l'intérieur d'une maison d'hommes le soir ! Puisqu'enfin ils sont sujets à la mort, comme ils le disaient tout à l'heure, puisqu'ils doivent rendre compte au Seigneur de leur vie, jamais, non, mon Dieu ! jamais un homme ne s'endort certainement sans être prêt à se réveiller devant le tribunal du souverain juge ! Quelle prière doit être ce sommeil, et que le réveil doit être beau ! Si j'osais, moi, misérable, approcher de ces conciliabules augustes, si j'osais franchir le seuil d'une habitation humaine, le soir, si j'osais ! mais je n'oserai jamais.

Ainsi je parlais en moi-même, et cependant j'osai. L'homme quitta le pavillon, traversa le jardin ; je le suivis à distance, retenant ma respiration, et battant à peine des ailes. J'avais peur de troubler le silence où sans doute il méditait. L'homme entra dans sa maison, le cœur me manqua. Je crus commettre un sacrilège en violant le soir ce saint asile... Pourtant, quelque respect qu'éprouve une chauve-souris, la curiosité l'emporte souvent en elle. C'est que nous sommes une race inférieure. Ces choses-là n'arriveraient pas aux hommes. Je laissai Joad entrer le premier par déférence ; Abner le suivit, puis avisant au-dessus de la porte par laquelle ils étaient entrés, une fenêtre ouverte, je me voilai la face avec mes ailes, et je me hasardai. Je me blottis, sans être vue, derrière le rideau de la fenêtre, entre une glace et un tableau, puis je regardai et j'écoutai, tout yeux et tout oreilles. Joad et Abner étaient là ; pendant quelque temps, j'écoutai inutilement. Ils ne diront rien ; sans doute ils réfléchissaient. Abner, étendu sur deux meubles qu'on appelle, je crois, des fauteuils, dans leur langage, semblait absorbé dans quelque pensée profonde qu'il n'exprimait pas. Joad tenait dans son auguste bouche un petit morceau de bois percé au bout, dont j'ignore le nom, et en faisait sortir de la fumée, chaque fois qu'il respirait. J'ai su depuis que cet exercice est très répandu parmi les hommes ; sans doute il contribue beaucoup au parfait, développement de l'esprit et du cœur, car ils quittent pour cela, m'a t-on assuré, leurs affaires les plus importantes : ils abandonnent leurs sœurs, leurs mères, leurs femmes. Ce travail d'aspiration et de respiration qui gêne la parole, exhale une odeur infecte, et quelquefois ruine la santé, ce travail doit être fort pénible. Mais sans doute il était nécessaire aux progrès des hommes, et aucun dévouement ne me surprend de leur part.

Joad prit le premier la parole :

– Eh bien, dit-il à Abner, eh bien ! grand imbécile (j'ignore le sens de ce mot, c'est sans doute un terme honorifique), j'espère que nous avons déclamé ce soir, dans le pavillon.

– A faire sortir les chauves-souris de leur trou, répondit Abner.

J'admirai sa bonté d'avoir pensé à moi dans un pareil moment, et la véhémence avec laquelle, en finissant sa phrase, il prononçait le nom de Dieu. Du reste, ils le prononçaient tous à chaque instant avec quelque formule terrible. Mais bientôt je regrettai mon audace, le cœur me manqua; je crus que j'allais tomber sans connaissance au milieu de ces deux hommes et troubler l'auguste entretien. Ah! c'est que j'appris qu'il était question entre eux des plus grands mystères de la nature et des plus grands événements de la société, et que ces hommes étaient des artistes. L'Art! Mon Dieu! qu'ils doivent toujours avoir les mains pures ceux qui touchent à cette grande chose : l'art! Je voyais là deux hommes qui se sont consacrés à l'art! Tous les artistes sont des saints, sans doute! Je regrette de n'être pas morte, en ce moment, de joie, de terreur et d'admiration. C'eût été une belle destinée pour une chauve-souris de mourir après avoir entendu des hommes, des artistes, s'entretenir, le soir, sous l'œil de Dieu, de la naissance, de la mort et du mariage.

Peu à peu l'entretien prit un tour qui m'étonna, et j'entrevis la charmante vérité. Je ne vous la dirai qu'à la fin, pour tenir votre attention en haleine, mes enfants. Soyez étonnées, mais ne soyez pas effrayées. Tout s'expliquera.

– Allons, bon! dit Joad, en voilà encore un qui va venir partager l'héritage du bonhomme.

– Pas de chance, dit Abner.

– Et encore il faudra faire semblant de voir arriver avec plaisir le nouveau gamin.

– Plains-toi donc! Plains-toi donc! Tu épouses cinquante mille livres de rente et des espérances.

– Ça va être amusant, reprit Joad, il faudra faire le tourtereau pendant les premiers mois, et puis être aimable avec le bonhomme.

— Pourvu que ce bonhomme-là ne soit pas le Père éternel ! c'est qu'vraiment il lui ressemble ! Ah bah ! l'hiver approche. Les bonnes gens ont des rhumes. J'ai confiance dans les rhumes, et toi ?

Josabeth entra.

— Je me rafraîchirais volontiers, dit-elle.

— Que pourrait-on vous offrir, madame ? demanda Joad.

— Une tranche de gigot, répondit-elle.

On sonna. Un domestique servit à souper. Joad, Abner et Josabeth se mirent à table.

— Or ça, dit Josabeth, réglons nos comptes. C'est moi, mes petits anges, qui vous ai fait entrer au château. J'y suis bien sérieusement madame la comtesse de Lisburne. La fin du monde arrivera avant que ces honnêtes Bretons aient suspecté ma Seigneurie de figurer le soir à Paris sur les planches du Vaudeville. Avouez que je joue bien les rôles de comtesse. Sans moi, Antoine, seriez-vous ici ?

(Je vous expliquerai tout à l'heure, mes enfants, pourquoi Josabeth appelait Joad de ce nom vulgaire d'Antoine. Vous n'avez pas mon expérience ; vous ne savez pas encore ce que c'est qu'un nom de comédie.)

— Antoine, dit-elle donc d'un ton ému, seriez-vous ici sans moi ? En face d'une jeune fille qui n'a lu que son livre de messe, obligée, pour être agréable à papa et à maman, de faire de la littérature, auriez-vous su vous tirer tout seuls d'Esther et d'Athalie ? sans moi, seriez-vous entrés, chaussés de cothurnes, dans les bonnes grâces de deux vieux imbéciles ? Oui ou non, vous ai-je rendu service ? Vous épousez les écus, Antoine ! eh bien, mon agneau, il faut s'exécuter. Il faut être reconnaissant. Des promesses ! on sait ce que ça vaut. Cent fois, j'ai promis d'être sage, moi, pourtant me voici ! Il faut me faire, séance tenante, une petite reconnaissance de 10 000 francs, c'est plus sûr. Nous avons monté le coup par écrit, mon doux Antoine. J'ai l'honneur de posséder dix précieux autographes de votre main.

– Qu'est-ce qu'elle veut dire, cette coquine-là ? reprit Joad.

– Elle veut dire, mon cher enfant, reprit Josabeth, que si par hasard (vous savez comme le hasard est méchant quelquefois), si par hasard une seule de vos lettres précieuses, une lettre contenant le nœud de l'intrigue, tombait sous les yeux de la belle, vous n'épouseriez pas ses écus.

Joad semblait furieux. Abner souriait. La scène se prolongea.

Une autre à ma place se fût étonnée. Je comprenais et j'admirais.

– Coralie, cria Joad, et il prit un couteau sur la table.

– Doucement, l'ami, reprit Josabeth, ou j'appelle. Allons ! mon petit, du calme ! 1000 fr. pour chaque lettre que je te rendrai. J'estime 1000 fr. chacune de tes épîtres. Trouve donc un éditeur qui les estime à ce prix-là. Pas facile, mon vieux.

Joad fit mine de vouloir arracher un paquet à Josabeth. Celle-ci se défendit. Ils jouaient leur rôle parfaitement bien.

– Et moi, dit Abner, je ne suis pas inutile, est-ce que je n'aurai rien ?

On ne lui répondit pas.

– Allons, petit, dit Josabeth, faut en finir, donne ta reconnaissance, et voilà tes lettres.

Joad jouait admirablement la colère, il donna un morceau de papier, on lui en rendit plusieurs autres.

– Allons, dit Josabeth, voilà comme j'aime la jeunesse française, généreuse et bien élevée.

Qu'on vienne nous dire encore, ajouta-t-elle d'un air de triomphe, que le théâtre ne sert pas à moraliser les populations.

Je fus frappée d'un trait de lumière.

Joad, Abner et Josabeth quittèrent la table. Tous trois chancelaient. Leur démarche était tremblante ; l'inspiration poétique pesait sur eux et leurs membres fléchissaient sous le poids de leur pensée.

Josabeth tendit son verre à Joad ; il y versa une liqueur étrange que je crois destinée aux poètes. Les abeilles, vous le savez, prépaient pour leur reine, pour celle qui est chargée de peupler la ruche, de former de nouveaux essaims, un miel particulier. Sans doute les hommes réservent pour leurs chantres, pour leurs poètes, pour ceux qui parlent la langue sacrée, ce breuvage pétillant et argenté qui rendit un éclat nouveau à leurs regards fatigués. Leur parole devint si active et si ardente, que je ne distinguais plus les mots prononcés.

Hélas ! je sentis ma misère native et ma condition de chauve-souris. Je ne pouvais plus comprendre. Joad et Josabeth exécutèrent une danse triomphante, signe de joie et de réconciliation, puis ils poussèrent des cris de victoire. Abner battait des mains. J'étais au troisième ciel. Quelque chose s'empara de moi, qui ressemblait à du délire. Je m'associai, malgré moi, au transport des poètes. Je battis des ailes ; un cri aigu s'échappa de ma poitrine haletante. Abner me regarda :

– Tiens ! une chauve-souris ! s'écria-t-il.

Oui, mes sœurs, il a prononcé votre nom et le mien. Mon faible cœur ne put résister à tant de joie. Ma patte gauche lâcha insensiblement le rideau qu'elle tenait, je glissai jusqu'à terre, sans connaissance, gracieuse pourtant. Je n'ai jamais eu d'amour-propre, mais je ne voulus pas offrir notre espèce aux yeux de l'espèce humaine sous un jour désavantageux. Toujours est-il que ces hommes superbes, la voix ardente, l'œil enflammé, s'écrièrent à la fois :

– Quelle horrible bête !

Exclamation de pitié et de tendresse, sans doute : car leur belle figure d'hommes exprimait ces nobles sentiments. Je m'y connais et je ne m'y tromperais pas. Ils ouvrirent la fenêtre. O touchante bonté ! J'avais besoin de prendre l'air et ils le comprenaient ! Croyant que je me trouvais mal, ils m'entourèrent avec un empressement qui me réchauffe encore le cœur et approchèrent la lumière de moi ! Leur main, tremblante encore, enflamma un rideau. J'ai peut-être causé, dans la demeure des hommes, un incendie ! O siècles, ô mémoire ! gardez ce qui doit faire à jamais la fierté de notre race ! Les hommes se sont empressés auprès d'un pauvre oiseau malade.

Je me rappelle les pensées qui, dans ce moment suprême, me traversèrent l'esprit. O Dieu, disais-je intérieurement, pourvu que je ne paraisse pas faible aux yeux des hommes, eux qui jamais sans doute n'ont connu la faiblesse. Je ne suis qu'une chauve-souris, ô mes enfants, mais quand je revois cette scène, j'ai des éblouissements. O souvenir sans lequel je mènerais tristement une vie décolorée, ne m'abandonne pas dans mes heures de découragement, afin que sur mes vieux jours, entourée de jeunes oiseaux qui demanderont à leur mère une histoire du bon vieux temps, je puisse d'un mot les rendre heureux et fiers comme moi-même, heureux et fiers d'être chauves-souris ; que je puisse leur dire : j'ai été soignée par des mains humaines. Cet honneur fut accordé à votre grand-mère, un jour où elle se trouva au milieu de trois artistes, qui s'entretenaient, recueillis devant le Seigneur, des plus hauts mystères de leur destinée humaine, et qui décidaient du sort des autres hommes, disposant des diadèmes, et plaçant la couronne sur la tête d'un enfant !

Cinq minutes après, Joad, Abner et Josabeth dormaient du sommeil de l'innocence. Oh! qu'il est beau, le sommeil des hommes! Je leur donnai ma bénédiction et je m'envolai. J'emportais le ciel dans mon cœur. J'emportais pour le reste de mes jours un exemple à imiter. J'emportais l'expérience, la sagesse, c'est-à-dire le bonheur.

– Mais, mes chers enfants, vous n'avez pas tout compris ; la scène du pavillon est claire ; celle de la maison est une énigme pour vous. Je pardonne à votre étonnement ; votre grand-mère elle-même fut un moment surprise et troublée. Mais, grâce à mon expérience des choses humaines, je puis vous expliquer le mystère, et si je ne l'ai pas fait plus tôt, c'est que je voulais m'amuser de votre ignorance, et permettre à vos jeunes imaginations de s'exercer ; car les travaux de l'esprit forment la jeunesse, et, tout incapables que vous êtes de trouver le mot de l'énigme, il vous est utile de le chercher. Eh bien, mes enfants, voici le secret : sachez que les hommes ont coutume de représenter certains individus de leur espèce dans certaines positions déterminées, et de leur faire parler un langage de convention pour l'instruction et l'édification des auditeurs. Ils appellent cela des comédies. Or, dans la maison, j'ai vu jouer une comédie. La conversation harmonieuse, musicale et sublime que j'ai entendue dans le pavillon du jardin était leur langage ordinaire, leur vie vraie de tous les jours. Abner, Josabeth et Joad traitaient là des intérêts réels de leur vie. Mais la scène à laquelle j'assistai dans la maison était une scène de théâtre, une comédie. Dans cette pièce, Joad jouait le rôle d'Antoine, et Josabeth celui de Coralie. Avant et après la représentation, ils parlèrent de théâtre et de moralité. Ces grandes âmes, par un dévouement vraiment admirable, avaient bien voulu descendre une heure jusqu'à représenter les passions mauvaises, afin d'avertir leurs frères, et de leur montrer jusqu'où pouvait s'élever l'homme puisqu'il était capable de descendre si bas.

La pièce finie, Coralie redevint Josabeth, Antoine redevint Joad : ils retournèrent à leurs grandes entreprises. Peu de temps après, il se fit un grand bruit dans le monde : sans doute le roi Joas était couronné.

QUESTION

La pauvre chauve-souris avait pris, comme on le voit, la tragédie pour la vie réelle des hommes et la vie réelle des hommes pour une comédie parce qu'elle l'avait jugée ignoble.

Prenant la tragédie pour la vie réelle, elle en attendait la prolongation et s'attendait à voir Joas sur le trône.

Le contraire n'arrive-t-il pas quelquefois à certains hommes ? Quand ils entendent exprimer un sentiment noble, ils croient à un mensonge : ils ne croient la parole sincère que quand elle est basse.

C'est l'erreur contraire à celle de ma chauve-souris.

10.
CAÏN, QU'AS-TU FAIT DE TON FRÈRE ?

LE CONTE que voici a pour préface une histoire vraie. L'histoire est tirée de la vie des Pères du désert, traduite en français, en vieux français. Je cite la traduction.

L'abbé Agathon, qui était prêtre dans le monastère du château, nous dit :

Etant descendu un jour en Ruba pour aller trouver l'abbé Pémeu, solitaire, après que je lui eus dit ce que j'avais dans l'esprit, il m'envoya fort tard dans une caverne pour y passer le reste de la nuit. Or, comme c'était en hyver et que le froid était extrême, je me trouvay tout transi. Le vieillard m'étant venu voir le matin, me dit : Comment vous en trouvez-vous, mon fils ? – En vérité, mon père, lui répondis-je, j'ai passé une rude nuit, à cause de la rigueur si extraordinaire du froid. – Et moy, je n'en ai point du tout senty, me répliqua-t-il.

Ces paroles m'ayant rempli d'étonnement, parce qu'il était presque tout nud, je lui dis : Je vous supplie, mon père, de m'apprendra comment cela se peut faire.

– C'est, me répondit-il, qu'un lion qui est venu dormir auprès de moy m'a réchauffé. Mais je puis vous assurer néanmoins, mon fils, que je serai dévoré des bêtes farouches.

– Et sur quoi vous fondez-vous pour dire cela ? lui répartis-je.

– Parce, me répliqua-t-il, qu'étant berger en notre pays (car nous étions tous deux de Galatie), j'aurais pu sauver la vie à un passant, si j'eusse voulu l'accompagner. Mais je le laissay aller, sans lui faire cette charité, et il fut mangé par les chiens. C'est pourquoi je mourrai assurément d'une mort semblable.

Ce qui arriva comme il l'avait dit, des bêtes farouches l'ayant déchiré, trois ans après.

I

Ma chère Marie, ne t'occupe plus de moi. Tout est fini, je suis perdu. Je ne te dis pas ce que je vais devenir ; je n'en sais rien moi-même.

Je sais seulement que j'ai reçu hier le dernier coup, celui dont on ne se relève pas.

Je venais de finir cette œuvre dont j'ai tant parlé : *le Premier Regard*. – C'est la figure d'un jeune homme qui s'éveille à la vie, et regarde autour de lui, comme s'il voyait chaque chose pour la première fois.

Quelques-uns de mes amis qui ont vu le tableau l'ont trouvé sublime, et ont ajouté qu'il ne rapporterait rien, parce que mon nom est inconnu du public.

Après d'innombrables tentatives, toutes atroces et toutes infructueuses, j'eus à le montrer hier à un très riche amateur, M. le baron William de B. Il examina le tableau, le trouva remarquable, puis me demanda si j'avais beaucoup exposé. Sur ma réponse négative, sa physionomie changea.

– En effet, me dit-il, je ne connais pas votre nom. Il faudrait avant tout vous faire connaître. Ce tableau a du mérite, cette esquisse aussi, dit-il en jetant un coup d'œil rapide sur l'autre tableau commencé, tu sais, Marie, *Caïn après le crime* ; mais enfin, dit-il, on ne vous connaît pas.

– Vous voyez, monsieur, lui dis-je, que je cherche à me faire connaître.

– Voyez-vous, monsieur, me dit-il, vous avez du talent, je m'y connais ; mais je doute que ce talent soit de nature à être apprécié du public ; j'achèterais votre tableau qu'on me demanderait d'où je l'ai sorti ! Tel que le voilà, il a un certain prix ; mais, si vous étiez mort, il vaudrait cent fois plus et peut-être qu'il trouverait des acheteurs, moi tout le premier. Mais que voulez-vous ! les hommes sont ainsi : ils font des folies pour des objets d'art dont la valeur est garantie par la signature et n'aiment point à se faire les preneurs d'un talent encore inconnu. Moi qui vous parle, ajouta-t-il avec un sourire heureux, j'ai acheté cent mille francs un tableau que je ne mets pas au-dessus du vôtre. C'est un Murillo ! Je suis un homme modeste ; je me range volontiers à l'avis du plus grand nombre. Le plus grand nombre finit toujours par avoir raison, et pour ma part je n'ai pas l'orgueil de penser que j'en sache à moi tout seul plus que le genre humain tout entier,

Faites-vous connaître, tout est là, faites-vous connaître, exposez : soyez médaillé, décoré ; mais surtout mourez, vos tableaux vaudront de l'or. Voyez-vous, ajouta-t-il, vous parlez à un homme pratique qui ne croit pas aux génies incompris. Au revoir... monsieur... vous avez vraiment du talent, plus que cela même, je ne marchande rien, vous avez du génie, au revoir... monsieur.

Voilà, Marie, ma dernière aventure ; toutes les autres lui ressemblent ; c'est ce qui me dispense de les raconter. Je te dis en peu de mots ce qui, en fait, a été très long. Mais le désespoir est bref. Il n'a pas le courage des détails. Il résume ses causes, et ne montre que ses effets.

Voilà, ma bonne Marie, l'affaire d'hier. Celle d'avant-hier, c'était un autre monsieur. Celui-ci n'avait pas le temps d'examiner mon œuvre comme elle mérite de l'être. Il m'a expliqué cela, deux heures durant, sans regarder le tableau ; le temps lui manque. Par exemple, il visite tous les matins de dix heures à midi ses chevaux, de quatre à six il fait le tour du lac.

Quant à M. le baron, il m'a quitté en m'assurant qu'il avait pour mon talent la plus haute estime ; qu'il voudrait avoir une galerie de tableaux tous peints par moi, et qu'il aurait probablement là une belle fortune, car plus tard mes tableaux vaudraient de l'or, et qu'il en vendrait cher la collection.

S'il y a pour moi un plus tard, plus tard je le trouverai quand je n'aurai plus besoin de lui et il se fera honneur d'avoir le premier...

Adieu, Marie, j'étais tellement habitué à l'espérance qu'il leur a fallu du temps, à ces gens qui n'ont le temps de rien, il leur a fallu du temps pour me mener où me voilà.

Le baron a vu, je crois, le désespoir sur ma figure, car il m'a dit, en me quittant, un mot singulier que rien ne provoquait :

– Cher monsieur, ne prenez pas un air funèbre. Je ne suis point le don Quichotte des génies en herbe ; faites-vous connaître, faites-vous connaître, vous me trouverez ! Mais si vous manquez de courage, si vous faites des sottises et si vous gâtez votre talent, je n'en serai point responsable ; comme Pilate, je m'en lave les mains !

Je les écoutai descendre.

– Non, vois-tu, dit-il à sa femme, pour mon portrait, je veux un maître, une signature.

– Peut-être, répondit la baronne, peut-être avons-nous tort de décourager ce jeune homme ?

– Décourager, que dites-vous donc ? Je lui ai dit qu'il avait un grand talent. Voulez-vous savoir, ajouta-t-il en s'arrêtant devant elle, voici ma pensée ; ce qui perd l'art dans le siècle où nous sommes, c'est qu'on le gorge d'or et qu'il ne meurt pas assez d'hommes de génie à l'hôpital, c'est comme cela !

Adieu Marie,

Il y eut quelque chose que Paul n'entendit pas. Au moment de monter en voiture, la baronne s'arrêta.

– Eh bien, que fais-tu là ? lui dit son mari.

– Je ne suis plus très bien, dit-elle.

– Raison de plus pour monter en voiture, qu'as-tu ?

– La figure de ce jeune homme me poursuit. Qui sait de quel désespoir il peut être capable ? Qui sait que de choses il cache en lui ? Remontons. Je suis comme si nous venions de commettre un crime. Remontons : j'ai lu, il y a une trentaine d'années, un conte que j'avais oublié depuis, mais qui revient vaguement à la mémoire comme un avertissement. Je ne me souviens plus de l'histoire, mais l'impression me revient, vague et terrible après trente ans. Remontons.

Le baron s'arrêta en éclatant de rire.

– Ah çà, es-tu folle ! Est-ce que je n'ai pas le *droit*, par hasard, de choisir les tableaux que j'achète ? Est-ce qu'il y a une *loi* qui m'oblige à acheter les tableaux de ce monsieur ? Je te le dis très sérieusement, ma chère ; c'est avec des pensées comme celles-là que tu deviendras folle. Il y a beaucoup de folies dans le temps où nous vivons.

Prenons garde, prenons garde !

II

A la réception de la lettre de son frère, Marie, qui le connaissait bien, monta en chemin de fer. Arrivée à Paris, elle courut à la petite maison du quartier latin où demeurait Paul. Son agitation l'avait empêchée de prendre une voiture. Il lui semblait que la vitesse de la marche, mieux sentie que celle du cheval, la soulageait. En chemin de fer, elle aurait voulu pousser le train. Dans la rue, elle aurait voulu avoir des ailes. A la porte, elle se serait voulue au bout du monde. Elle n'osait pas monter. Elle s'arrêta suffoquée par les battements de son cœur. S'il était trop tard, pensait-elle avec horreur ! S'il était une minute trop tard !

Enfin dans l'escalier, elle pleura. Alors elle osa sonner. J'ai pleuré, pensait-elle, il est sauvé. Instruite par une longue et singulière expérience, la jeune fille savait que les larmes étaient pour elle le signe mystérieux et certain d'un désir exaucé. Elle sonne, une femme de ménage la conduit, sans parler, près d'un lit, et dit un seul mot : mort ! Dans deux heures, ajouta-telle, l'enterrement. Il s'est jeté dans la Seine, la hauteur du pont d'Austerlitz. – Il n'est pas mort, dit Marie. — La constatation du décès a été faite, dit la femme de ménage.

Sans répondre, Marie, l'œil fixe, se disait : il n'est pas mort. J'ai pleuré. Il n'est pas mort. Elle appela :

– Paul !

Silence.

– Paul !

Silence.

Elle décrocha un miroir et l'approcha des lèvres de son frère. Au moment où elle saisit le miroir, elle fondit en larmes. Vous voyez bien qu'il est sauvé! dit-elle. La femme de ménage la crut folle. Marie plaça le miroir devant les lèvres de Paul. Le miroir fut terni.

III

Sept ans plus tard, M. le baron W. causait dans une société nombreuse et choisie : c'était à un grand dîner. Les femmes étaient couronnées de fleurs. La conversation tomba sur un crime célèbre qui venait de se commettre, et dont le récit remplissait, dans chaque journal, deux colonnes. Tout à coup M. le baron W. témoigna une singulière agitation. Puis, d'une voix qu'il s'efforçait de rendre calme, et dont le tremblement était encore accentué par cette contrainte : La justice, dit-il, n'est pas, à ce qu'il paraît, sur les traces de l'assassin.

– Je ne sais, répondit un convive.

– Je crois que non, dit quelqu'un.

– Pardonne-moi, répondit un troisième personnage. Aux nouvelles de la dernière heure, la justice avait sinon des certitudes, au moins de grandes espérances.

M. le baron W. était beaucoup plus pâle que sa serviette. Voulant dominer et cacher ce qu'il éprouvait, il essaya de manger. Cet effort exaspéra le malaise contre lequel il combattait. Il s'affaissa, la tête en avant, sans connaissance.

On se leva, on s'empressa autour de lui ; on lui jeta de l'eau sur le front ; on lui fit respirer des sels. La maîtresse de la maison n'omit aucune des cérémonies usitées en pareil cas. Pour comble de bonheur, il y avait un médecin parmi les convives. *Les soins les plus intelligents* furent prodigués à M. le baron. On appela sa voiture ; on le transporta chez lui.

Le lendemain, il allait mieux ; au bout de trois jours, il allait bien. Il se fit apporter et lire une quantité de journaux. Mme la baronne, qui lui faisait cette lecture, s'interrompit tout à coup :

– Tiens, dit-elle, voici cette vilaine histoire dont on parlait quand tu t'es trouvé mal.

– Eh bien ? dit le baron, d'une voix singulière.

– Eh bien ! l'assassin est arrêté... Mais quel intérêt étrange portes-tu donc à cette affaire ?

– Moi ? Oh ! absolument aucun ! Je t'en réponds ! Est-ce que par hasard tu te figurerais le contraire ?

– Non, mon ami ; mais c'est ta vivacité qui m'a paru bizarre.

– Ah ça, voyons, reprit-il, de quelle vivacité parles-tu ? T'imagines-tu par hasard, comme ces imbéciles au milieu desquels j'étais là, à table, que cette affaire m'intéresse en rien ? Ils étaient là tous, qui me regardaient, qui me regardaient... avec des yeux... avec des yeux... vas-tu me regarder, toi aussi, avec ces yeux-là, maintenant ?

Madame se leva, et écrivit un billet de deux lignes : *Cher docteur, venez à l'instant.*

– Portez cela, dit-elle, au télégraphe !

– Elle ne compte pas les mots, dit avec étonnement le domestique qui s'éloignait. Il y a quelque chose de grave.

IV

Le baron avait, depuis trois mois, repris sa vie ordinaire, quand, dans un salon du faubourg Saint-Honoré où il passait la soirée : C'est étonnant, dit un vieillard, comme les crimes se multiplient depuis quelque temps. Et il raconta le dernier assassinat que le dernier *fait divers* du dernier journal lui avait mis sous les yeux.

– Pourquoi, monsieur, dit le baron, dites-vous de ces sortes de choses ? Jamais les crimes n'ont été si rares qu'aujourd'hui. Les mœurs sont fort douces. On pourrait presque avancer qu'il n'y a plus de criminels, car il n'y en a plus dans les classes élevées, et la nation est tout entière dans l'aristocratie. Et même, à vous dire le vrai, je crois fort peu à tous ces forfaits dont les journaux remplissent leurs colonnes, quand les nouvelles politiques font défaut.

– Vous êtes bien incrédule, monsieur le baron, répondit l'interlocuteur, le comte de S...; ce n'est probablement pas par complaisance pour les journalistes que la police cherche les coupables et que le tribunal les jugera.

– Vous dites, reprit le baron, que la police cherche les coupables. Vous avez menti, monsieur ; et d'abord il n'y a qu'un coupable. Et la police ne le cherche pas ; elle l'a trouvé, et il n'y a pas de complice. Elle l'a trouvé, vous dis-je, elle l'a trouvé, et cet homme n'a pas de complice. Je le sais bien, moi, peut-être !

Pendant que le baron, pâle comme un mort, accroissait sa terreur de tous les mots qu'elle lui faisait prononcer, le comte le regardait fixement :

– Vous dites que j'ai menti, monsieur ; voudriez-vous répéter ? Il m'a semblé que vous aviez dit cela, mais je me suis peut-être trompé.

– Je n'ai dit qu'une chose, monsieur, reprit le baron, c'est que le coupable est reconnu et arrêté.

– Mais il y a une minute vous avez nié la réalité du crime.

– Je ne dis qu'une chose, monsieur, c'est qu'aucun doute n'est permis sur le nom du coupable.

Le maître de la maison prit le comte par le bras, et le conduisit dans l'embrasure d'une fenêtre.

– Ha ! très bien ! très bien, je ne savais pas, dit le comte en s'éloignant.

Pendant leur aparté, le baron, couvert de sueur, faisait, pour se lever, d'inutiles efforts. Il éprouvait cette angoisse suprême d'un homme, qui, encore en possession de ses facultés, sent qu'elles lui échappent, d'un homme qui n'est pas évanoui, mais qui va s'évanouir, et qui se sent sur les tempes les premières gouttes de la sueur froide.

La baronne dissimula comme elle put la rapidité de son départ.

Et quand elle fut seule avec son mari.

– Qu'as-tu ? dit-elle.

– Et toi aussi, toi aussi ! répondit-il en la repoussant, et ses yeux s'injectaient.

V

– Il faut, dit le docteur, entrer dans sa manie pour tâcher d'en découvrir le fond. Il faut le faire parler sans l'interroger. Connaissez-vous, madame, dans la vie de M. le baron, quelque souvenir…

– Docteur, voulez-vous dire quelque souvenir criminel ?

– Non, madame, je veux dire quelque souvenir effrayant.

La baronne chercha longtemps. – Aucun, dit-elle aucun. Notre vie a toujours été la plus tranquille qu'il soit. Vous savez comment vivent les gens du monde Eh bien ! c'est ainsi que nous vivons, et que nous avons toujours vécu. Mon mari est un homme doux qui de sa vie n'a eu de querelle avec personne, et n'a fait de mal à qui que ce soit.

– Vous n'avez jamais surpris chez M. le baron une inquiétude de conscience ?

– Une inquiétude de conscience ! lui ! Et pourquoi en aurait-il ? Mais il n'a pas eu dans sa vie un reproche à se faire.

– Le baron, reprit le docteur, a la réputation d'un homme bienveillant. Je ne crois pas qu'il soit naturellement exalté, n'est-ce pas, madame ?

– Ah ! docteur, je ne crois pas qu'il soit possible d'être plus loin de l'exaltation ! Je dirai même qu'il avait peu de croyances.

– Mais quand et où avez-vous surpris le premier germe de sa manie ?

– Ce fut un jour où rien d'étrange ne s'était passé. On avait causé ici de M. D..., ce jeune sculpteur qui fait aujourd'hui tant de bruit. Un ami nous racontait qu'il devait sa fortune à un riche banquier qui avait deviné ses aptitudes à un signe imperceptible et qui l'avait aidé de sa fortune et de son influence. Au sortir de cette conversation et dès que nous fûmes seuls, je crus qu'il allait se tuer ! Comme cela, sans raison.

– A-t-il dans la vie journalière quelque bizarrerie que j'ignore encore ?

– Bizarrerie pas précisément, dit Mme de B..., ses goûts ont changé, mais sans bizarreries, il mettait sa fortune en tableaux, il en a de fort beaux qu'il admirait beaucoup. Aujourd'hui il ne les veut plus voir. Mais il avait un caractère léger.

– Parle-t-il la nuit ?

– Non ; mais un jour, c'est vous qui m'y faites penser, il se leva effrayé d'un rêve qu'il avait fait. – Ah ! quel rêve j'ai fait ! me dit-il. Il avait le visage fatigué, et, comme je le priais de me raconter son rêve, il détourna les yeux et refusa net ; j'insistai, mais il s'obstina dans son silence et je n'ai jamais pu le décider à me le raconter.

Le docteur réfléchit.

– Peut-être que tout est là, dit-il. Mais si nous allions le lui demander maintenant, peut-être que demain il faudrait l'enfermer.

– L'enfermer, s'écria la baronne, docteur, la chose vous semble donc grave.

– Très grave, madame, et d'autant plus grave que M. le baron est plus sain, relativement à toutes les choses de la vie. Sa manie est bornée à un point, c'est ce que nous appelons *folie lucide*. Mon devoir m'oblige à vous le dire, madame, c'est un des cas où la science est jusqu'ici très impuissante.

– Mais, docteur, jamais homme ne fut moins fou. Ainsi pour les tableaux, qui est la seule passion que je lui aie connue jamais, il ne faisait pas ce qu'on appelle de folie, lui-même se plaisait à le dire, il n'acheta que des tableaux connus, signés, d'une valeur cotée Moi qui vous parle, j'en aurais fait plus que lui ; je me souviens même qu'il refusa...

– Cependant, interrompit le docteur, le cas est très grave.

Le baron étant seul dans sa chambre, sa femme colla son oreille contre la porte et écouta, puis son œil contre le trou de la serrure et regarda.

Le baron regardait sous son lit et levait les housses de ses fauteuils. Quand il se fut bien assuré qu'il était seul, il se parla à voix basse, mais sa femme entendit.

– Personne ne se doute, disait-il, non, pas même elle. Cependant tout devrait les avertir, tout... Le circonstances qui ont accompagné la chose se reproduisent à chaque instant. Les nuages, par exemple, ont dans le ciel, presque toujours, la même forme qu'à ce moment-là ? Les nuages font exprès. Ils ont affecté depuis ce jour-là, certaines ressemblances, toujours les mêmes. A quoi ressemblent-ils ? c'est ce que je ne veux pas dire. Mais je le sais bien, depuis mon rêve. Oh ! ce rêve ! J'ai froid !... Comment se fait-il que jamais on ne me parle de ce rêve ? Comment se fait-il que dans cette maison ils ne se souviennent de rien ? Ils étaient là, pourtant, dans le rêve. Ma femme y était, et l'autre aussi, ajouta-t-il en baissant la voix.

Et après un silence mêlé de paroles inintelligibles jointes à une pantomime étrange, il ajouta :

– C'est effroyable comme cet homme tenait à la vie !

Et parlant toujours de plus en plus bas :

– Il se cramponnait à moi, et quand je le repoussais dans l'eau, il prenait une expression de figure qui ne s'est vue que cette fois-là sur la terre. C'était auprès du pont d'Austerlitz. Quel regard il m'a lancé, quand il a disparu pour la dernière fois ! Comment se fait-il que dans la rue les passants ne se disent pas, en me voyant : Voilà l'homme ! le voilà ! l'homme qui a fait le rêve ! Mais était-ce un rêve ou la réalité ? Il y a des gens qui passent vite, à côté de moi, dans la rue ; qui sait si ceux-là ne voient pas ou n'entendent pas quelque chose ?

Le baron remuait d'une façon étrange, se retournant vivement. Et avec un soupir : Comment font, dit-il tout bas, les autres hommes, ceux qui ne sont pas poursuivis ? Ils peuvent donc faire un pas sans entendre derrière eux un autre pas qui se ralentit ou se précipite suivant la vitesse de leur propre marche ? Il y a donc des gens comme cela qui n'entendent derrière eux aucun pas en marchant ! Pourtant, moi, je cherche toujours les endroits les plus bruyants. Aucun bruit ne couvre le bruit de ce pas, si faible pourtant, mais invincible. Le bruit des voitures ! le bruit du canon. J'ai essayé de tout. Si je pouvais, j'irais dans le tonnerre ! Mais la foudre éclaterait autour de moi, et m'embrasserait tout entier dans son fracas le plus formidable, que j'entendrais peut-être encore ce petit bruit imperceptible, un pied qui se pose à terre ! J'ai froid ! comme il fait froid ! Le feu ne chauffe donc plus à présent ! Comme ce pied se pose à terre légèrement ! Il ne pèse pas comme les nôtres ! Non, décidément, ce n'était pas un rêve. C'était la réalité. – Ce pied-là ne connaît pas la fatigue. Mais quand je m'arrête, il s'arrête. Il a une certaine manière de s'arrêter qui fait sentir qu'il est toujours là, et qu'il reprendra sa marche, dès que je reprendrai la mienne. Quelquefois j'aime encore mieux l'entendre et je marche pour le faire marcher. Il y a dans son silence une menace plus effrayante encore que son bruit. Encore s'il changeait de place ! Mais non ! toujours à égale distance de moi impitoyablement ! Encore si je voyais quelqu'un ! Il me semble que le spectacle le plus horrible serait moins effrayant que ce vide. Entendre et ne pas voir !

Ici le baron fit un saut rapide en arrière, et avança très violemment la main comme pour saisir quelque chose en l'air.

– Non, dit-il, il a échappé ! Échappé comme toujours !

VI

Du reste dans le courant de la vie, rien n'était changé dans les habitudes du baron, et pour qui ne le voyait pas de près, il était l'homme d'autrefois.

L'été suivant, il voulut aller sur le bord de la mer.

On partit pour la Bretagne. Dans la conversation, comme il s'agissait d'une promenade, le baron demanda d'un air distrait à quel point du rivage le sable était fin. Il ne voulait pas visiter de falaise. Il voulait le sable, rien que le sable. On lui indiqua Gâvre. Ce fut à table d'hôte que cette indication lui fut donnée, par un convive non averti.

Le baron manifesta l'intention d'aller à Gâvre.

— A quelle heure partons-nous ? dit la baronne. Ce *nous* déplut évidemment au baron. Il voulait être seul. Il chercha mille prétextes pour éloigner sa femme. Comme elle ne les acceptait pas, il dit, contrairement à son habitude : *Je veux.*

— Je veux me promener seul, dit-il. Suis-je en prison ! Me prend-on pour un criminel ?

Le baron partit par le bateau à vapeur de Port-Louis.

La baronne le suivit, sans être vue, sur un bateau de passage, à quelque distance, armée d'une longue-vue, et dirigeant ses mouvements de façon à être toujours cachée, mais toujours présente, elle distingua son mari sur la plage de Gâvre.

Or, voici à quel exercice il se livrait. D'abord, comme toujours, il s'assurait de la solitude. Puis il faisait quelques pas, se retournait vivement ; ne voyant rien, il interrogeait le sable, et distinguant la trace de ses pas, à lui, il cherchait, un peu plus loin, la trace des pas de l'*autre*. Ne trouvant rien, il allait ailleurs, et recommençait, toujours voyant sa trace et jamais ne voyant l'*autre*. Il avait espéré dans le sable, le sable l'avait trahi comme toute chose.

VII

Pendant ce temps-là, le docteur causait à Paris dans un salon du faubourg Saint-Germain. La conversation tomba sur la folie. On interrogea beaucoup la célèbre aliéniste sur la nature et les causes de la folie.

– Les causes de la folie, dit-il, sont si profondes, qu'il faudrait, pour les connaître, avoir fait le tour du monde invisible.

– Moi, dit un des causeurs, j'ai connu des fous qui se croyaient coupables d'un crime qu'ils n'avaient jamais commis ; des hommes honnêtes, sages, rangés, incapables de faire le moindre mal à un oiseau, et qui se prenaient pour des assassins.

Il se trouvait là, par hasard, dans le salon, un peintre célèbre, M. Paul B..., auteur de plusieurs chefs-d'œuvre, entre autres *le Premier Regard*, et *Caïn après son crime*.

– Quant à moi, dit-il, je n'ai pas étudié, comme vous, docteur, sur le vif. Je ne connais pas de fous, et ce que je vais vous dire n'est fondé sur rien. Mais pour expliquer ces étranges remords chez des innocents, voici ce qui me vient à l'esprit.

Qui sait s'ils n'auraient pas commis *spirituellement,* le crime dont ils se croient coupables matériellement ? Dans cette hypothèse, ils ont profondément oublié le crime réel et spirituel qu'ils ont commis réellement et spirituellement. Ils ne l'ont même ni connu, ni compris dans l'instant où ils le commettaient. Mais ce crime réel, spirituel et oublié, se transforme, par la vertu de la folie, en un crime matériel qu'ils n'ont pas fait et qu'ils croient avoir fait. Peut-être tel homme, qui a trahi son ami, au lieu de s'accuser de cette trahison, s'accuse d'une autre faute qui ressemble à celle-là, comme le corps ressemble à l'âme. Je vous le répète : je ne peux pas citer d'exemple. C'est une pure hypothèse. Mais quelque chose que je ne peux définir la rend vraisemblable. Le coupable a trompé sa conscience. La conscience le trompe à son tour. Pour se faire entendre d'un enfant, on prend des exemples dans les choses sensibles. Peut-être, la justice se conduit-elle ainsi vis-à-vis de ces gens-là. Peut-être, les trouvant insensibles dans la sphère de l'esprit, transporte t-elle leur crime dans la sphère des corps.

Peut-être est-ce un crime vrai, mais trop subtil pour être vu par eux, qui, se mettant à leur portée, les poursuit sous les apparences du crime extérieur et grossier, le seul qu'ils puissent comprendre. Il y a des scrupules bizarres qui ressemblent à la folie, comme l'exagération ressemble au mensonge. Qui sait si ces scrupules ne sont pas les égarements, ou, si vous aimez mieux, les transpositions du remords ? Je dis *remords* : je ne dis pas : repentir, car le repentir éclairerait et le remords aveugle. Entre le repentir et le remords, il y a un abîme. Le premier donne la paix, et le second l'arrache. Peut-être la conscience, ne pouvant se faire entendre du coupable, sur le terrain où elle est, lui parle, pour se venger, un langage grossier comme lui, sur le terrain où il est. Peut-être la conscience, par une épouvantable justice, lui fait-elle un reproche injuste à la surface, et mille fois juste au fond. Peut-être la conscience, qui vous a parlé vraiment, quand l'homme était devant vous, s'arme-t-elle maintenant, contre vous, du fantôme. Nous sommes des hommes ici, ce soir, les uns pour les autres. Mais qui sait si nous ne sommes pas pour quelqu'un, quelque part, en ce moment, des fantômes ?

Le docteur se leva, et prenant la main du peintre : – Je ne sais pas au juste ce qu'il y a de vrai dans votre théorie, dit-il. Je ne sais qu'une chose, c'est que vous avez beaucoup à m'apprendre. Je réfléchirai à vos paroles. Elles m'ouvrent des horizons.

– J'ai toujours été poursuivi par cette pensée, dit le peintre, qu'il y a un moment où un homme voit pour la première fois ce qu'il voit depuis son enfance. Il voit pour la première fois le jour où les yeux de l'esprit s'ouvrent. C'est ce que j'ai voulu montrer dans mon tableau : *un Premier Regard*. Or l'horizon reculant toujours, j'essaye de jeter sur chaque chose, à chaque instant, un regard que je puisse appeler : le premier regard. Dans cette autre composition, *Caïn après son crime*, j'ai voulu montrer dans Caïn, non pas un assassin de mélodrame, mais un homme vulgaire. Le stigmate de la colère, dont il reçoit l'empreinte visible, lui ouvre les yeux de l'âme. Il jette sur son crime un premier regard. Il y a des Caïns spirituels dont le bras est innocent. Peut-être en existe-t-il parmi les fous dont nous parlons, et, en ce cas, leur folie contiendrait plus de vérité que n'en contenait leur sécurité précédente.

Leur folie les trompe seulement sur le genre des choses, leur sécurité les trompait sur les choses elles-mêmes.

Le docteur était pensif. Il prit le peintre à part, et lui parlant à demi-voix : – Voulez-vous, dit-il, que nous sortions ensemble. – Et ils sortirent.

Après leur départ, la conversation roula sur la conversation qu'ils avaient eue.

– Etes-vous toujours matérialiste ? demanda quelqu'un à son voisin.

– Vous n'êtes pas généreux, monsieur, répondit le voisin, de choisir ce moment-ci pour me faire cette question.

– Moi, dit une jeune dame, je n'aime pas entendre parler ce monsieur. C'est un grand peintre ; je ne dis pas non ; mais quand il se lance dans des considérations de cet ordre-là, il m'agace.

– Serait-il indiscret, madame, de vous demander pourquoi ? demanda timidement un jeune homme dont la cravate était mal mise.

– Eh bien, parce que j'ai peur qu'il n'ait raison. Moi, voyez-vous, j'aime à aller devant moi, mon petit bonhomme de chemin. Si on l'en croyait, la vie serait tellement sérieuse qu'il faudrait faire attention à tout. A entendre ces gens-là, on se croirait vraiment entouré de mystères.

VIII

— Je veux voir et étudier avec vous votre tableau de Caïn, j'allais dire notre portrait de Caïn, dit le docteur au peintre. Car il me semble que vous l'avez connu personnellement, à la manière dont vous m'en parlez.

— Peut-être, dit Paul, l'ai-je connu. En tous cas, venez, – et ils allèrent ensemble.

Arrivé devant le tableau, le docteur eut un mouvement, de surprise.

Le portrait de Caïn était celui du baron, horrible de ressemblance.

Il y avait tout sur cette figure, la froideur du criminel et l'épouvante du maudit. Et la froideur ne nuisait pas à l'épouvante, et l'épouvante ne nuisait pas à la froideur. Et de la bouche de Caïn, le spectateur croyait entendre sortir cette parole que sainte Brigitte entendit sortir de la bouche de Satan parlant à Dieu :

— O juge, je suis le Froid lui-même.

L'indifférence et le désespoir étaient ensemble dans ces yeux, sur ces lèvres et sur ce front. Et le désespoir n'était pas déchirant, car le repentir manquait ; ce désespoir avait quelque chose de satisfaisant comme le repas de la justice qui mangeait son pain.

Le docteur resta très longtemps immobile, l'horizon s'élargissait à ses yeux, et sa science s'approfondissait. Il ne réfléchissait pas précisément ; mais il se souvenait. Il eut, pour la première fois de sa vie peut-être, une heure de contemplation.

– Vous le connaissez donc ? dit-il enfin à Paul.

– Qui ?

– Mais, mon client !

– Je ne connais pas un seul de vos clients.

La discrétion professionnelle arrêta le nom propre sur les lèvres du docteur.

– Mais enfin, monsieur, dit-il, cette tête est un portrait. Vous ne l'avez pas faite au hasard.

– Ni l'un ni l'autre, dit Paul. Personne n'a posé devant moi, et je n'ai pas agi au hasard. Il me semble, quand je travaille, que certaines figures s'offrent à moi, sans s'imposer. Je les aperçois presque intérieurement, les yeux fermés, sans rien voir. Apercevoir n'est pas le mot propre, car le sens de la vue n'est pas en jeu. Si je les aperçois, c'est avec un sens inconnu, qui n'est pas celui de la vue. Je perçois ces sortes de choses dans un état particulier, près duquel la veille est un sommeil profond. Je pense que ces perceptions répondent à quelque réalité, ou lointaine ou future, dont l'image photographique me passe en ce moment devant les yeux de l'esprit.

Cette faculté, qu'on peut appeler inspiration naturelle, ne m'a jamais abandonné. L'aptitude à soupçonner ce que je ne sais pas est la forme la plus haute de mon activité. Et non seulement je soupçonne ce que je ne sais pas, mais très souvent je le fais, je le réalise, sans intention et sans connaissance. On dirait que je suis acteur dans un drame que j'ignore. Je récite un rôle que je ne sais pas dans une pièce dont je ne connais ni le titre ni le dénouement.

Cependant je me sens libre. Le sentiment profond de ma liberté éclate surtout dans le souvenir de mes fautes. J'ai voulu me donner la mort ; la mort n'a pas voulu de moi. Je me suis demandé quelque temps, si ayant voulu perdre la vie, je n'aurais pas perdu l'inspiration ; ce qui eût été pour moi une façon cruelle et subtile de mourir. Il m'a semblé que la question s'agitait quelque part, et que l'inspiration, qui a pitié des faibles, me revenait gratuitement. Si j'avais été criminel par malice, elle m'eût peut-être abandonné, ou peut-être elle fût devenue en moi l'auxiliaire d'un crime futur. Ou elle m'eût refusé ses services, ou elle m'eût servi à faire le mal.

IX

Quelques jours après cet entretien, le baron, revenu à Paris, semblait plus calme qu'à l'ordinaire.

– Allons, très bien, disait la baronne : le docteur m'avait presque alarmée ; mais je savais très bien, au fond, qu'il n'y avait aucun danger. Mon mari est un homme froid, je n'ai rien à craindre pour sa raison.

La nuit suivante, le baron se leva sur la pointe du pied, comme s'il eût peur d'être surpris et dérangé : il se rendit à sa galerie, déchira un à un tous les tableaux avec un canif, creva les toiles avec son genou une à une, et, la chose faite, sortit vers le matin.

Le concierge le vit passer et ne le reconnut pas.

– Quel est donc ce vieillard, dit-il à sa femme, qui a passé la nuit dans la maison ?

Les cheveux du baron, noirs la veille, étaient blancs comme la neige.

On l'attendit pour déjeuner, on l'attendit pour dîner ; il ne rentra pas. Fouillant dans les tiroirs, sa femme trouva un papier avec ces mots :

« Cette fois, je n'échapperai pas. La police est sur mes traces. »

– Je m'en étais toujours douté, dit-elle, il devait m'arriver malheur.

Le lendemain, le corps du baron fut trouvé dans la Seine à la hauteur du pont d'Austerlitz.

X

– Vous me voyez désolé, mais non étonné, dit le docteur à la baronne. J'ai toujours regardé cette folie comme absolument incurable.

– Ah! docteur! il a tout détruit : je n'ai pas même son portrait.

– Vous l'aurez, madame, dit le docteur.

Huit jours après, le docteur tint sa promesse. Il apporta à la baronne une photographie.

Frappée au fond de l'âme, pour la première fois de sa vie peut-être, elle fut sur le point de s'évanouir.

– Ah! quelle ressemblance, dit-elle, quelle ressemblance! Docteur, comment avez-vous fait? Ceci n'est pas naturel. Ce n'est pas son portrait, c'est lui-même. Il va parler, j'ai peur.

Il y avait de l'horreur dans l'étonnement de cette femme. Elle jetait sur son mari et sur elle-même un premier regard.

– Mais enfin, docteur, comment avez-vous fait?

– Permettez-moi de garder le secret, madame.

En effet, la chose était bien simple. Il avait suffi de dresser un appareil photographique devant le tableau du grand peintre :

CAÏN APRÈS SON CRIME

11.
ÈVE ET MARIE

Je voudrais aujourd'hui éclairer d'une lueur fantastique cette vérité que nous oublions :

Le laid c'est le mal.

L'esprit du mal ne nous promet pas seulement le plaisir ; s'il s'attaque à une âme noble, il lui promet la beauté.

Il ment.

Aussi la métamorphose est une de ses plus grandes puissances.

Je veux jouir, dit l'homme. – Tu jouiras, dit l'esprit du mal, et il se fait richesse.

Je veux être honoré, dit l'homme. – Tu seras honoré, dit l'esprit du mal, tu partageras mes honneurs. *Si tu désires, j'approche ; si tu parles, je viens.*

Mais un jour arrive où l'homme s'aperçoit que chacun de ses désirs est satisfait et que son âme n'est pas satisfaite.

Voici mon heure, dit alors l'esprit du mal, et il se présente pour saisir sa proie. Il n'est plus ni beauté, ni richesse, ni jouissance, il est lui-même ; il ne tente plus, il dévore.

I

En Allemagne, non loin de Binghen, dans une vallée voisine du Rhin, vous rencontrerez une forêt, et dans cette forêt une chapelle taillée dans le roc, qu'on appelle l'Ermitage. Tout près de là était bâtie jadis une petite cabane, c'était la demeure d'un bûcheron.

Un soir, dans cette cabane, deux jeunes filles étaient assises près d'une grande cheminée. L'une d'elles filait sans lever les yeux ; l'autre, oisive et inquiète, regardait de côté et d'autre, comme si elle eût été mal à l'aise, et prêtait l'oreille au moindre bruit, comme si elle eût attendu quelque chose. On n'entendait dans la chambre que le pétillement du feu et le tic-tac d'une vieille horloge ; au dehors, que les gémissements du vent qui se prolongeaient dans les arbres. La fileuse éleva la voix, la première :

– Notre père tarde bien à rentrer ce soir, dit-elle en levant les yeux sur l'horloge qui allait sonner huit heures.

– As-tu peur ? répondit d'un air moqueur sa sœur aînée. Ne crains rien, je suis là pour te garder, et, quand on rentrera, tu seras bien tendrement fêtée, choyée, caressée, tandis que j'irai me coucher, sans qu'on me dise bonsoir.

– Ne parle pas ainsi, ma sœur, répondit Marie d'une voix grave. Ramène ton cœur à nous, et tu reconnaîtras que nous t'aimons.

Elle se leva et embrassa sa sœur tendrement. Ève se laissa embrasser, mais un éclair de haine brilla dans son regard sauvage.

– Voici mon père, dit Marie.

Les deux jeunes filles virent approcher le vieillard. Marie, vive et joyeuse, courut à sa rencontre. Agités par le vent du soir, les cheveux blancs du bûcheron lui firent l'effet d'une auréole.

« Il vient de la montagne, se dit-elle, l'air des hauteurs est salutaire à respirer. Je sortirai demain au lever du soleil, et je monterai là-haut. »

Au même moment, Ève croyait voir sur la tête courbée du vieillard la trace des regrets et peut-être des remords.

« L'ombre des nuits est mystérieuse, se dit-elle. Qu'a-t-il vu sur les Rochers-Rouges ? »

Le vieillard entra. Ève resta à l'écart, mécontente et contrainte. Marie débarrassa le bûcheron du bois qu'il venait de couper et qu'il portait sur ses robustes épaules ; elle essuya respectueusement le front brun et ridé de son vieux père, qui trouva dans le sourire de la jeune fille la récompense des travaux de la journée.

– Mon père, dit Ève, vous avez travaillé aujourd'hui dans la forêt des Rochers-Rouges.

– Comment le savez-vous, ma fille ?

– Je le vois.

Et elle se retira dans sa chambre. La figure du vieillard s'attrista ; Marie lui passa les bras autour du cou, comme pour l'enlever à lui-même.

– Parlons de toi, ma fille, dit le bûcheron. Comment as-tu passé la journée ?

– J'ai cueilli des fleurs dans la campagne, j'ai cherché des plantes inconnues, et j'ai prié Dieu de me dire leurs vertus.

Ainsi se passaient en effet les jours de Marie. On était habitué à la voir suspendue aux flancs de la colline : tantôt elle demandait ses secrets à la terre, tantôt elle regardait le ciel. Elle restait là de longues heures, perdue dans je ne sais quelles pensées, et de temps en temps, quand un grand arbre tombait sous la hache de son père, la jeune fille pleurait la mort d'un compagnon d'enfance, car elle aimait tout ce qui respire.

Quand tout fut endormi autour d'elle, Ève ouvrit silencieusement la porte de sa chambre. Cette porte donnait sur le bois. La nuit était profonde. Ève n'entendait que le bruit de ses pas et le cri des oiseaux de nuit dans la forêt. Elle prit à tâtons la route des Rochers-Rouges, elle s'avançait dans la nuit, guidée par les poteaux dont elle voyait rayonner en lettres de feu l'inscription : *Nach dem Rothenfels,* et elle était attirée par la montagne, comme on est attiré par un gouffre.

« J'ai entendu dire dans mon enfance qu'il s'est fait non loin de là des choses terribles ; il faut que j'aille ce soir sur ces montagnes, je ferai peut-être une rencontre. Si les seigneurs d'autrefois, les seigneurs rhingraves, reviennent la nuit sur les Rochers Rouges pour revoir encore le château qui fut à eux, je demanderai à ces ombres détestées si elles sont heureuses. Mais j'espère que je les verrai souffrir, j'espère que la mort venge les pauvres ! »

Quand elle rentra, il était environ une heure du matin. Tout dormait dans la cabane. Ève alluma une veilleuse ; elle regarda autour d'elle avec terreur ; elle ne reconnaissait plus sa chambre. A la voir inspecter ses meubles sans oser les approcher, on eût compris qu'elle s'attendait à quelque chose d'horrible.

« Il y a trois heures, pensait-elle, j'étais une jeune fille comme une autre ; je pouvais m'endormir le soir, sûre d'être seule dans ma chambre... Il viendra quand je l'appellerai ; ce ne sera pas pour cette nuit. »

Ève se mit au lit ; mais il lui fut impossible de dormir et même d'éteindre sa lumière. Elle entendait, derrière une cloison mince, la respiration douce et égale de sa jeune sœur endormie.

« Petite, pensait elle, je serai désormais plus heureuse que toi :

j'aurai la vengeance, la richesse, le plaisir… dors ton somme. »

Elle se berçait dans ces pensées quand elle entendit derrière sa tête comme un frôlement, quelque chose qui s'approchait. Elle se leva sur son séant, plus pâle qu'une morte, et essuya la sueur qui lui glaçait le front. Elle n'osait ni se coucher, ni se lever, ni tourner la tête, ni ouvrir les yeux. Le bruit cessa, Ève se recoucha ; ses rêves de toutes les nuits lui passèrent encore devant les yeux.

« Riche, honorée, châtelaine ! »

Le même frôlement se fit entendre dans les rideaux de son lit, presque à son oreille. Elle étouffa un cri et se retourna avec horreur. Rien ne parut ; mais le bruit avait approché. Elle se leva, ouvrit sa fenêtre, s'assit près de sa table, agita tout dans sa chambre, fit grand bruit elle-même pour se rassurer, et s'abandonnant aux délires que les événements de sa course nocturne avaient surexcités peut-être, elle s'oublia, elle remua les lèvres.

– La richesse, dit-elle tout haut, je veux la connaître ! la connaître avant de mourir !

Elle s'arrêta pétrifiée ; ses yeux étaient tombés sur son lit, elle crut y voir une forme onduleuse, chatoyante et terrifiante. Elle ferma les yeux ; puis, craignant que cette chose-là n'approchât d'elle, elle se décida à la regarder en face. Au même instant elle sentit la terre se refroidir sous ses pieds. La bête s'allongeait, se roulait, se repliait, comme si elle eût eu je ne sais quelle épouvantable intention de s'étaler et de plaire. Ève fit un geste d'horreur.

– Est-ce toi ? cria-t-elle d'une voix étouffée, en se détournant à demi sans oser toutefois la quitter des yeux. Et elle restait immobile elle-même, de peur de mettre en mouvement l'horrible bête. Mais celle-ci approcha. Oui, c'était bien la forme du serpent. Ève prit la fuite en jetant un cri, elle s'élança au dehors. Elle se hasarda à rentrer sur la pointe du pied et regarda ; la bête n'avait pas bougé.

Elle la regarda plus à l'aise et se demanda si cette bête ne lui était pas envoyée pour entendre ses désirs. Elle eut comme une fascination.

– Eh bien, oui, je veux être la femme du rhingrave, cria Ève ; mais va-t'en, va-t'en ! Et elle tomba évanouie.

II

Cependant Marie, mal à l'aise depuis quelques instants, étouffait dans sa chambre. L'oppression qui la tenait éveillée augmentait de minute en minute. Aux premières lueurs de l'aube, dès qu'elle distingua la fenêtre par où venait le jour, elle se leva doucement, sans éveiller son père, et elle aussi se dirigea vers les Rochers-Rouges. Elle respirait à pleine poitrine l'air pur et fortifiant du matin ; elle admirait, elle aimait, elle chantait, elle vivait ! Elle eût voulu caresser chaque plante et boire la rosée. Elle gravit la montagne, le cœur débordant d'une joie inconnue, et, au moment où elle en toucha le sommet, ces fines paillettes d'or qui précèdent le lever du soleil brillaient sur le château du rhingrave. De petits nuages légers, soyeux, brillants, changeaient à chaque instant de forme et de couleur. Les oiseaux, secouant leurs ailes mouillées, faisaient entendre déjà leurs premiers gazouillements ; la rivière étincelait ; les vitres de Munster s'éclairaient au-dessous d'elle, et les feux du matin perçaient, en s'allumant, les vapeurs tremblantes de la vallée. Enfin la plus haute cime de la *Gans* s'embrasa, et le soleil parut. Marie tomba à genoux. Au bout d'une heure, fatiguée, brisée, elle se coucha et s'endormit d'un sommeil léger. Un petit bruit se fit entendre à côté d'elle ; mais Marie, loin d'en être troublée, respira plus à l'aise. Elle s'était endormie auprès d'un beau lis, qui, agité par le vent, lui caressait à chaque instant la tête. De la fleur sortit tout à coup une musique céleste, et si douce, si douce, qu'elle semblait vouloir respecter le sommeil de la jeune fille. Marie, sans s'éveiller tout à fait, ouvrit à demi les yeux ; sa figure encore endormie s'éclaira d'un sourire divin : on eût dit qu'elle rêvait du ciel. Le musicien s'enhardit, il approcha de Marie et battit des ailes au-dessus de sa tête. C'était un voyageur, un étranger, un colibri qui lui chanta dans son langage :

« Eveille-toi doucement, tout à l'heure tu vas reconnaître ma voix. J'ai chanté près de ton berceau. Je suis né au pays de la lumière, et c'est elle qui m'a envoyé vers toi. Ne sois pas éblouie de ma parure quand tu ouvriras les yeux ; les couleurs que je porte sont les reflets affaiblis du soleil qui m'a fait éclore ; je suis léger comme l'air que tu respires en dormant ; cette terre n'est pas la mienne, je ne la touche que du bout de mes ailes ; mais les fleurs m'appellent quand elles m'aperçoivent là-haut, et m'ouvrent, quand j'approche, leurs corolles embaumées. Marie, Marie, Marie, éveille-toi doucement. »

Une brise fraîche et embaumée, qui soufflait de la montagne, caressait le front de Marie. La jeune fille s'éveilla et leva la tête, vive comme un oiseau. Marie avait les cheveux d'un noir d'ébène ; ses grands yeux, noirs aussi et perçants, étonnaient par leur profondeur et leur limpidité ; sa bouche était petite, sa figure ovale.

Le chant du colibri, qu'elle entendait vaguement depuis quelques minutes, les paupières à demi fermées, parvint distinctement à son oreille. Elle offrit son doigt à l'oiseau qui s'y posa gaiement, elle le caressa, le baisa, s'enivra de sa beauté.

– O mon bien-aimé, lui dit-elle, tu m'attendais sur la montagne. J'ai entendu le bruit de tes ailes je suis venue. C'est toi qui dois m'apprendre le langage des fleurs et me raconter les merveilles de la patrie que j'aime tant !

– Suis-moi, lui dit l'oiseau, et il se cacha dans les pétales du lis.

III

Ce jour-là, le cor retentit dans la forêt des Rochers-Rouges ; le rhingrave chassait.

Ève prêta l'oreille, elle entendit de loin les aboiements sauvages de la meute. Un cerf était lancé ; la jeune fille se plaça sur son passage. Au bout de quelques heures, le magnifique animal, harcelé depuis le matin, tomba sans force tout près d'Ève. Elle courut vers lui, le couteau à la main. Le cerf, vaincu, pleurait et demandait grâce. Ève l'assassina. Le rhingrave approchait, il vit de loin l'exploit de la jeune fille et s'approcha d'elle pour la féliciter ; mais peu à peu il oublia le cerf et la chasse. Ève avait une tête méridionale, l'œil profond et suave, le teint cuivré ; une magnifique chevelure blonde et dorée tombait fièrement sur ses épaules ; élancée, grande, forte et cependant élégante, elle semblait faite pour être l'épouse, la compagne d'un chasseur où d'un guerrier. Le seigneur du Rhin resta pensif. Le soir, pendant que ses compagnons de plaisir mangeaient et buvaient dans le grand salon du château, le seigneur partit seul, à pied. A la même heure, Ève, debout et inquiète, se promenait devant la cabane. Elle vit de loin approcher le rhingrave, comme la veille elle avait vu approcher son père.

« C'était donc vrai ! » s'écria-t-elle.

Un mois plus tard, tout le pays était en fête. Le rhingrave rentrait dans son château et y ramenait la jeune femme qu'il venait d'épouser.

Ève, vêtue de blanc, était pâle et glacée. Elle entra dans la chambre nuptiale, et le premier objet qui frappa ses regards, ce fut une glace superbe. La nouvelle mariée y vit son image, et elle crut voir quelque chose d'étrange mêlé aux fleurs de sa couronne. Enfin elle s'aperçut que le bouquet qu'elle tenait à la main était fané. Le rhingrave entra dans sa chambre pour rejoindre son épouse.

– Seigneur, lui dit Ève en lui présentant le bouquet, je vous offre les premières fleurs qui tombent de ma couronne nuptiale.

– Madame, répondit-il en souriant, je les accepte.

– Dort-on dans ce château ? reprit la jeune femme.

– Pourquoi cette question, madame ?

– Ne me demandez pas *pourquoi* ? dites-moi si l'on dort.

– Si vous craignez le bruit, madame, commandez le silence, et le silence viendra. A vous êtes dame et châtelaine ; vos caprices ont été des ordres et le seront toujours. On a préparé pour vous, selon vos désirs, une chambre tendue de blanc et une chambre tendue de noir : choisissez ! Où m'ordonnez-vous de vous conduire ?

– Ne me parlez pas de la chambre blanche. Ne devinez-vous pas qu'une couleur sombre se détacherait là d'une manière horrible ?

– Allons donc dans la chambre noire, dit le rhingrave avec un sourire.

– Non, non, dit Ève avec égarement. Il approcherait sans être aperçu.

– Venez, madame, pour chasser les idées qui vous obsèdent, vous promener dans vos domaines.

Les deux époux sortirent ; mais Ève crut remarquer que les fleurs qui couvraient la campagne se fanaient à son approche.

– Rentrons, dit-elle.

Les fêtes furent magnifiques ; on était accouru de toutes parts aux noces du seigneur rhingrave ; les paysans chantaient, dansaient, buvaient. Vers le soir, des jeux de toute espèce furent organisés. Enfin, on illumina la campagne ; la verdure éclairée offrait un spectacle charmant. Un bal magnifique devait être donné dans le château seigneurial. Marie, qui depuis le matin s'était prise d'une tristesse inconnue, refusa d'y assister. Le bûcheron porta cette nouvelle à Ève.

– Elle est jalouse, répondit la jeune femme. Vers le soir, elle prit le rhingrave à part.

– Seigneur, lui dit-elle, j'ai une grâce à vous demander.

– Parlez, madame, vos prières sont des ordres ; vous êtes toute-puissante.

A cette parole terrible, Ève frissonna de la tête aux pieds.

– Eh bien, dit-elle, faites fouiller de fond en comble cet appartement, afin que rien d'étrange n'y apparaisse.

– Vous serez obéie, madame.

– Encore obéie ! toujours obéie ! pensait-elle en la quittant.

Deux heures après cette conversation, le bal s'ouvrit. Un jeune seigneur, d'un aspect étrange, dansa le premier avec la châtelaine. Elle lui trouva les mains froides et l'haleine glacée. Au milieu du bal, un feu d'artifice fut tiré sous les fenêtres du château. C'était une surprise du rhingrave. Ève s'aperçut, à la première fusée, qu'elle venait de désirer un feu d'artifice. Le bûcheron s'approcha de sa fille : – Ève, lui dit-il à l'oreille, es-tu heureuse ? Mais la jeune femme tourna la tête avec une horreur indicible. A travers le fracas des détonations, elle venait d'entendre derrière elle, tout près, tout près, un petit bruit, un frôlement.

IV

A demi caché dans les pétales du lis, le colibri chantait : tout à coup la corolle s'illumina, dorée par les rayons du soleil, et la fleur radieuse se pencha vers Marie, comme pour s'offrir à ses caresses, lui parler ou l'entendre. La jeune fille, attentive et éblouie, entendit ce doux bruit de la sève qui montait à travers la tige, de la racine à la fleur. En même temps, son regard pénétra le sol, et elle vit la terre fournir ses sucs à la plante, pendant que le ciel distribuait sa lumière à la corolle radieuse. A la fois transportée et recueillie, Marie se pencha doucement vers le lis qui s'inclinait devant elle ; le colibri se rangea pour faire place à ses regards, et elle plongea dans l'intérieur de la plante. Le jeu de la vie s'offrit à elle, et envoya à son oreille une harmonie ineffable qui se confondait avec le chant du colibri.

– Oh ! chante toujours, bel oiseau ! disait-elle, sans perdre de vue le monde nouveau qui s'entr'ouvrait.

A l'harmonie qui s'échappait du lis, répondit celle des autres fleurs : les roses remplissaient l'air de leurs mélodies, aussi douces que leurs parfums. Marie sentit une force balsamique lui pénétrer la poitrine. Une belle rose, qui baissait la tête sous le souffle du matin, la salua comme si elle l'eût appelée. Marie courut à elle, pour écouter ses secrets ; elle voulut l'embrasser, et se piqua les mains, le sang coula. La douleur lui eût arraché un cri peut-être, mais le colibri commença un chant si délicieux, que des larmes de bonheur vinrent aux yeux de la jeune fille.

– Belle rose ! Tu es aussi pure que le lis, et plus ardente que lui, plus ardente et plus mystérieuse. Dis si je ne te blesserai pas en pénétrant le mystère que cachent dans ton sein tes feuilles repliées.

La rose blanche s'ouvrit à ses regards, et le vent lui apporta un concert nouveau. C'était la voix des fleurs, des arbres, des ruisseaux, des vallées et des montagnes qui l'appelaient en chantant. Immobile, elle eût voulu embrasser à la fois cette belle création. Le colibri se posa sur son épaule, puis vola devant elle pour la conduire. Elle le suivit, rapide, légère comme son guide aérien ; elle effleurait la terre et ne la touchait pas. Elle faisait connaissance, au passage, avec les fleurs, les arbres et la mousse, saisissait les merveilles de chaque brin d'herbe, caressait les rouges-gorges ; elle répondait au salut des pinsons, des chardonnerets, des rossignols qui chantaient sur son passage. Les yeux fixés sur le colibri aux magiques couleurs, et entraînée par lui, elle jouait, sans ralentir sa course, avec les écureuils, qui, passant d'un arbre à l'autre, sautaient gaiement sur son épaule, poussant de petits cris de joie, et s'élançaient de là sur la branche ployante. Elle écartait les buissons d'aubépine ; les senteurs embaumées de la nature la pénétraient à la fois, et la brise du matin, agitant la cime mouvante des peupliers, les touffes de lilas et les cheveux de la jeune fille, produisait une harmonie divine et éveillait dans chaque créature de profonds accords endormis.

Souvent, après ces premières courses de l'aurore, Marie s'arrêtait, à l'heure où le soleil monte dans le ciel, pensive et recueillie comme la campagne. Elle prêtait l'oreille aux bruits lointains, aux bruits graves de midi, aux bourdonnements confus des champs dans les chaudes journées, et s'ouvrait tout entière au sommeil qui étend ses ailes sur la nature vivante, pendant que les bœufs poussaient au loin leurs mugissements longs et tristes. Le colibri murmurait à l'oreille de Marie le chant du repos. De ses yeux demi fermés elle suivait le vol languissant des abeilles fatiguées qui voltigeaient lentement d'une fleur à l'autre et s'endormaient en travaillant ; elle voyait la vie de tous ces petits inconnus qui gazouillent dans l'herbe sans nous dire leurs noms. Elle sentait alors sa vie doucement dévorée par un sommeil réparateur. Quand elle s'éveillait, le cri monotone du coucou, qui semble toujours appeler quelqu'un et donner à quelque voyageur invisible le signal du départ, lui rappelait le temps qui ne s'arrête pas. Marie se levait et portait lestement le repas de midi à son vieux père, qui l'attentait dans le bois et qui sentait approcher la gaieté quand il apercevait de loin la robe de Marie.

Elle rentrait ensuite, prenait soin de la cabane et préparait le repas. En attendant son père, elle regardait silencieusement les teintes graves du soir s'étendre sur la campagne, le souvenir de ses impressions d'autrefois s'emparait d'elle, elle avait joué tout enfant près de tel arbre, avec sa sœur. Ève n'était plus là : sa pensée était pour Marie d'une amertume affreuse ; mais les émotions que lui apportait le vent du passé se terminaient toutes en espérances ; elle grandissait dans le désir ; elle ne se sentait pas encore assez pleinement, assez richement vivante. Marie imaginait une heure plus splendide que les splendeurs de l'aurore, plus ardente que les feux du midi, plus tendre que les suaves douceurs des belles soirées, quand les pins agités saluent le soleil couchant, et cette heure-là, Marie l'imaginait éternelle !...

Son père la surprenait, sans la déranger, dans ses lumières, et Marie, gaie, vive, caressante, lui servait sa choucroute et sa bière en fredonnant quelque vieille ballade allemande.

Puis tous deux s'appuyaient sur la fenêtre ouverte, et leurs pensées montaient là-haut, confondues avec les harmonies et avec les parfums du soir.

V

– Avez-vous bien fermé les portes ? demanda Ève.

– Oui, madame, répondit la femme de chambre.

– Assujettissez donc mieux les pieds de cette table, ils vont faire du bruit.

– C'est impossible, madame.

– Cette chambre, cette alcôve, tout est froid, tout est nu.

– Madame se souvient peut-être qu'elle a ordonné elle-même d'enlever les meubles.

– C'est bon, laissez-moi.

La domestique sortit. Ève sonna très fort.

– Pourquoi sortez-vous ? Rien n'est prêt dans cette chambre, je ne puis me coucher ainsi.

– Quels sont les ordres de madame ?

– La chambre est-elle nettoyée ? Avez-vous regardé partout, partout ?

– Oui, madame, partout.

Ève se laissa déshabiller par sa domestique.

– Maintenant, dit-elle, allumez la veilleuse... Sortez maintenant... Eteignez la veilleuse, dit-elle à très haute voix ; vous savez que je n'aime pas ces lumières douteuses.

« Dame et princesse du Rhin ! pensait-elle au lieu de dormir. Quelle horrible plaisanterie ! Toutes les créatures qui vivent sur ses bords jouissent du grand fleuve, excepté moi ! Qu'ai-je fait aujourd'hui ? J'ai fait ce que je fais tous les jours, je me suis promenée seule dans ces longues galeries, sombres et froides, fuyant le rhingrave ; j'ai peur de lui. J'ai voulu pleurer, je n'ai pas pu ; j'ai voulu agir, ordonner, demander, je ne désirais rien ; j'ai voulu désirer, je n'osais pas. O Dieu ! Dieu ! entre toutes les créatures malheureuses, je suis la plus malheureuse. Je suis sortie du château, la nature ne me dit rien, puisque je n'aime personne. J'ai regardé de loin la cabane de mon père, cabane où j'ai dormi tout enfant, elle ne m'a rien dit. J'ai entendu dans la forêt les arbres tomber sous la hache ; les arbres ne m'ont rien dit en tombant. J'aurais pu être heureuse, j'aurais pu jouir de cette bienfaisante nature qui verdissait chaque printemps, et j'ai tourné vers ce château maudit mes regards stupides ! Ce soir-là, fatiguée de ma vie de jeune fille, fatiguée de mon père, de ma sœur, de ma cabane et de ma pauvreté, je me suis dit : Je ne serai plus la fille du bûcheron, je ne verrai plus tomber sur moi les regards dédaigneux des jeunes seigneurs ; ils s'inclineront devant moi, ils me salueront ! Oui, mais j'avais oublié de dire : Serai-je heureuse quand ils m'auront saluée ? Il suffirait pourtant de demander une émotion pour l'avoir, et je ne demande pas. O ma sœur, ma sœur ! que vous êtes heureuse ! Si je partais pour les pays lointains ? Non, je partirais sans joie, je reviendrais sans joie. Ah ! si... »

Un frôlement rapide se fit entendre près d'elle. Ève sonna de toute sa force.

– De la lumière, cria-t-elle, et ne me quittez plus.

Anna s'assit près d'elle et veilla. Au bout de quelques heures, le sommeil les enleva toutes deux. Ève se réveilla en sursaut : elle venait de rêver. Elle entendit un bruit clair, distinct, presque à son oreille.

Il approche, dit-elle, il approche ; aurais-je désiré pendant mon sommeil ? Il avait bien dit, sur les Rochers-Rouges, qu'il serait toujours là, près de moi, et qu'au moindre appel...

Le bruit se fit entendre. Anna dormait paisiblement, Ève la secoua avec fureur.

– Allez-vous-en, cria-t-elle, puisque vous n'êtes bonne à rien !

Anna sourit, fort heureuse d'être renvoyée.

« Celle-là peut dormir, pensa Ève, seule dans sa chambre. Les femmes sont faibles ; mais le rhingrave est mon mari, il est fort, puissant, courageux, redouté. Mais il n'est pas le seul de sa race. Ah ! si son frère mourait ! Sa puissance serait doublée. »

La malheureuse avait élevé la voix, elle leva la tête et se jeta à bas du lit avec un cri sauvage. A la place où venait de reposer sa joue, elle voyait maintenant comme la tête d'un serpent. La bête sortait des franges de l'oreiller, des dentelles blanches. Ève appela le rhingrave de toute sa force et se jeta plus morte que vive au cou de son mari.

– Sauvez-moi ! criait-elle, sauve-moi !

VI

Un jour le colibri entraîna Marie aux bords du Rhin. Le fleuve majestueux, qui serpentait devant elle, lui causa un sentiment inconnu de grandeur et de puissance. Elle voulut boire l'eau du Rhin et s'y baigner. Comme elle se penchait, une image frappa ses regards ; Marie l'admira naïvement, sans songer tout d'abord que cette image était la sienne. Elle se baissa ; son image approcha d'elle et lui dit à voix basse :

– Ne crains rien, Marie, tu peux me regarder sans peur, je suis belle : je te rends grâce, ma bien-aimée, ton haleine ne m'a pas ternie. Je ne te quitte ni jour ni nuit ; quand le sommeil ferme tes paupières, il ferme aussi les miennes, et je repose près de toi, dans le calme et dans la paix. Marie, Marie, endors-toi doucement !

Et Marie s'endormait. Le colibri fidèle se cacha et s'endormit près d'elle. Quand la jeune fille se réveilla, un nuage rose qui passait sur sa tête s'entr'ouvrit, et elle aperçut encore son image aussi pure, aussi charmante que dans le fleuve, mais plus brillante, plus glorieuse.

– O jeune fille ! criait-elle les bras tendus, que tu es belle. Je t'aime, et je voudrais te ressembler.

Elle courut vers l'orient, mais l'image avait disparu. Le vent du Rhin agita les arbres de la forêt de Rheintein, et, dans le frémissement du feuillage, Marie crut distinguer quelques paroles : il lui sembla que les fleurs mêlèrent leurs voix aux voix des arbres.

Le lendemain, Marie, quand elle arriva sur les Rochers-Rouges, ne trouva pas le colibri à sa place ordinaire ; les roses ne parlaient plus, la nature était devenue muette et indifférente. Marie chercha partout dans la campagne désolée, celui qui manquait au rendez-vous ; mais, quand elle voulut l'appeler, elle s'aperçut qu'elle ne savait pas son nom. Tout à coup, là-haut, à perte de vue, elle entrevit une seconde le colibri qui volait à tire d'aile ; elle entendit une divine et lointaine harmonie. Tout disparut.

Marie était seule désormais sur la montagne. Le soleil ne se montrait plus, la nature était muette ; il faisait froid ; un ciel uniformément gris pesait sur les rochers sans couleur, ils ne s'embrasaient plus au soleil couchant comme dans les beaux jours. Chaque heure ajoutait sa tristesse à la tristesse de l'heure précédente. Marie, insensible à tout, restait immobile de longues heures, les yeux fixés à l'horizon ; elle dépérissait, elle étouffait ; elle ne connaissait plus les frémissements de la joie et les émotions de la santé.

« Il reviendra, » pensait-elle, et, sans rien voir, sans rien entendre, plongée dans une douleur muette, elle attendait son ami. Si un bruit la réveillait de sa contemplation douloureuse, elle travaillait et ramenait rapidement près d'elle son regard. « Pas encore, disait-elle, ce n'est pas lui. » Et elle restait debout sur la plus haute cime de la plus haute montagne ; elle attendait.

Quelquefois elle levait la tête pour chercher l'air, mais l'air la fuyait comme s'il eût disparu avec l'oiseau voyageur. La jeune fille ne sentait plus la vie que par la souffrance, et quand elle rentrait à la cabane, son père était effrayé de sa pâleur. Elle redoublait pour lui de soins et d'attentions. Le bûcheron lui dit un jour :

– Marie, je n'ose plus te prendre sur mes genoux comme autrefois ; je crains par moments que tu ne m'aies échappé sans me prévenir, et que tu n'habites déjà cet autre monde dont tu me parlais quelquefois, quand tu étais toute petite.

– Rassurez-vous, mon père, répondit Marie, je que je suis encore sur la terre.

Le bûcheron baisa au front la jeune fille avec autant de respect et d'amour que s'il eût caressé les blanches ailes d'un ange pour le supplier de ne pas s'envoler encore ; mais, pendant que le vieillard voyait sur le front de sa fille ces reflets de lumière qui le charmaient et l'effrayaient, Marie ne sentait, elle, que le poids cruel qui pesait sur sa tête et la chaîne inexorable qui la retenait en bas.

VII

Le rhingrave et sa femme, montés sur deux beaux chevaux blancs, lancés au grand galop, regagnaient leur demeure seigneuriale.

– Arriverons-nous avant l'orage ? dit Ève à son mari.

– Je ne sais. Demain, reprit-il après un instant de silence, demain on dira que le frère du rhingrave n'existe plus.

– Vos domaines sont doublés, reprit la jeune femme, et nous n'habiterons plus en face des rochers que je ne veux plus voir.

Sa voix était stridente.

– Sans doute, reprit le rhingrave ; mais le râle de la mort est affreux.

– Qui de nous, demanda Ève, a versé le poison ?

– Je ne sais. Ne parlons pas de ces choses.

Un roulement de tonnerre se fit entendre à l'horizon.

– J'ai peur, dit-elle.

– Ne prononce pas ce mot-là, répondit-il.

– Ne vois-tu pas là, tout près, deux autres cavaliers ?

– Ce n'est rien, c'est notre ombre.

– Pourquoi nous regarde-t-elle d'un air si terrible ?

Ève s'accrocha au bras de son mari.

– Tu me fais mal, dit-il.

Un coup de tonnerre effroyable retentit, et dans le fracas Ève distingua clairement un frôlement à ses côtés. Elle se retourna avec horreur ; un homme était derrière elle, sa main gantée de noir posait sur la croupe blanche et fumante du cheval ses doigts écartés et crispés comme pour s'accrocher à elle. Le cheval se cabra. Ève fut glacée d'horreur comme si elle avait pu attribuer à cette main le bruit léger qui la poursuivait.

Trois jours avant cette conversation, Ève se promenait avec son mari sur le Gans, et, malgré les liens nouveaux qui l'unissaient à lui, un malaise inexprimable la tourmentait ; elle lui serrait le bras avec une tendresse inquiète, maladive.

– Tu es bien là, c'est bien toi, Edgar, n'est-ce pas ? disait elle, c'est bien toi ?

– Folle que tu es, pourquoi cette question ? Ève sanglotait sans répondre.

– Qu'as-tu ? lui dit son mari, que veux-tu ? que te manque-t-il ?

– Edgar, répondit-elle, tu viens de prononcer un mot terrible. Folle ! as-tu dis, folle ? Eh bien, oui, je crois que je suis folle ou que je vais le devenir. Edgar, Edgar, tu admires, toi, la vue de cette montagne ; tu aimes, toi, cette nature belle pour les hommes. Eh bien, moi, je la hais. Vois-tu cette petite paysanne qui suit gaiement la rivière en chantant ? elle rentre chez elle, on l'y attend, elle va embrasser son père et sa mère, elle entendra le son de leurs voix et le reconnaîtra. Ce seront des voix ordinaires, des voix comme j'en entendais quand j'habitais là en face, quand j'étais pauvre, quand j'étais jeune fille. Cette enfant ne dira pas ce soir, au moment de s'endormir : « Combien sommes-nous dans cette chambre ? » Mais moi, je ne dors plus, j'ai peur ; peur quand je suis seule, peur quand je suis entourée, peur loin de toi, et peur auprès de toi ! Quand je monte l'escalier d'honneur du château, j'ai peur de sentir trembler la marche de pierre sur laquelle je vais poser le pied. Veux-tu que je te donne la preuve que je suis folle ? Eh bien, maintenant, à cette heure, je ne suis pas sûre, en te parlant, que je te parle à toi, réellement à toi ; je ne suis pas sûre, en te touchant, que ce soit toi que je touche. Quand tu t'approches, quand tu t'éloignes, je n'ai ni les joies, ni les tristesses des autres femmes. Quand tu m'appelles, je ne reconnais pas ta voix. Quelquefois quand je suis seule, dans mes grands appartements vides, je me dis : « S'il était là ! » Tu approches toujours, et le frisson me prend. Je t'appelle et j'ai peur de toi. Je suis peut-être dans ce monde maudit la seule créature qui ai peur de celui qu'elle appelle ! Ce palais, qui est le nôtre, eh bien, je n'y coucherai plus. Tu t'étonnes, si tu savais ce que j'ai donné pour avoir le droit d'y vivre, au lieu de t'étonner, tu frémirais. Ces montagnes, ces Rochers-Rouges savent mon histoire ; je ne puis habiter que dans un lieu inconnu, je veux partir et ne revenir jamais. M'accompagneras-tu ? Si tu le fais, quand avec la terre seigneuriale tu donnerais le sang de tes veines et le sang de tes enfants, si tu dois en avoir, tu ne donnerais pas ce que j'ai donné pour venir à toi. Tes ancêtres, dit-on, n'ont pas connu la peur ; moi, je soutiens jour et nuit avec cette puissance terrible une lutte inégale. Fils de la vieille Allemagne, as-tu du courage à me donner ?

La figure du rhingrave était impassible.

– Ève, dit-il enfin, je t'aime, je t'aime ainsi. Écoute, tu serais peut-être plus heureuse dans un autre château. Connais-tu celui de mon frère Wilfrid ?

– Qu'importe ! il n'est pas bâti en face des Rochers-Rouges, n'est-ce pas ? Eh bien, je le veux.

– D'ailleurs, reprit le rhingrave à voix basse, mon frère n'a que moi pour héritier.

– Quand ce château sera-t-il à moi ? répondit Ève. Savourant le vertige du crime, elle promena ses regards autour d'elle, et tout à coup vit surgir un serpent qui fuyait agilement dans l'herbe. Edgar, Edgar, où êtes-vous ?

– Je viens de tuer cette bête qui t'effrayait, dit-il. Que tu es enfant ! avoir peur d'une si belle bête !

Il prononça ce dernier mot avec un sourire étrange qui laissa voir une fine rangée de dents blanches.

Le lendemain, ils étaient partis ensemble pour le château de Wilfrid, où ils avaient agi de concert : c'était leur manière de s'aimer. Au moment où nous les avons vus à cheval, ils revenaient en prendre possession, certains de trouver le propriétaire mort. Ils entrèrent, Wilfrid venait de rendre le dernier soupir. Ève, qui avait besoin de prendre l'air, ouvrit une fenêtre. Un éclair l'aveugla, et, sans intervalle, elle entendit ce craquement, ce déchirement aigu de la foudre qui tombe. Elle rouvrit les yeux ; un sillon de feu s'abattit en zigzag sur l'aile du château. « Si je voulais pensa-t-elle plus rapidement que ne tombait la foudre, je me sauverais, je sauverais ce château conquis par un crime. Mais non, non ! » Plutôt que d'appeler son terrible esclave, elle attendit l'événement. L'aile droite du château s'écroula avec un fracas terrible. Ève fut atteinte à la joue gauche par les éclats d'une pierre brisée, elle sentit un mouvement de joie. « Voilà au moins un malheur qui arrive, » se dit-elle intérieurement. On la soigna, on la guérit. Elle demanda à son mari une grande fête. – Un bal funèbre, si tu veux, répondit-il.

– C'est cela, répondit Ève, nous danserons en noir.

Ève se fit préparer une toilette noire où resplendissaient mille diamants. « Qui donc, pensait-elle, oserait venir à mon bal et y danser ? » A ce moment même, un homme inconnu la saisit et l'emporta.

– Cet homme a les mains froides, dit-elle ; je ne danserai plus.

Quand ils se trouvèrent seuls, le rhingrave et sa femme parlèrent de choses indifférentes ; ils évitaient de se regarder, ils se trouvaient les yeux trop brillants.

Pendant la nuit, Ève crut voir devant elle une longue galerie ; au bout de cette galerie, le rhingrave, vêtu de noir, lui faisait signe de venir à lui. Elle marchait presque involontairement. Le rhingrave lui montra du doigt la statue de son frère, qui était réellement dans le château. Il lui sembla que la statue faisait un mouvement.

– Elle bouge, dit le rhingrave.

Ève prit la fuite à travers la galerie. La statue était debout devant elle et lui barrait le passage. Ève tomba à la renverse ; elle se sentait étendue sur une dalle froide, près d'un abîme. A demi morte, elle laissa pendre sa main dans le vide ; mais elle sentit une main glacée qui saisissait la sienne, puis cette main lâcha prise. Mais une voix dans le lointain prononça ces quatre mots :

– Je suis toujours là !

– Je suis toujours là ! répéta l'écho de la galerie.

VIII

Un soir, Ève, seule dans le salon d'honneur du château de Wilfrid, se sentit prise d'une ardeur étrange et agitée, comme dans cette nuit où elle était montée sur les Rochers-Rouges. Le rhingrave était absent. Elle se levait, s'asseyait, et cherchait fiévreusement un repos impossible ; elle n'avait pas peur ce soir-là ; les meubles de sa chambre ne lui semblaient pas trop suspects : « Je suis seule ici, se disait-elle, bien seule, trop seule même. La haute et puissante dame, épouse du rhingrave, passera seule la soirée comme sa femme de chambre. Au moins il n'est plus là, celui que je hais, celui que j'appelais Edgar, je l'ai écarté, je ne craindrai plus sa vue d'ici demain. C'est étrange ! le jour où nous arrivions dans ce château, au moment où mon cheval a fait un écart et où je me suis accrochée, éperdue, au rhingrave, il m'a crié : « Tu me fais mal. » A cet instant-là j'ai senti comment je le haïssais. »

Puis elle regarda autour d'elle avec une inquiétude mêlée d'horreur ; elle fit elle-même l'inspection des meubles de sa chambre, puis sonna :

– Anna, dit-elle, changez l'oreiller de mon lit. Ève n'avait plus de cheveux.

Habituée aux caprices de sa maîtresse, Anna obéit sans s'étonner, puis ouvrit encore la porte du salon.

– Madame n'a plus d'ordres à donner ?

– Avez-vous regardé l'oreiller que vous ôtez de mon lit et celui que vous y avez placé ? Les avez-vous retournés en tous sens ? Vous savez les ordres que j'ai donnés une fois pour toutes ?

– Oui, madame.

– Et vous n'avez rien vu, rien ?...

– Non, madame.

– C'est bien. Allez. « Décidément, pensa-t-elle, je suis délivrée. »

Elle traversa le salon, regarda partout avec effroi, se rendit dans sa chambre, visita elle-même ses rideaux, son oreiller, ses draps, et ne vit rien, rien...

– A présent, cria-t-elle à haute voix, comme pour profiter de la permission, j'ai le droit de parler, je m'exaucerai moi-même, je me devrai mon bonheur.

Elle parlait encore quand elle entendit grincer les herses du pont-levis, et le son du cor annonça la venue d'un étranger. Elle fit silence et prêta l'oreille ; le bruit n'approcha pas, et elle écoutait encore les mouvements lointains de ses gens, quand quelqu'un se présenta devant elle. La porte s'était ouverte d'elle-même et l'homme inconnu marchait sans bruit.

– Soyez le bienvenu, dit-elle. (Pas de réponse.) – Par malheur, mon noble époux n'est pas là pour vous recevoir.

– Je le sais, madame, répondit l'inconnu.

« C'est étrange, pensa-t-elle, la voix du rhingrave comme dans mon rêve. » – Seigneur, dit-elle à son hôte, me ferez-vous l'honneur de partager avec moi le repas du soir ?

L'étranger répondit par un gracieux sourire derrière lequel perçait une inexprimable férocité.

Ève eut peur ; elle aurait voulu voir entrer Anna ; elle regretta presque le rhingrave.

Ève éprouvait une curiosité inexprimable ; ce qui était devant elle la glaçait comme dans le rêve. La malheureuse voulut se retourner et lutter, et fuir, elle ne le put. Ses yeux s'allumèrent comme dans l'ivresse...

Elle sourit, sa vue se troubla. Elle ne distinguait plus les objets ; seulement elle entendit un petit souffle...

– Ce n'est rien, dit *ce qui* était devant elle, j'éteins la lumière, parce que j'aime naturellement l'obscurité.

Que se passa-t-il au dernier moment ? La légende est muette. J'ai interrogé en vain les échos des Rochers-Rouges. Le mieux renseigné n'a pu me dire que ces mots : Le premier qui entra dans la chambre fut le rhingrave. Il prit la fuite et depuis, n'a plus reparlé.

IX

Marie chantait une nuit sur la montagne :

> Le pays où s'est envolée
> Ma vie éteinte et ma splendeur
> Ressemble-t-il à la vallée
> Où le froid pénètre le cœur ?

> L'air manque-t-il dans vos domaines ?
> Là-bas les cœurs sont-il fermés ?
> Les vaincus traînent-ils leurs chaînes
> Jusqu'à la mort, sans être aimés ?

> Oh ! parle-t-on dans votre monde
> Le langage de nos beaux jours ?
> Boit-on à la source profonde
> Où s'abreuvèrent nos amours ?

Dites si l'on pleure à l'aurore
Comme je pleurais dans nos bois !
Si je dois les trouver encore
Mes saintes larmes d'autrefois ?

Te souviens-tu que l'âme pleine,
Sous le bonheur, prête à plier,
Je te suivais sans perdre haleine,
De l'aubépine à l'églantier ?

Te souviens-tu du nuage rose,
Entr'ouvert dans l'immensité ?
Où veux-tu que mon œil se pose
Dans cette immense obscurité ?

Te souviens-tu de cette fête
Où tout chantait autour de nous ?
Jours de transport et de conquête,
J'ai faim et soif : reviendrez-vous ?

Te souviens-tu de nos silences ?
De nos sentiers, de nos ravins,
De nos recueillements immenses,
Du bruit du vent dans les sapins.

Te souviens-tu de l'Espérance
Disant tout bas aux rayons d'or :
Le jour de la Toute-Puissance
Tardera-t-il longtemps encore ?

Te souviens-tu de la couronne
Que le soleil, au Taunus noir,
Jetait, à l'heure où s'environne
D'ombre et d'ardeur le front du soir ?

Te souvient-il, ô mon prophète,
De ce rayon d'or et de feu
Qui fit étinceler ta tête
Sous les rubis de son adieu ?

Te souviens-tu que la lumière
Donna sa parole d'honneur
Qu'elle embraserait notre terre
Au jour sacré de sa fureur ?

Depuis que ce serment suprême
Retentit dans l'immensité,
La nuit, je vois l'homme au front blême
Qui fait peur à l'obscurité.

Si vous connaissez le Dieu juste,
Oh ! dites-moi la vérité,
Immensité trois fois auguste,
Ombre, lumière, obscurité.

Si vous voyez encore sa face,
Laissez tomber, ô majesté,
Sur les ténèbres de l'espace
Quelque rayon de sa clarté !

Le froid engourdissait vos ailes
Sous ce ciel noir et désolé,
Vous qui, des sphères éternelles,
Vous souveniez, mon exilé ?

Si j'avais, comme toi, deux ailes,
Je dirais à mes deux saphirs
Emportez-moi, flammes fidèles,
Où sont allés mes grands désirs

Faut-il marcher vers la lumière ?
Faut-il aller plus près du jour ?
Et secouer cette poussière.
Pour te voir, mon céleste amour ?

Faut-il abandonner les roses ?
Faut-il se déchirer le cœur ?
Faut-il oublier toutes choses,
Pour retrouver le voyageur ?

S'il faut traverser les nuages
Pour te voir une seule fois.
Je n'ai pas peur de leurs orages.
Je veux entendre encor ta voix.

Je m'en vais cherchant dans l'espace,
Où l'air du soir est embaumé,
Et demandant aux lieux la trace
Du voyageur, du bien-aimé ?

Ô toi qui m'as donné la vie,
Pourquoi m'abandonner en bas ?
Appelle-moi dans la patrie
Où le soleil ne baisse pas.

Prête tes ailes triomphantes !
Appelez-moi, sphères ardentes,
A l'heure où l'ange de clarté
Allume les nuits rayonnantes
Dans la splendide immensité !

Bientôt l'horizon s'empourpra des premiers feux du matin. La jeune fille fixait sur l'Orient son regard ardent et clair. Tout à coup elle poussa un cri, elle venait d'apercevoir une trace dorée, c'était la lumière qui traversait l'espace. Marie entendit au même instant la voix des mondes qui s'appelaient l'un l'autre et se poursuivaient sans s'atteindre dans l'immensité. La jeune fille resta en extase et ferma les yeux ; elle eut peur un instant d'entrevoir le foyer même d'où s'échappait la splendeur royale de la vie pour baigner au passage la création.

Cependant elle s'élança vers le soleil levant, sans savoir où elle allait tomber. En même temps, elle entendit la grande voix de l'abîme qui criait : « Je t'aime ! ne crains rien, je t'aime ! et je regarde au fond de moi la résurrection ; je la cache sous un voile noir semé d'étoiles et de larmes d'or. Marie, Marie, Marie, abandonne-toi au souffle qui passe ! »

Elle sentit la vie redoubler en elle, et une force inconnue l'emporta. Ce fut une ascension d'une rapidité terrible. Pendant la soixantième partie d'une seconde peut-être, il lui sembla qu'elle était portée à travers l'espace avec une vitesse inexprimable, qu'elle montait ! toujours, qu'une main de fer lui déchirait le cœur qu'elle consentait volontairement à une douleur horrible et à une joie inconnue, puis qu'elle retombait sur la terre, brisée et meurtrie. Quand elle revint à elle, Marie était étendue sur une pierre nue, tachée d'un sang rouge qui devait être le sien. Elle regard autour d'elle et ne reconnut pas les lieux ; elle était loin de sa cabane et de son pays. Les larmes lui vinrent aux yeux avec le souvenir des premières joies de son enfance, des bois de sapin qu'elle aimait. Elle voulut se lever, car elle avait froid ; mais ses jambes ne la soutenaient plus ; elle porta la main à son front, la retira ensanglantée, et sentit au cœur une douleur profonde. Elle s'agenouilla et resta longtemps les yeux fermés.

Quand elle les rouvrit, une montagne immense se dressait devant elle, couverte de pierres et de ronces. « Si je l'apercevais de là-haut ! » pensa Marie, et elle monta. Dès les premiers pas, son sang coula de ses pieds meurtris. Les plantes, autrefois amies, n'avaient plus aujourd'hui pour elle que des épines et déchiraient ses pieds. Chaque pas lui coûtait une goutte de sang. Le tonnerre éclata près d'elle et tomba à ses pieds. L'orage continua. Marie vit d'en haut les pâles éclairs fendre les nues qu'elle dépassait, mais elle ne les regarde pas. « Je souffre trop, pensait-elle, il n'est pas loin. » Tout à coup la terre entière se déroula à ses pieds au fond d'un abîme ; il paraît qu'elle avait atteint, sans s'apercevoir, un plateau dégagé. Elle vit le monde que nous habitons à travers une vapeur dorée qui adoucissait tous les contours ; autour d'elle l'air lui parut éclairé, il lui sembla qu'elle aspirait quelque chose de cette pénétrante illumination. La création, posée devant elle sur un plan incliné, lui apparaissait comme un immense amphithéâtre où chaque être montait en luttant, montait par degrés l'échelle de la vie. « Encore, encore ! criait Marie. Ah ! pourquoi la montagne n'a-t-elle pas été plus haute et plus terrible ; la vue serait plus belle encore peut-être ! O ma vallée, mes Rochers-Rouges, ne me reconnaissez-vous pas ? Et toi, mon bien-aimé, toi qui n'es pas loin, puisque voici la lumière et que les couleurs flottent autour de ma tête, ne viendras-tu pas au-devant de moi quand j'approche des frontières de la patrie ? ne vais-je pas entendre ta voix ? »

Marie leva la tête avec un léger effroi, elle craignait de voir les astres de trop près. L'immensité lui parut agrandie. Marie cherchait toujours. Un petit cri bien connu se fit entendre ; la jeune fille chancela, rejeta en arrière les belles tresses noires qui lui tombaient sur les épaules, et son regard entr'ouvrit l'Orient. Un arc-en-ciel se dessinait là-haut, et dans l'arc-en-ciel apparut le colibri. Marie pleurait. « Des ailes, cria-t-elle, des ailes ! » Et elle prit son élan sans savoir si elle avait des ailes.

Au moment où ses pieds quittaient la terre, on eût peut-être entendu sur la montagne comme une harmonie triomphante.

Le pâtre, qui gardait les moutons dans la vallée au pied des Rochers-Rouges, entendit distinctement un chant clair et joyeux, et, tournant la tête vers le soleil levant :

– Déjà l'alouette ! dit-il.

12.
QUE S'EST-IL DONC PASSÉ ?

VOICI UNE HISTOIRE que je ne vous raconterai pas ; car je ne la sais pas. Je n'en connais que le commencement et la fin ; nous essayerons ensemble de deviner ce qui a pu se passer au milieu.

Leur mariage avait été plein de fête et de joie. Adèle A... était charmante et enviée. Emile B... était un jeune homme grave, modeste et innocent comme la jeune fille. Son visage rayonnait. Toute la réunion des amis et des amies semblait participer à la joie des époux. Richesse, beauté, jeunesse, concorde des personnes et des choses ; je vois tout cela ; seulement je vois par rares moments sur les lèvres de sa jeune femme un pli que je ne m'explique pas bien, et dans ces moments-là, l'éclat de son œil s'obscurcit.

Les revoici dix ans plus tard ; les revoici comme la mort les a faits, car ils sont morts tous deux ; la jeune femme morte et enterrée, le jeune homme mort et non enterré. Mais ses cheveux sont blancs. Ses cheveux sont blancs et ses habits noirs. Il conduit à la tombe de leur mère un petit garçon de deux ans et une petite fille de quatre. Un désespoir inouï se lit sur sa figure, un désespoir sourd et muet.

De quelle maladie sa femme est-elle morte ? Personne n'en sait rien.

Tout le monde parle du bonheur dont ils ont joui l'un près de l'autre.

Personne n'ose interroger le survivant, et, s'il lui fallait parler, il ne saurait que dire.

Quand les circonstances l'obligent à dire un mot, un éloge immense et parfaitement sincère atteste le souvenir profond et déchirant qui fait son désespoir. Les grâces et les vertus de sa femme morte si jeune n'étaient pas seulement évidentes pour tous ; elles étaient immensément et profondément connues et senties de celui qui était appelé à les connaître et à les sentir. Et pourtant un observateur eût compris que le malheur du jeune homme ne datait pas de la mort de sa femme. Il datait de beaucoup plus haut.

Les témoins les plus intimes auraient pu attester avec cette certitude *sui generis,* la certitude qui ne trompe pas, attester leur honneur, leur vertu, leur bonté, à tous les deux. Les personnes et les choses souriaient autour d'eux, eux-mêmes possédaient de nombreux éléments de bonheur, et cependant il était clair que le chagrin noir avait toujours été assis dans leur maison. Il était complaisant, affectueux, doux. Elle était primitivement complaisante, affectueuse et douce ! Leurs rares qualités n'avaient pas été, il est vrai, trempées dans ce feu surnaturel qui divinise et étend sur l'humanité agrandie et divinisée elle-même, le rayonnement superbe et joyeux de la charité ; c'étaient cependant des qualités rares, vraies, sincères et respectables.

Pourquoi donc cet immense et affreux voile noir suspendu devant une porte qui devait être ouverte à plusieurs joies ? Le chagrin avait tellement droit de cité dans cette demeure comblées des biens de la vie, que la mort de la jeune lemme n'avait paru qu'un développement et non un principe de malheur. Le malheur avait l'air d'être l'habitant de la maison. Le mari, la femme et les deux enfants n'étaient que les hôtes. Le malheur était là chez lui, et personne ne souriait.

Que s'était-il donc passé ?

Il ne s'était rien passé.

Mais enfin pourquoi ?

Pourquoi ? Je suis, comme vous, réduit aux conjectures.

Eschyle, voulant étaler aux yeux des Athéniens la victoire des Grecs, transporte la scène à la cour du roi de Perse, et montre le deuil du palais. Pour faire préjuger l'événement, il en étale les conséquences.

Nous venons de voir certains effets. Quelle est la cause ? Pour moi, voici ma réponse.

La jeune femme était jalouse.

13.
LE REGARD DU JUGE

LA PRINCESSE ELECTA avait quelque chose d'étrange et toute sa personne était remarquable.

Elle était blonde de ce beau blond cendré et doux, si rare aujourd'hui. Ses cheveux abondants et soyeux se relevaient en masse sur sa tête ; de lourdes tresses s'entrelaçaient en couronne et dominaient son front lisse et pur où un pli se formait imperceptiblement entre les deux sourcils. Ce pli, sans rien enlever à la paix de son visage, semblait dire à ceux qui savaient entendre : Je suis faite pour commander.

L'habitude de se vaincre sans cesse avait donné à sa bouche un pli grave, nul n'est maître de soi sans combat, et le pli de sa bouche ressemblait presque à une blessure ; son geste rare et plein de précision attestait l'énergie dont elle était capable.

Sa démarche, quoique gracieuse, avait une fermeté un peu rigide qui tenait à distance les importuns.

Son abord très bienveillant, mais un peu froid, laissait deviner la distance qui la séparait de son interlocuteur.

Mais il y avait dans sa physionomie un certain trait qu'il est difficile de dessiner, même mal. Ce trait, c'était l'œil.

Comment parler de cet œil dans lequel jamais aucun trouble n'avait paru ? Devant cet œil impossible, le pinceau et la plume seraient tentés de prendre tous deux la fuite.

Ses yeux étaient-ils noirs ? Ce velouté singulier, profond et mat, peut-il être caractérisé par ce mot si vulgaire : *noir* ? Cette brillante étincelle qui parfois s'allumait un instant, un seul instant, était-elle noire ?

Ce noir était si étrange, qu'il n'étonnait pas trop les cheveux blonds, ses voisins.

Le mécontentement abaissait les paupières de la jeune fille et voilait son regard d'un voile singulier ; les cils se rapprochaient, et quelque chose d'étrange se sentait derrière cette frange de soie. Était-ce la retraite de l'âme offensée ? Était-ce l'indignation qui prenait sa forme la plus muette et la plus haute ? Était-ce le deuil de l'âme attristée qui éteignait sa flamme ? Était-ce le froid de l'acier et la dureté du fer ?

Personne n'eût pu répondre à ces questions.

Un jour, la reine sentant venir l'heure de sa mort, appela la princesse et lui dit :

– Écoute, ma fille, et garde à jamais mes paroles dans ton cœur.

Ta position est rare en ce monde. Non seulement tu es née sur les marches du trône, mais tous les autres prestiges sont venus s'ajouter en toi et autour de toi au prestige de la naissance. Tu es belle ; tu as la science ; tu as l'intelligence ; tu as la sainteté. Si je t'avais choisie, au lieu de te recevoir, choisie entre toutes les filles de la terre, je ne t'aurais pas choisie autrement. Je n'aurais su quel charme ajouter à tes charmes, quelle vertu à tes vertus. L'irréprochable est ton nom ;

le jour de ta naissance, il me semble qu'une cuirasse te fut donnée contre les infirmités, contre les faiblesses humaines, et, depuis le jour de ta naissance, je cherche inutilement le défaut de cette cuirasse.

Ton nom ressemble à une couronne : Je t'ai donné l'un, je te laisse l'autre. Mais ce nom et cette couronne, qui éblouiraient toute autre que toi, ne sont encore pour toi, ma fille, que promesses et préparations.

Tu recevras un nom nouveau.

A ce mot, je frissonne.

O ma fille, j'ai pu faire pour toi ce qu'une mère n'a jamais fait peut-être, j'ai pu t'instruire et t'aimer, comme personne ne l'a été jamais : j'ai pu assembler autour de toi les savants de mon royaume : j'ai pu orner ton intelligence et ton âme des splendeurs de la doctrine et des splendeurs de la vertu.

Mais il y a quelque chose que je n'ai pas pu. Je n'ai pas pu te donner le nom nouveau que je destine... Pourquoi donc est-ce que je frissonne ? Est-ce le froid de la mort ou est ce un autre froid ?

Écoute : j'ai une révélation à te faire, terrible et glorieuse.

Chaque jour je m'y prépare, et chaque jour je recule, à l'heure où je vais t'appeler.

Je remettrais encore à demain probablement si j'étais certaine que le mot *demain* fût permis à mes lèvres. Mais je sens un froid étrange. Il faut parler aujourd'hui.

Écoute : j'ai une révélation à te faire, terrible et glorieuse.

Toutes les sciences, toutes les lumières dont j'ai paré ta vie, toutes ces splendeurs, toutes ces richesses, les traditions des rois mes ancêtres, mon empire et tout ce qu'il contient, mes deux bras qui t'entourent, et les deux bras de mon trône qui t'attendent, tout cela n'est rien.

Tout cela, je te le donne comme un présent de nul prix. Car le froid qui me pénètre m'apprend ce que j'ignorais. Il m'apprend ce que c'est qu'un trône. La glace ne fond pas si vite au rayon du soleil de la vie, que toute magnificence humaine au rayon du soleil de la mort.

Mais il est une chose précieuse, précieuse et nécessaire que tu auras, SI tu veux. Si tu veux ! Comprends, ma fille, le sens caché de ce mot : SI. Je viens de le découvrir. Le rayon du soleil de la vie me le cachait. Il a fallu, pour l'éclairer, le rayon du soleil de la mort.

Je t'ai donné un nom ; mais il était arbitraire, Electa. C'était moi, moi qui te le donnais. C'est ma pauvre main qui l'a écrit. Mais il est un autre nom qui n'est pas tracé de main humaine. Il est un nom étrange, singulier, prodigieux. Celui-là fut indiqué autrefois par le premier des aïeux dont l'histoire m'ait gardé le souvenir. Il l'avait entendu retentir au fond d'une solitude. Il l'avait écrit sur un parchemin. Le parchemin est là, dans cette chambre qui n'a jamais été ouverte. Au-dessus du nom, il y a un portrait. Quelqu'un, au jour terrible, ressemblera à ce portrait, et la personne qui aura conquis cette ressemblance portera le nom écrit au-dessous, et celle-là sera grande entre les grandes, élue entre les élues, et les rois se découvriront quand ils passeront près d'elle, et solliciteront par elle les faveurs du roi des rois.

Il y a donc une ressemblance à conquérir. Mais, ma fille, je ne puis rien pour te la donner, rien que ce que j'ai fait, et ce que j'ai fait n'est rien, si tu n'ornes ta couronne d'une pierre précieuse que tu es toi-même chargée de trouver. Oh ! ma fille ! ma fille ! un jour la porte de la chambre mystérieuse s'ouvrira, et plusieurs seront confrontées avec le portrait terrible.

Une seule sera trouvée ressemblante. Ce sera toi, n'est-ce pas ? Tu m'assures que ce sera toi.

D'où vient donc que je frissonne ? Est-ce le froid de la mort ou un autre froid ?

Tu n'oublieras jamais une seule des paroles qui ont été confiées à ta mémoire. Mes enseignements seront toujours sacrés pour toi. Ton âme est parée comme ton intelligence. Pour trouver la pierre précieuse, dont nulle, excepté toi, ne soupçonne l'existence, tous les ouvriers du royaume sont à ta disposition. C'est toi ? N'est-ce pas ? Dis-moi que c'est toi. Soutiens-toi, et soutiens-moi. D'où vient que je frissonne ? C'est que je pense au jour où s'ouvrira la chambre fatale. Ce jour ne dépendra ni de toi, ni de personne. Nul ne le choisira. Nul ne dira : il sera éclairé par le soleil de demain. Nul ne verra d'avance ni ne prédira son aurore.

L'aïeul respecté qui avait entendu le nom, qui l'avait transcrit, qui avait fait le portrait et scellé la chambre terrible, a vu, autour de lui, avant sa mort, tous les fronts prosternés sous sa bénédiction suprême, et l'un de ses fils lui demanda :

« Père, qui donc ouvrira la chambre fatale ? »

A ce moment un éclair déchira le cœur de la nuit ; le tonnerre éclata, et celui qui allait mourir, répondant à celui qui devait régner, lui montra le feu du ciel qui tombait.

C'est pourquoi il est écrit sur la porte terrible :

« Le feu du ciel m'ouvrira. »

Quand le tonnerre aura posé le décor du drame, vous entrerez dans la chambre, et vous attendrez à genoux que le nom se découvre, et, au-dessus du nom, le portrait.

C'est à ce moment-là que la couronne se posera sur la tête qui lui sera désignée par la pierre précieuse ; et près de cette couronne, celle que je te lègue n'est que cendre et poussière. La tradition dit qu'à ce moment redoutable la justice frappera deux coups, car son glaive a deux tranchants.

Combien serez-vous là, agenouillées dans la chambre terrible, je ne sais. Mais toutes, vous y recevrez votre nom. D'abord, et au même moment, le nom de la bénédiction suprême, et celui de la suprême malédiction. Les autres viendront ensuite. Au moment où la pierre choisie attirera la couronne, comme le fer attire l'aimant, il y en aura une parmi vous dont le genou fera horreur à la terre qui le portera, et sous le genou maudit, la terre s'ouvrira, pour n'être pas touchée par lui, et celle qui aura été là, agenouillée, s'abîmera à la face du ciel. Le tonnerre ne voudra pas de cette proie ; le feu d'en haut se détournera ; c'est le feu du volcan qui la dévorera, et elle travaillera à la forge souterraine, et si une goutte de sa sueur perce la croûte de la terre, son odeur donnera la mort, et les habitants des cités voisines s'enfuiront, oubliant leurs richesses, à cause de l'épouvante, et le désert se fera là où la goutte de sueur aura percé la croûte de la terre, et les bêtes mêmes n'oseront plus approcher du désert fait par la sueur ; car les animaux ont l'instinct de la conservation.

– Bénissez-moi, ma mère, dit Electa, qui savourait d'avance les joies du triomphe.

– Sois bénie, dit la reine, toi qui fus choisie… Mais c'est étrange, la faiblesse de la mort paralyse ma langue ; je ne peux pas dire ce que je veux… Sois bénie, toi qui es bonne… Sois bénie, toi qui… Sois bénie, toi qu'il faut bénir…

Electa interrompit la reine, et lui dit : – Ma mère, bénissez-moi moi-même, votre Electa, moi qui suis votre fille ; bénissez-moi.

Et elle prit les deux mains de la reine, pour les placer sur sa tête ; mais les deux mains de la reine retombèrent d'elles-mêmes. « Elle n'a plus la force de soutenir ses mains, » dit Electa.

– Sois bénie, dit la reine d'une voix plus lente, toi qui trouveras dans les entrailles de la terre la pierre précieuse que je ne connais pas, celle que je n'ai jamais vue, celle qui ne s'est jamais échangée contre l'or et l'argent, pierre précieuse inconnue et incandescente, allumée sous la croûte du globe par les reflets lointains de la foudre et les éclats brisés du tonnerre ! Sois bénie des bénédictions du ciel, bénie des bénédictions de la terre, bénie des bénédictions de l'abîme d'en haut ! Que mes bénédictions montent les unes sur les autres, comme des chaînes de montagnes superposées, qu'elles traversent les nuages, et leur arrachent le feu qu'ils gardent dans leurs entrailles, le feu promis au front de la prédestinée !

– Ma mère, dit Electa, maudissez mon ennemie, maudissez celle dont vous m'avez parlé tout à l'heure.

– Sois maudite, dit la reine ; puis elle s'arrêta, effrayée... Je ne sais pas maudire, dit-elle ; je ne hais personne. Je veux le bien de tous ; mes lèvres qui n'ont jamais prononcé de malédiction ne veulent pas commencer à l'heure de la mort.

– Ma mère, dit Electa, vous pouvez maudire sans crainte, car vous parlez de celle que le Seigneur maudira au dernier jour. Vous ne la connaissez pas ; vous ne la détestez pas. Vous ne savez pas de qui vous parlez. Ce n'est pas la haine qui conduit votre langue ; c'est la volonté du Seigneur ; c'est cette volonté que vous m'avez apprise à adorer en toute circonstance, c'est elle qui courbe aujourd'hui sous votre malédiction une tête que nous ne connaissons pas, comme elle vient de courber ma tête sous votre bénédiction.

– Sois maudite, dis la reine, toi qui... Ma vue se trouble et ma langue s'égare ; je n'ose pas continuer...

– Continuez, ma mère, dit Electa ; c'est la volonté du Seigneur.

– Eh bien, puisque tu le veux, je continuerai. Sois, maudite des malédictions du ciel, maudite des malédictions de la terre, maudite des malédictions de l'abîme d'en bas. Que mes malédictions descendent jusqu'au centre de la terre ; qu'elles y allument la colère qui dort jusqu'au jour de justice, la colère du volcan ! Sois maudite par les cris du pauvre, plus terribles que les éclats du tonnerre ! Et que les corbeaux des torrents répètent aux pierres roulées dans leurs cataractes la malédiction qui est arrachée en ce moment à mes lèvres mourantes ! Sois maudite par le souffle qui passe sur les champs de blés en fleur ! Maudite par l'écume blanche des vagues exaltées par la tempête ! Maudite par la sérénité du ciel bleu des jours d'été, maudite par la douceur, maudite par la splendeur des matins et des soirs, maudite par la fumée qui sort des chaumières, à l'heure des repas, maudite par l'aubépine, maudite par la rose, maudite par les frêles encensoirs du chèvrefeuille balancé, et comme tout cela n'est rien pour la fureur involontaire qui ouvre mes lèvres sacrées, sois maudite, dans ton infâme cœur, sois maudite par celui qui a besoin, et à qui tu n'as pas donné.

La reine cessa de parler, et il se fit entre les deux femmes un silence étrange. Electa attendit un moment, et quand elle vit bien que sa mère se taisait, elle ajouta à voix basse : – Sois maudite ; ainsi soit-il !

Or la reine était morte depuis quelques jours, et les fêtes de sa sépulture n'étaient pas encore terminées. La fête et la sépulture sont des mots qui vont singulièrement ensemble : passons le *deleatur* sur les fêtes, et mettons les pompes, si vous voulez.

Dans une chaumière, à quelque distance du palais, dont elle était une dépendance imperceptible et inaperçue, se mourait une jeune fille pauvre ! C'était, si les renseignements que j'ai pu me procurer sont exacts, une cabane de sabotiers située au milieu de la forêt. Par une petite ouverture pratiquée dans le toit de chaume passait la fumée, dans les moments où le feu était absolument nécessaire. Ne me demandez pas de nombreux détails sur la vie qu'on y menait. Les informations sont rares, quand il s'agit d'époques aussi lointaines, de pays lointains, et surtout les informations relatives aux pauvres. J'ai encore pu donner quelques détails sur le palais de la reine. Mais que voulez-vous que je vous dise d'une cabane de sabotiers ?

Cependant un vieux manuscrit, que j'ai eu beaucoup de peine à trouver, prétend que la jeune fille, nommée Judith, avait entendu un soir, quelques jours avant sa maladie, frapper trois coups à la porte de la cabane où elle était seule, pour le moment. Elle allait prendre son très frugal repas, le repas du soir. Elle ouvrit, c'était un voyageur dont l'aspect était celui d'un pauvre ; son front était un peu pâle. N'ayant pas de veau à tuer, de *veau tendre et gras,* elle donna ce qu'elle avait, un peu de pain et un verre d'eau. On vit de ce qu'on trouve, et je n'ai pas trouvé sur leur entrevue d'autre détail.

Quelques jours après, elle tomba malade, et on prétendit que le voyageur lui avait jeté un sort.

La maladie s'aggrava, et, au bout de huit jours, la mort semblait avoir pris d'avance possession de sa victime. La médecine des pauvres était, alors surtout, à l'état rudimentaire ; deux yeux fermés, une respiration haletante, des mots étouffés qui s'entendaient à peine : le morne désespoir d'un père et d'une mère impuissants et immobiles qui ne songeaient même plus à lutter contre la mort, tel eût été le spectacle qu'offrait la cabane misérable et désolée, si une misère et une désolation plus terribles que toutes les misères et les désolations extérieures n'avaient paru oppresser le cœur tremblant de la mourante.

La mort, entrevue à la lueur de l'agonie, apparut à Judith comme quelque chose d'absolument épouvantable. « Je ne sais rien, pensait-elle, de mon créateur, sinon que je vais paraître devant lui, les mains vides. Et mon cœur est comme mes mains, vide des vertus qu'il aime. »

Les transports de la fièvre et les horreurs de l'agonie coloraient de leur couleur particulière les paroles entrecoupées qui s'échappaient de ses lèvres, et ses paroles ressemblaient à la lueur d'un éclair aperçu sur un précipice, et si l'espérance était au fond, elle était voilée par la nuit de l'abîme.

Cependant le frère de la mourante, revenant de son travail, vit ces trois agonies, l'agonie haletante et déchirante, puis les deux agonies mornes et muettes du père et de la mère.

Il resta immobile, la tête dans ses mains ; puis, tout à coup :

– Tout n'est pas fini, dit-il, mon père.

Nous sommes de pauvres misérables qui ne savons pas comment on s'adresse au créateur des mondes.

Mais il y a quelque part une élue de Dieu. Ce Dieu terrible, que nous ne connaissons pas, a choisi Electa pour sa privilégiée. Je pars ; je vais recommander Judith à ses prières. Celui qui l'a créée peut la guérir.

– Oui, pars, pars, dit la mère.

– Mais, dit le père, comment pénétreras-tu jusqu'au fond du palais !

– Est-ce que je sais, moi ? Mais je pénétrerai. Le temps presse.

Et il partit.

Il comptait les minutes, les secondes, il ne courait pas ; il volait. Baigné de sueur, et ressemblant à un voleur de grand chemin, il arriva au palais, et se jetant sur la première personne qu'il vit, je veux parler à Electa, dit-il, à l'instant même.

– Vous plaisantez, mon bon monsieur, lui fut-il répondu avec un sourire ; Son Altesse royale est occupée. Faites une demande d'audience ; son Altesse verra si elle doit l'accueillir.

– Mais elle meurt peut-être en ce moment ! cria le jeune homme désespéré.

– Qui donc meurt ? répondit la personne qui lui parlait, et sans écouter la réponse, elle dit aux gardes :

– Un fou vient de se présenter ; mettez-le à la porte.

Les gardes se présentèrent pour faire leurs fonctions ; mais le jeune homme se jeta à genoux, luttant à la fois contre le désespoir et contre la colère. A force d'être vaincu, il triompha de lui-même.

« Il s'agit de sauver ma sœur, » pensa-t-il, et levant la voix, il demanda en grâce, au nom de Dieu, qu'on lui indiquât les moyens de faire parvenir immédiatement une requête à Electa.

– Voici du papier et une plume ! Ecrivez, lui dit-on.

Et il écrivit :

« Madame,

Je suis un pauvre désespéré qui voit mourir un sœur qu'il aime. Ni elle ni moi ne savons prier Dieu mais puisque vous, vous le savez, nous vous supplions de le faire pour nous. Le cas presse, madame, toute une famille de pauvres pécheurs est à vos genoux. »

Le billet fut remis à Electa, et quand fut venue l'heure d'entrer dans son oratoire, elle fit une prière conçue à peu près en ces termes :

Prière d'Electa pour la mourante

Puisqu'il faut se servir même des plus petites choses pour s'élever vers le Seigneur, je ferai aujourd'hui ma méditation sur la mort de cette pécheresse, et je vous remercierai, ô mon Dieu, de me fournir cette nouvelle occasion de vous rendre grâce ! Vous m'avez réchauffée dans votre sein et vous l'avez tenue éloignée de votre cœur ! Pendant que vous vous éloignez de cette infortunée, je vous remercie, ô mon Dieu, des complaisances que vous avez prises dans mon âme ! Il est des âmes que vous avez choisies entre dix mille, et mon âme est une de ces âmes. Il est des intelligences que vous avez nourries de votre vin et de votre lait, et mon intelligence est une de ces intelligences. Vous m'avez parée ; vous m'avez embellie ; et maintenant je ne crains rien, je suis assise en vous pour jamais.

Cette malheureuse créature, dont la mort prématurée attriste aujourd'hui sa famille, a vécu dans l'ignorance de vos secrets. Livrée aux faiblesses et aux misères, elle est allée sans doute de chute en chute jusqu'à cette ignorance complète de vous-même, qui (la trouble au bord du tombeau. Etrangère à la discipline spirituelle, sous laquelle j'ai vécu, elle n'a pas passé par les échelons de la science naturelle que j'ai montés un à un. Elle n'arrivera jamais au port où je suis arrivée, et il m'est bien permis de jeter sur son naufrage le regard que je jette sur lui en ce moment, puisque par là je bénis la volonté du Seigneur qui a permis entre sa destinée et la mienne ce contraste prodigieux.

Elle a été engloutie, la pauvre enfant, dans la tourbe des choses humaines. A supposer même qu'un bon sentiment se soit glissé quelquefois, et, je pourrais dire, se soit égaré dans cette âme livrée aux choses d'en bas, combien a-t-il dû demeurer inculte ? Si on le mêlait aux pensées de mes servantes et de mes esclaves, il figurerait là comme un sauvage dans une assemblée de rois.

Pendant que les pécheurs s'égaraient dans leurs sentiers, vous avez pris en moi, ô mon Dieu, vos délices, et vous vous êtes plu à former mon cœur à l'image de votre divin cœur. Je laisse les égarés courir à leur perte, parce que je respecte l'impénétrabilité de vos permissions, et, le pied sur la terre ferme, je me réjouis d'être étrangère aux terreurs de l'Océan. Je ne suis pas comme ces mendiants qui tendent la main aux hommes. Dans votre infinie bonté, vous m'avez donné ce qu'il fallait pour vous faire honneur en ce monde. Je ne suis pas non plus comme ces ignorants et comme ces enfants qui poussent vers vous des cris spontanés et ingénus. Leur naïveté n'est pas mon partage. Me destinant à la perfection, vous m'avez donné de toutes choses une connaissance tranquille et parfaite. Vous avez voulu que l'éducation la plus savante passât la lime sur toutes les aspérités dont l'âme humaine est capable. Si vous ne m'avez pas inspiré l'oubli de moi-même, c'est qu'il fallait, pour vous connaître complètement, contempler l'œuvre que vous avez faite en moi et votre propre image dans mon pauvre cœur ; il fallait aussi contempler les autres, même cette malheureuse enfant, qui, pour la première fois, sert à quelque chose ; il fallait contempler les autres pour mesurer la hauteur où, dans votre miséricorde, vous m'avez appelée. Enfin, comme tous les bijoux de votre écrin étaient destinés à votre élue, après m'avoir donné la grâce d'obéir, vous me donnez la grâce mille fois plus rare de commander. »

Les jours succédèrent aux jours, les mois aux mois, les années aux années, et ainsi se passèrent dix ans.

Plusieurs jeunes filles de la cour s'exerçaient à la pratique des plus hautes vertus ; car le secret de la reine avait été divulgué ; le *car* que je viens d'écrire ne doit pas vous faire supposer que tout était faux dans leurs qualités intellectuelles et morales. L'homme est si compliqué, que presque jamais le bien ni le mal n'arrive en lui à la perfection ; elles étaient sincères, sans être absolument désintéressées. Par une inconséquence naturelle à notre espèce, une certaine jalousie, parfaitement contraire à l'esprit de lumière que cependant elles recherchaient, une certaine jalousie ternissait peut-être ces regards qu'elles jetaient les unes sur les autres, non pas tous les regards, mais quelques-uns, non pas peut-être les regards de toutes, mais de quelques-unes.

Chose singulière et encore inconséquente ! Cette jalousie, s'il était vrai qu'elle existât, n'osait pas se prendre à la fille même de la reine, à Electa. Et cependant, comme il n'y avait qu'une couronne à donner, que signifiait la jalousie ? Cependant un certain combat inaperçu et mystérieux se livrait entre elles, comme si un autre combat plus inaperçu et plus mystérieux s'était livré au fond d'elles ; c'était l'espérance et le désespoir qui se livraient l'autre combat. Il est infiniment rare que l'espérance soit triomphante dans l'homme, infiniment rare aussi qu'elle soit morte absolument. Même quand elle se croit morte, tant elle est faible, cependant elle a encore une légère respiration qu'elle ne sent plus, et la glace qu'on lui mettrait devant les lèvres trahirait l'haleine imperceptible de la mourante qui se croit morte.

Electa, depuis la mort de sa mère, s'était rendue presque invisible. Cependant un certain nombre d'ouvriers, particulièrement d'ouvriers mineurs, l'abordaient facilement. C'était la recherche de la pierre précieuse. Cette recherche était profondément silencieuse. Personne n'en connaît les détails mystérieux, et, comme la pierre choisie, la pierre nécessaire, n'était caractérisée par aucun signe précis, on ne savait jamais si on l'avait trouvée.

« Ce doit être probablement, avait pensé Electa, la plus riche, la plus rare. » Et elle avait fait fouiller les entrailles de la terre, et elle possédait maintenant une collection de pierres, telle qu'il ne s'en était jamais vu ; et aucune couleur de pierre, aucune nuance, aucun reflet, aucune forme, aucune espèce, aucune nature de pierreries n'avait échappé à son ardente inquisition.

Tous les ans, à un jour donné, c'était, je crois, au moment où la moisson était faite, tous les gens de la maison de la reine, et tous ceux des environs, tous les vassaux et tous les vassaux des vassaux, toute la population de la campagne avoisinante se réunissait au palais d'été, situé à quelque distance de la ville, et là, on portait en triomphe ou la reine, ou quelque personne qui tenait sa place, et on faisait le tour de l'aire où le blé avait été battu, et les chants et les acclamations de tout le peuple fêtaient la souveraine ou dans sa personne ou dans la personne de celle qu'elle avait désignée.

C'était un concours, une assemblée, une réunion énorme et confuse où tous les âges, tous les sexes, tous les costumes de tout le royaume s'étaient donné rendez-vous.

Dans cette foule j'aperçois une famille que nous connaissons un peu, bien peu, mais qui ne nous est pourtant pas tout à fait étrangère. C'est cette famille qui habitait dans une cabane de sabotiers. Cette mourante, recommandée par son frère aux prières d'Electa, cette mourante n'était pas morte. La voici qui marche avec son frère sur le bord de la mer. Elle se traîne languissamment. « Prenons-nous à droite ou à gauche ? demande son frère. Les deux chemins conduisent par deux détours de même longueur devant la porte du palais.

– A droite, » répond-elle machinalement.

Mais au moment d'entrer dans la cour du palais, elle se heurte le pied contre une pierre et tombe.

– Je ne veux pas, dit-elle, en se relevant, que le caillou qui m'a blessée, en blesse d'autres. Elle le prend et l'emporte.

Cependant elle boitait, et la gaucherie naturelle de sa démarche et de sa personne, augmentée par sa dernière maladie, amena le sourire sur toutes les lèvres.

Tout à coup une lourdeur étrange se fit sentir, le ciel se couvrit de nuages étagés, superposés, noirâtres ici, blanchâtres là : un roulement lointain se fit entendre, et les bœufs épouvantés laboururent la terre avec leurs cornes ; le tonnerre se l'approcha ; quelques gouttes de pluie tombèrent, rares et chaudes. La foule assemblée chercha un refuge dans le palais dont toutes les chambres, toutes les salles, tous les salons, tous les vestibules furent remplis en quelques minutes, et l'orage se rapprochait. Le désordre de la foule distribua les maîtres et les serviteurs, les grands et les petits, sans ordre apparent, et l'orage se rapprochait. L'épouvante brouilla les rangs, et Electa se trouvait jetée par la cohue au milieu de ses rivales quand un éclair terrible jeta sur elles toutes sa lueur blafarde. Le coup de tonnerre fut simultané ; entre la vision et le fracas nul n'eut le temps de compter une seconde ; le coup fut déchirant, terrible, le palais trembla ; les portes ouvertes se fermèrent, les portes fermées s'ouvrirent, et, au nombre des portes fermées, celle-là s'ouvrit qui ne s'ouvrait jamais.

Electa, toujours maîtresse d'elle-même, se dit : « voici l'heure. » Elle seule ne tremblait pas ; comment trembler, puisque voici l'heure ? Chaque coup de tonnerre était pour elle l'accompagnement de son triomphe, et quand la porte s'ouvrit, elle était seule calme, dans la terreur universelle.

Elle approche ; voici le portrait.

Le portrait n'était pas le sien. Son œil, qui n'avait jamais été troublé, dépassa tout à coup le trouble, et resta immobile. Il avait toujours été en deçà de l'émotion ; maintenant il était au delà de l'horreur.

Et l'orage redoublait. La foule tomba à genoux, prosternée par l'horreur. Dans l'horreur universelle, Electa seule gardait l'amour-propre. Electa seule songeait à autre chose qu'au tonnerre. Electa cherchait sur tous les visages la ressemblance fatale, et si le mot de consolation eût eu encore un sens pour elle, il eût signifié ceci : je ne lui ressemble pas ; mais au moins personne ne lui ressemble. Les éclairs qui lui montraient successivement tous les visages de sa connaissance et de sa rivalité, la rassuraient contre la rencontre d'une ressemblance quelconque. Elle interrogeait le portrait, puis les visages, et les éclairs qui confrontaient portrait et visages, et les éclairs répondaient : non.

« Non, disait Electa, personne ne lui ressemble. La couronne n'est à personne ». Mais voici un éclair qui n'est pas seulement terrible, qui est cruel : que montre-t-il ? Une petite figure sans beauté et sans caractère : il découvre, au milieu de la foule, la personne du monde entier la plus parfaitement oubliée dans tous les moments, et surtout dans ce moment.

C'est la petite fille de la cabane, la fille du sabotier.

Et elle ressemble au portrait.

Le tonnerre n'avait pas encore été si terrible depuis le jour de sa naissance.

Electa confronta le portrait et la figure, éclairés du même éclair. Et la figure était ressemblante. Et dans la main de la jeune fille agenouillée et épouvantée, un caillou était serré machinalement. Sa main s'ouvrit, le caillou parut, et c'était la pierre du portrait.

C'était la petite pierre ramassée par la blessée, pour qu'aucun autre ne se blessât.

Electa sortit, malgré l'orage, oubliant tout jusqu'au tonnerre ; tel était le délire de sa rage, qu'elle avait tout oublié, la vie et la mort. Il n'y avait plus de place en elle pour autre chose que le désespoir. A côté de l'orgueil, il n'y avait plus de place en elle pour loger la peur. Elle sortit, et l'orage s'exaspéra jusqu'au tremblement de terre. Une secousse, légère partout ailleurs, ouvrit la terre devant elle seulement, elle tomba à genoux, non pour prier, mais pour s'accrocher, se ramasser, et tomber de moins haut, si tout à l'heure elle tombait. Elle glissa à genoux. Mais la terre ne lui opposa pas de résistance. Elle s'ouvrit ; Electa disparut.

Quand la souveraine, nouvellement acclamée, chercha les traces de l'engloutie, à l'endroit où le genou d'Electa avait touché le sol, elle ne vit qu'un peu de poussière noircie, et une odeur de fumée.

14.

Les deux ennemis

C'ÉTAIT AUX EAUX DE KREUSNACH. Une société brillante était réunie. La France, l'Allemagne, la Russie et toutes les nations européennes y avaient leurs représentants. Le matin, dès six heures, on se réunissait à la fontaine ; car le café au lait ne se prenait qu'ensuite ; il fallait l'avoir digéré pour prendre le bain d'onze heures ; puis le dîner réunissait les convives, puis le casino, les promenades, et la soirée se passait, commencée par la musique et terminée par le souper. C'était l'heure des toilettes.

Quelques groupes plus intimes se formaient au milieu de cette société ; la conformité de langues, de goûts, de tempéraments établissait quelques intimités qui commençaient comme si elles devaient durer toujours, et qui quelquefois mouraient avant d'avoir bien vécu.

Deux hommes particulièrement, d'une soixantaine d'années peut-être, semblaient unis par un lien si serré qu'il leur était difficile d'aller l'un sans l'autre, soit à la source, soit partout ailleurs.

On les voyait toujours ensemble, le long de la Nahe, du côté des Rochers-Rouges.

Une mélancolie prononcée se lisait sur leurs deux visages, et c'était sur l'un et sur l'autre à peu près la même teinte de mélancolie. L'un se faisait appeler M. Pierre, l'autre M. Jean, et on ne connaissait pas leur nom de famille. S'il était inscrit sur le registre de l'hôtel du Palatinat, il n'était jamais prononcé ni rappelé nulle part.

Ces deux hommes semblaient avoir souffert profondément, diversement, et être arrivés par deux routes fort différentes à deux états de brisement qui se traduisaient à peu près de la même manière chez l'un et chez l'autre. L'un et l'autre avaient certains sourires tristes et significatifs qui avaient l'air de pleurs versés sur les illusions perdues. Ils vivaient tous deux dans une demi-conversation faite de mots échangés, puis de réticences, puis d'allusions.

Devant le monde, à la table commune, au casino, ils gardaient généralement un silence singulier. Etrangers à la conversation générale, ils se jetaient l'un à l'autre un regard d'intelligence, quand quelque chose se disait qui choquait trop fortement leur sentiment intérieur. Les autres convives parlaient, et ne s'entendaient pas. Ceux-ci ne parlaient pas et s'entendaient. Les autres se livraient quelquefois à de longues et bruyantes expansions qui les laissaient aussi étrangers et peut-être plus étrangers les uns aux autres, après une dépense de paroles apprêtées. Jean et Pierre ne se disaient presque rien, mais ils se comprenaient d'un regard. Un peu isolés dans la foule par leur supériorité intellectuelle, ils la dominaient aussi par leur silence, car le silence est une force à nulle autre pareille ; l'homme qui ne se livre pas semble garder en réserve une chose précieuse. La chose cachée semble toujours importante.

Quand le soleil baissait, vers quatre heures de l'après-midi, ils se trouvaient, sans s'être donné rendez-vous, à la porte de l'hôtel. Celui qui arrivait le premier attendait l'autre instinctivement, sans savoir qu'il l'attendait. On eût dit qu'il y avait dans ces deux hommes déjà très mûrs, et dont les cheveux exagéraient encore la maturité, car ils étaient l'un et l'autre blancs comme la neige, on eût dit qu'il y avait quelques-unes des douceurs et des rêveries de la jeunesse.

Quand ils s'étaient rencontrés, ils partaient ensemble, sans savoir où ils allaient, se dirigeaient vers les bords de la Nahe, admiraient silencieusement les magnificences du paysage, se communiquant leurs impressions par des coups d'œil rapides, échangeaient quelques mots qui étaient ordinairement des réflexions générales, bientôt coupées par des réticences qui ressemblaient à des souvenirs. Car le souvenir avait évidemment une grande place dans leur vie. Mais une discrétion extrême et mutuelle éteignait sur leurs lèvres mille paroles qui auraient dû s'allumer. Cette discrétion n'était pas une gêne. Elle était plutôt un instinct.

Au lieu d'être une contrainte, cette discrétion semblait une liberté. S'ils se parlaient peu, ce n'était pas pour se cacher leur pensée et leur vie, c'était plutôt parce qu'ils se trouvaient dispensés d'explication, par le fait même de leur intimité. Il leur semblait qu'ils s'étaient connus toujours, et qu'ils s'étaient dit les choses qu'ils avaient à se dire. Leurs confidences leur semblaient si naturelles à faire, qu'ils croyaient presque les avoir faites. Au lieu de les exprimer, ils les avaient sous-entendues. Mais le résultat était le même.

Le résultat était le même, surtout pour Pierre, non pas tout à fait pour Jean. Jean se disait de temps à autre :

« Il est singulier qu'après tant d'heures passées ensemble, nous soyons encore si peu au courant l'un de l'autre ! »

Mais ces étonnements se produisaient surtout quand ils étaient loin l'un de l'autre.

A peine l'heure du repos ou de la promenade les réunissait-elle, qu'un certain assoupissement endormait chez Jean comme chez Pierre le désir de parler et d'entendre. Et le commerce intérieur reprenait, plus intime que la conversation, et de temps en temps ce commerce prenait avec le souvenir quelque ressemblance bizarre et indescriptible. Ils se trouvaient l'un et l'autre subitement reportés à trente ans de là. Leur jeunesse leur apparaissait avec ce caractère merveilleux que le lointain lui donne. Car le souvenir efface les angles. Il a un prestige prodigieux pour embellir tout ce qu'il touche. Il montre la jeunesse passée à travers un prisme qui lui ôte toutes les douleurs et qui exagère toutes les joies. Il prend la substance des choses : il en supprime l'accident : il montre, dans une beauté idéale, des matins, des soirs, des printemps et des automnes qui ont souvent renfermé bien des tristesses et des laideurs. Mais le souvenir est un prestidigitateur qui cache tout ce qu'il veut cacher, et qui colore ce qu'il montre de la couleur qu'il veut montrer.

Peut-être cette faculté du souvenir se développait-elle spontanément chez ces deux hommes, quand ils étaient près l'un de l'autre, et peut-être le charme de cette émotion était-elle le lien secret de leur amitié. Le son de la voix de Pierre remuait quelque chose dans l'âme de Jean, et le regard de Jean remuait quelque chose dans l'âme de Pierre.

Il y avait une certaine ressemblance dans la cause même de leur présence à Kreusnach. Une certaine hypocondrie avait déterminé chez l'un et chez l'autre un affaiblissement du système nerveux. La ressemblance de leur état physique augmentait peut-être leur intimité. Peu à peu leurs conversations devinrent plus intimes, sans encore être personnelles, par le fait des questions qu'ils abordaient ensemble. Elles roulaient presque toujours sur l'âme, sur ses blessures. Qu'elle fût littéraire, philosophique, politique, religieuse, ou qu'elle se localisât dans les faits que les circonstances mettaient sous leurs yeux, c'était toujours l'âme humaine qui en faisait le fond, et toujours l'âme humaine blessée. Plus les jours s'écoulaient, plus le lien qui les attachait l'un à l'autre se serrait. Un jour Pierre resta au lit. Sa sensibilité nerveuse était plus maladive qu'à l'ordinaire. Jean sorti, pour faire la promenade qui faisait partie de son traitement. Mais une tristesse insurmontable s'empara de lui, et à peine était-il arrivé au pont qui précède le casino des bains, qu'il revint écrasé d'ennui et, rentré à l'hôtel, s'assit sur une chaise, près du lit de Pierre. Les deux amis sentirent mieux ce jour-là qu'à l'ordinaire ce qu'ils étaient l'un pour l'autre.

La tristesse tenait ces deux célibataires si complètement célibataires, qu'ils semblaient absolument isolés dans le monde, sans famille et sans amis.

Un soir, quand Pierre eut repris quelques forces, il accompagna Jean au casino. La musique était ou du moins leur parut mille fois plus pénétrante qu'à l'ordinaire. La soirée était superbe ; après une journée brûlante, un vent frais s'était levé vers quatre heures. Pierre, appuyé sur Jean, reprit avec lui le chemin de la Nahe. Les champs de vigne, disposés en amphithéâtre, semblaient se reposer, comme les hommes, de la chaleur du jour. Un silence profond semblait tomber du haut des montagnes. Ces montagnes qui bordent la Nahe s'éclairent le soir de reflets imprévus, quand le soleil dit adieu à cette masse de terre dont la couleur étrange a donné leur nom aux Rochers-Rouges. Cette terre, qui ressemble à de la brique rouge, s'empourprait ce soir-là avec plus d'éclat qu'à l'ordinaire. Ce silence ne semblait pas un silence mort, mais un silence vivant composé de bruits infiniment légers qu'on devinait sans les entendre.

La molle splendeur de cette soirée disposait l'âme à s'ouvrir, et l'inclinait vers l'expansion.

– Où serais-je, maintenant, dit Pierre, si ma vie n'avait pas été brisée autrefois ?

– C'est justement là, dit Jean, ce que je me demandais à l'instant même.

– Votre vie a donc été brisée comme la mienne ?

– Brisée.

– J'ai vécu seul. Je mourrai seul.

– Et moi aussi.

– Et comment, reprit Pierre, comment êtes-vous entré dans cette solitude ?

– Par l'abandon d'un ami, répondit Jean.

– Singulier hasard ! Et moi aussi.

– C'est un lourd poids, dit Jean, que celui de haïr, et je le porte depuis trente ans.

– On dirait, reprit Pierre, que vous êtes l'écho de mes pensées.

– Je pense avec douleur, dit Jean, que nous avons été pris au piège tous les deux. Ceux qui ont été mis sur notre route étaient donc précisément ceux qu'il fallait pour nous perdre.

– Ah ! dit Pierre avec un profond soupir, si j'avais eu un ami comme vous !

– C'est ce que je me dis tous les jours, répondit Jean. Ah ! si j'avais eu un ami comme vous !

– Mais voyez donc ! On dirait que nos deux situations sont copiées l'une sur l'autre ! Où la ressemblance s'arrêtera-t-elle ?

– Pour le savoir, il faut que nous nous disions ce soir même toute notre vie l'un à l'autre.

Et tous deux firent silence comme pour se préparer à dire des choses secrètes.

– Peut-être, dit Pierre, dans le principe, alors que nos cœurs étaient tout chauds encore de notre amitié, peut-être aurais je dû prier mon ami à genoux de ne pas s'éloigner de moi, peut-être qu'un accent, une inflexion de voix, un rien l'aurait retenu. J'ai fait cependant ce que je vous dis, mais si je l'avais fait une fois de plus, qui sait ? Un grain de sable peut quelquefois faire pencher la balance.

– Oui, qui sait ? dit Jean. Moi qui vous parle, il me semble aujourd'hui que si l'ami que j'ai perdu était venu une fois de plus me dire, ce qu'il me dit un jour : « Je vous supplie par le plus sacré de vos désirs ! » Je serais revenu.

– Chose étrange, dit Pierre, votre ami vous a dit cela ?

– Oui.

– Et moi j'avais dit cela à mon ami, et la haine est venue quand j'ai vu fuir celui que j'aimais.

– Et moi, dit Jean, mon cœur s'est endurci. Personne ne peut connaître la souffrance de celui qui porte un cœur endurci, il n'y a qu'en ce moment, où je veux parler comme autrefois je parlais à mon ami, que je sens quelque chose s'amollir au fond de mon cœur et ce commencement d'attendrissement me dévoile un peu nos torts. Car, oui, je crois m'en apercevoir, cet ami dont je vous parle je l'ai abandonné et trahi ; mon cœur, moins dur, se gonfle en ce moment comme si je lui parlais, à lui même.

– Que ne lui est-il donné de vous entendre parler ainsi, dit Pierre d'une voix émue, à votre accent qui me pénètre, je devine qu'il vous pardonnerait. Vous accepteriez son pardon, comme il accueillerait votre repentir, car le pardon n'est fait que pour ceux qui se repentent, et ce mot, pardon, jette en ce moment dans mon cœur un trouble étrange, il me tente. Votre besoin, que je sens, me touche ; je voudrais satisfaire votre désir et si celui qui a jeté en moi le sentiment terrible de la haine se trouvait devant moi, je lui accorderais peut-être le bénéfice de l'émotion généreuse que soulèvent dans mon cœur vos regrets. Oh! que la distance, l'absence et le silence sont terribles!

Et pendant que celui-ci parlait, il se passait dans l'autre quelque chose de singulier.

S'il était là, se disait-il, oui, s'il était là, il comprendrait ce qu'il n'a pas compris. Il sentirait ce qu'il n'a pas senti.

Et il revoyait l'ancienne figure de l'ancien ami devenu ennemi; mais ce n'était plus l'ennemi, c'était l'ami qui prévalait. Au lieu de considérer l'homme d'autrefois sous l'angle de la haine, il le considérait sous l'angle de l'amitié.

Le regard ennemi rend mauvaise l'âme sur laquelle il porte; non seulement il voit le mal, mais il le fait. Il produit la haine, parce qu'il est né de la haine. Il fait le mal qu'il voit.

Le regard ami améliore l'âme sur laquelle il porte. Il fait le bien qu'il voit. Il féconde les germes que tue le regard ennemi.

Et tout à coup Pierre, pensant à Jean, au lieu de le considérer sous l'angle de la haine, le considéra sous l'angle de l'amitié.

Et tout à coup Jean, pensant à Pierre, fit le même acte intérieur.

L'ennemi du genre humain aime la division; mais il l'aime surtout entre ceux dont il devine que l'amitié serait douce et féconde. Aussi, quand deux âmes sont spécialement faites l'une pour l'autre, il emploie toutes ses forces à les diviser; et il supporterait plus facilement la réconciliation de mille ennemis ordinaires, que celle de deux ennemis extraordinaires qui risqueraient, s'ils étaient amis, d'être de grands et forts amis.

Et il y a plus d'attrait pour lui à diviser deux âmes exceptionnelles, destinées par leur commune supériorité à une union exceptionnelle, qu'à diviser cent mille âmes inférieures qui n'ont jamais quitté la voie de la division.

C'est pourquoi, quand deux âmes sont faites pour s'unir, ou pour se réunir, il met en jeu, dans l'une vis-à-vis de l'autre, tout l'arsenal de la calomnie.

Il évoque, dans chacune d'elles, toutes les amitiés trompées, toutes les bonnes intentions méconnues, toutes les illusions généreuses qui ont été flétries par l'ingratitude, et il combat dans chacune d'elles les tentatives de l'amitié par les tentations de l'hostilité, et il confond à dessein la circonstance présente et favorable avec d'anciennes circonstances passées et défavorables : il engage la mémoire et le jugement dans des voies fausses pour trouver des ressemblances qui n'existent pas.

Et, pour comble de scélératesse, il donne aux mensonges et aux imprudences qu'il suggère, les apparences de la sagesse ; il dit à sa victime :

« Tu n'es plus un enfant. Jusqu'à quand seras-tu trompé par les illusions de l'enfance ? Jusques à quand seras-tu le jouet de tes ennemis et la dupe de la générosité ? Profite au moins de l'expérience, et ne va pas t'engager dans la route que tu as déjà suivie à ton grand préjudice. »

Ainsi il donne au mensonge l'apparence de la sagesse, et à la fermeture du cœur l'apparence de l'énergie.

Ainsi, pour mieux duper l'homme, il allume en lui la crainte d'être dupe, et pour le mieux précipiter dans l'abîme, il lui parle de force, d'expérience, de sagesse et de prudence.

Vous cherchez une personne amie ; dans la rue, devant vous, quelqu'un se présente, qui lui ressemble de loin, vous approchez ; ce n'est pas elle : mais, un instant après, c'est elle ; c'est bien elle. On dirait que son image l'a précédée, et que, devant elle, marchait un mirage.

Ainsi, sur le chemin de la vie. Vous croyez avoir trouvé, et c'est une illusion ; mais quand vous trouvez réellement, quand la chose est devant vous, la chose et non le mirage, l'ennemi s'approche et vous dit à l'oreille :

« Voici encore une illusion. Souviens-toi de tes erreurs passées. Tu étais un enfant, mais à présent tu es homme, et tu serais sans excuse si tu retombais dans les illusions de l'enfance. Souviens-toi que tu as ouvert ton cœur mal à propos, et ferme-le désormais. »

Car il y a une amertume qui se donne pour le fruit de la sagesse, et qui est le poison même de l'illusion noire, fermant la porte à l'espérance, et corrompant les sources de la vie.

Quand le prêtre monte à l'autel, à l'introït de la messe, celui qui répond au nom du peuple chrétien, parle du Dieu qui réjouit sa jeunesse. Quel que soit l'âge de celui qui parle, et de ceux au nom de qui il porte la parole, il parle de sa jeunesse, parce que le prêtre monte à l'autel de Dieu.

L'amertume qui vient de l'ennemi, la tristesse qui décourage, les mauvais souvenirs qui flétrissent, tout cela, c'est la vieillesse, eussiez-vous vingt ans.

Mais l'oubli complet et généreux, qui est la magnificence du pardon, l'espérance alerte et allègre, qui donne des ailes à la vie, pour voler aux deux tours de la cathédrale où l'on adore, cela, c'est la jeunesse, eussiez-vous quatre-vingts ans.

Ne pas aimer, se dit en latin : ne pas voir, *invidere*.

La malveillance est une cécité.

Et comme la lumière produit la lumière, les ténèbres produisent les ténèbres. La lumière du regard qui voit augmente la lumière dans l'âme de celui qui est vu : les ténèbres du regard qui ne voit pas augmentent les ténèbres dans l'âme de celui qui n'est pas vu.

Celui qui n'est pas vu, c'est celui qui n'est pas aimé.

Et ainsi les deux murs de ténèbres vont s'épaississant de part et d'autre, entretenus et soignés par l'absence et le silence.

Et l'ennemi triomphe d'un triomphe d'autant plus malin et d'autant plus cruel qu'il soupçonne ceci :

Si ces deux âmes, faites l'une pour l'autre, s'aimaient, elles se verraient ; si elles se voyaient, elles s'aimeraient, et de leur vue et de leur amour il naîtrait peut-être quelque chose d'admirable.

Ainsi roulaient dans l'âme de Pierre et de Jean mille pensées bonnes et mauvaises, les unes par les autres combattues.

Ils marchaient en silence, comme il arrive quand une grande émotion est dans le voisinage. On dirait que, même à votre insu, elle vous enveloppe et vous oppresse.

Ils avaient perdu de vue leur promenade, dans la distraction de leurs pensées, et, sans s'en apercevoir, ils avaient gravi la montagne qui domine la Nahe et permet d'apercevoir le Rhin à gauche, à droite le mont Taunus.

Or le soleil se couchait ; le Taunus embrasé se couronnait de pourpre et d'or ; dans la vallée les vitres du village étincelaient comme des diamants exposés au feu des lustres ; le fleuve brillait aussi, et semblait animé par les feux du soleil couchant ; l'embrasement du jour et la fraîcheur du soir se combinaient ; la chaleur, tempérée par la montagne, devenait enivrante comme la lumière, tempérée par la nuit. Les splendeurs et les ombres, les montagnes et les vallées, les nuages de pourpre et les fleuves de diamants, le château du rhingrave et les ruines historiques, les forêts de sapins noirs vaguement traversées par les derniers éclairs du soleil couchant : Tout ruisselait d'or et de feu.

Ces magnificences élevèrent l'âme des deux voyageurs. Les mauvais souvenirs moururent en eux. Les splendeurs du soir allumèrent en eux l'étoile du matin. La beauté réveilla la bonté qui dormait; elle lui cria : Voici le jour; ouvre les yeux; admire!

Il y a dans l'admiration des forces inconnues, des forces qui ressemblent à des larmes, comme elles cachées, et comme elles puissantes. Ce sont des sources énormes, qui se réveillent bouillonnantes, et le bandeau tombe, et l'aveugle voit.

L'admiration secoue les longues torpeurs; elle puise d'une main avide dans les trésors longtemps cachés, et verse d'une main généreuse, sur les choses du dehors, ce qu'elle a puisé dans celles du dedans. L'admiration peut donner naissance à mille splendeurs, qui, au premier abord, ne lui ressemblent pas et ne semblent pas ses filles.

Le pardon, par exemple, que mille discours auraient peut-être été impuissants à produire, naquit de l'admiration dans Jean et dans Pierre, ou du moins ce fut elle qui fit déborder le vase contenant la liqueur précieuse. Et le pardon naquit de l'admiration, comme le fruit naît de la fleur.

Si Jean était là, pensait Pierre, je tomberais dans ses bras.

Si Pierre était là! pensait Jean.

Tout à coup le regard de l'un éclairci par la lumière qui se levait dans leur âme, tomba sur la face de l'autre, et un point d'interrogation singulière, presque terrible, s'alluma dans leurs yeux!

S'il était là?

Mais peut-être il est là ?

Si c'était lui ?

Mais c'est peut-être lui ?

Mais il est là !

Mais c'est lui !

Jean reconnut Pierre, et Pierre reconnut Jean, leurs bras s'ouvrirent dans une étreinte puissante qui les retint un instant, puis ils demeurèrent en silence, promenant leurs regards autour d'eux sur les adieux magnifiques de la lumière, comme s'ils eussent craint de troubler par le bruit de leur voix le silence de la splendeur qui les avait réveillés de leur sommeil.

15.
Il s'amuse

JULES s'était emparé du chat. Les autres enfants applaudirent; car Jules, gamin d'une dizaine d'années, avait fait un tour de force. Il paraît que ce chat avait fait, pour fuir, des efforts inexprimables. La peur lui avait suggéré mille expédients. Le pauvre animal était devenu touchant. Enfin, acculé dans je ne sais quel coin, car je ne sais pas les détails de la chasse, il fut pris. Les yeux de Jules brillaient de plaisir. Le chat poussait des miaulements lamentables. Les autres enfants applaudissaient bruyamment. Que faut-il lui faire? criait la bande joyeuse. Chacun proposait un genre de supplice.

– Vous n'y entendez rien, dit Jules.

Il faut d'abord lui crever les yeux. Après, nous verrons.

Ce parti fut adopté.

– Toi, tiens-le, dit Jules à Raoul. Raoul tient le chat par la peau du cou.

Puis Jules alla chercher une épingle qu'il fit rougir au feu, et il revenait, triomphant.

Pendant que Raoul tenait l'animal, le pauvre animal si doux, si doux qu'il se défendait à peine, Jules fit l'horrible opération.

Les miaulements du chat furent épouvantables. Jules ne fut pas épouvanté.

Plusieurs d'entre les enfants voulurent tuer le chat pour finir son supplice plus promptement.

– Pas du tout, dit Jules ; il faut nous amuser plus longtemps que ça. Nous allons le lapider, pour faire durer le plaisir.

Ce parti fut adopté.

Le chat, rugissant de douleur et de peur, fut écrasé sous les pierres que les enfants lancèrent une à une, sous la direction de Jules, qui, bourreau en chef, commandait le supplice.

On avait attaché le chat au pied d'un arbre. Peu à peu les cris et les mouvements diminuèrent. Jules le tourna, le retourna, et l'ayant trouvé parfaitement immobile, c'est fini, dit-il, et ils allèrent se livrer à quelqu'autre jeu, car il faut bien varier les plaisirs.

Cependant, la bonne femme Jeanne cherchait partout son chat. Ce chat était son compagnon, son ami, son petit amusement. Elle arriva sur la place du village au moment où la main de Jules laissait tomber le chat sans mouvement.

Comme la bonne femme était connue pour soigner les animaux, les enfants s'attendaient à une explosion de colère qui les amusait d'avance, et ils s'enfuirent prudemment, redoublant leurs cris et leurs rires

Jeanne trompa leur attente. Elle pâlit, sa main tremblante prit le chat, et elle l'emporta sans dire un mot.

Deux mois après, Jeanne, sur la place du village, déposait précieusement à terre un chat dont les jambes faibles tremblaient encore un peu.

Elle s'assit à deux pas de lui, et lui présenta un morceau de viande, regardant d'un air anxieux si le chat la voyait.

Elle ne dit pas un mot, elle n'appela pas l'animal, pour ne pas lui indiquer où elle était, par la direction de sa voix.

Le chat vint à elle et saisit ce qu'on lui présentait et déchira sa proie à belles dents.

La pauvre figure de Jeanne s'éclaira d'un éclair de joie qui avait l'air d'un remerciement.

– Ah! Mitouflet, dit-elle, tu vois et tu manges! Ils se sont trompés. Je t'ai guéri. Mitouflet! Tu n'étais pas encore mort, et tu n'étais pas aveuglé!

Et elle caressait Mitouflet de tout son cœur, pour le remercier d'être vivant et voyant.

A quelques pas d'elle passa un gamin : c'était Jules.

Jeanne alla à lui, lui mit le doigt sur le front, et le regardant dans les yeux, lui dit d'une voix tremblante :

– Toi, tu mourras sur l'échafaud.

Jules rit ce jour-là comme jamais il n'avait ri de sa vie. Il raconta l'aventure à tous ses camarades. Jamais, non, jamais de la vie, on ne s'était tant amusé. On n'appela plus Jeanne que la bonne femme à l'échafaud. On ne rencontrait plus Jeanne sans lui demander si elle avait enfin dressé la guillotine et si c'était pour le lendemain matin, à quelle heure et où aurait lieu l'exécution, si c'était sur la place du village, etc., etc.

– Oui, oui, dit un jour Jules, ce sera sur la place du village, s'il vous plaît?

Et on organisa un jeu. On réunit quelques planches. On simula tant bien que mal la guillotine. Il y eut un bourreau, un aide-bourreau;

le bourreau, si j'ai bonne mémoire, s'appelait Louis. C'était celui-là même qui avait tenu et attaché le chat, pendant son supplice.

Jules prit la place du condamné. On lui fit la toilette. On lui coupa quelques cheveux. Il joua si bien son rôle, que tous se dirent les uns aux autres : Ce gaillard-là a déjà vu guillotiner.

– Hé ! bien sûr, dit Jules, que j'ai déjà vu guillotiner. On n'a pas des jambes pour rien. L'an dernier, quand on a raccourci l'autre, je suis allé la nuit au chef-lieu, sans prévenir papa ni maman, et je n'ai pas mis mes yeux dans ma poche.

Dans un chemin montant, sablonneux, malaisé, six forts chevaux ne tiraient pas un coche, mais un seul cheval, faible, vieux, poussif, tirait une charrette trop lourde pour lui. Le jeune paysan qui le conduisait, pouvait avoir une vingtaine d'années. Il apostrophait la pauvre bête à chaque instant, lui jetant les injures les plus grossières ; puis, comme les injures ne faisaient pas marcher Coco, le jeune paysan en vint aux coups, et comme les coups ne faisaient pas marcher Coco, le jeune paysan frappa non plus avec la pointe, mais avec le manche du fouet. Son vieux serviteur, couvert de sueur, toussait comme un pauvre vieux cheval poussif ; le jeune paysan redoublait ses coups ; un camarade passa, et dit au jeune paysan :

– Tu n'as pas honte de traiter comme ça Coco ? Coco, qui ne t'a jamais refusé ses services, quand il était jeune et vigoureux ! Coco qui te portait, et qui me portait avec toi, quand nous avions une dizaine d'années, dans le même panier, l'un à droite, l'autre à gauche ! Coco qui a si souvent conduit ton père, et que défunte ta mère aimait tant, qu'elle lui donnait du sucre à manger, elle qui n'en mangeait guère elle-même, la brave femme ! Mais je l'ai vue bien souvent, sans faire semblant de rien, garder le sucre de son café au lait pour le donner à

Coco…

Le passant continua sa route, et le paysan redoubla ses coups. Irrité du sermon qu'il venait d'entendre, il s'en vengea sur Coco. Tout ce qui est méchant aime à contredire, et comme on avait demande la grâce de Coco, le jeune paysan battit Coco trois fois plus fort. La pauvre bête râlait, et le paysan frappait toujours. La figure de ce jeune homme était immobile, en frappant le cheval. Il lui donnait des coups sur la tête, comme pour être plus cruel envers l'animal, et plus désobéissant aux conseils reçus. L'esprit de cruauté et l'esprit de contradiction s'aidant l'un l'autre, il frappait Coco avec une espèce de rage froide qui s'augmentait des résistances involontaires qu'opposait à sa colère la pauvre bête mourante. Coco n'avançait pas, parce qu'il ne pouvait plus avancer. La sueur et le râle de l'animal exaspérèrent le paysan, qui s'irritait de sa fureur. Un coup plus fort que les autres fut porté sur la tête de Coco, et le vieux serviteur de la famille tomba, la bouche pleine d'écume, et tomba pour ne plus se relever.

Le soir, quand le pauvre corps de Coco fut rapporté à la ferme, tout le monde était dans la désolation. Chacun rappelait les qualités du serviteur qu'on venait de perdre. A celui-ci il avait rendu tel service, à celui-là, tel autre. Tel jour, quand la charrette était embourbée, il avait bien mérité de la famille, en la soulevant par un effort suprême. Tous les souvenirs de toute la maisonnée se levaient autour de Coco. Le père dont la figure était un peu rude, mais non pas dure, pleura le dernier, mais il pleura. Quant à Jules, il alla se coucher. « Moi, dit-il, d'une voix sèche, je vais dormir. »

– Toi, Jules, lui dit son père, tu es un méchant. Et étendant la main avec une sorte de solennité qui n'était pas dans les habitudes du paysan : Mauvais cœur, dit-il, mauvais cœur ! Si ta mère vivait encore, Jules, il y aurait ici deux yeux de plus pour pleurer Coco !

A la cour d'assises

Sur mon honneur et conscience, devant Dieu et devant les hommes, la déclaration du jury est : Jules P... est-il coupable d'avoir donné volontairement la mort à son frère Joseph ?

Oui, à la majorité.

Existe-t-il en sa faveur des circonstances atténuantes ?

Non, à la majorité.

Le ministère public se leva :

– Je requiers l'application de l'article 302 du Code pénal.

Et, quelques instants après, le Président des assises :

– La cour, après en avoir délibéré, condamne Jules P... à la peine de mort.

Le Président au condamné :

– Vous avez trois jours francs pour vous pourvoir en cassation contre l'arrêt qui vient de vous frapper.

Au moment où ces paroles allaient se prononcer et se prononçaient, vous croyez peut-être que l'accusé qui allait devenir le condamné manifestait quelque émotion terrible. Vous croyez que les yeux fixés sur lui rencontraient une désolation capable de changer toute indignation en pitié.

Détrompez-vous. Jules était le seul homme qui, dans la salle d'audience, ne manifestât absolument rien.

Un arrêt de mort qui va se prononcer envoie devant lui une sorte de terreur qui plane sur le public d'une cour d'assises. Les yeux se fixent sur l'accusé, et les regards sont remplis de mille sentiments.

Cette tête qui va tomber ne ressemble plus à une autre tête ; sur elle le glaive de la loi est levé, et déjà visible.

Parmi les spectateurs du drame, un seul témoignait, une indifférence complète : c'était Jules.

Avant et pendant ces paroles qui contenaient son arrêt de mort, sa figure ne fit pas un pli. Ses yeux n'eurent pas un éclair, sa bouche n'eut pas une crispation. Ni terreur, ni fureur, ni douleur. Au moment le plus terrible, il se gratta légèrement le haut de la tête, voilà tout.

Au moment où le président du jury prononça la déclaration, on eût pu voir dans la salle tel spectateur, la poitrine haletante, le cou tendu, l'œil en feu :

Le condamné, lui, n'avait pas même l'air d'écouter ; on eût dit que la chose ne le regardait pas.

L'homme qui aurait regardé, sans être averti de leur situation, ce spectateur et ce condamné, aurait pris le premier pour le second, le second pour le premier, et eût trouvé le second bien froid et bien indifférent, même pour un spectateur.

Que pensez-vous de cette attitude ?

Jules était-il courageux jusqu'à l'héroïsme ? Moi, je le crois indifférent jusqu'à la stupidité.

Les hommes se figurent volontiers un grand criminel comme un homme violent et passionné ; ils lui voient de loin un œil terrible, un front fatal.

C'est précisément le contraire. Le grand criminel est, en général, un personnage froid, indifférent, abruti.

Pour être immobile, pendant qu'on décidait son sort, Jules n'avait pas eu le moindre effort à faire. Sa stupidité n'était pas une hypocrisie.

Son abrutissement était sincère. Cet œil atone, glacé, dur, ne mentait pas. Il ne disait rien, parce qu'il n'avait rien à dire. Cette bouche fendue comme par un coup de sabre, ouverte comme la plaie faite par un coup de couteau, étroite et sans lèvre, ne mentait pas. Ce front bas et dégradé ne mentait pas.

Cette torpeur idiote du monstre à moitié endormi qui ne distingue plus entre la vie et la mort, à qui l'une est aussi indifférente que l'autre, et qui ne se réveille même pas pour entendre son arrêt, tout cela était parfaitement sincère.

Aux deux extrémités de l'échelle humaine, au plus haut et au plus bas degré, l'homme semble quelquefois se détacher de sa situation actuelle. Ce détachement n'est pas une loi générale. Il ne se produit pas toujours, mais il se produit de temps en temps. Quelquefois le grand homme, à force d'être supérieur à l'accident, semble lui devenir presque étranger. Quelquefois le scélérat, le misérable, l'imbécile, à force d'être inférieur à l'accident, semble lui devenir étranger.

En général le spectacle du malheur substitue la pitié au mépris. Mais dans certains cas horribles, comme celui de Jules, quelque chose veille à ce que cette substitution ne se fasse pas. Cet homme semblait dire : n'ayez pas pitié de moi ; car je suis sans pitié, et je n'en ai pas même pour moi.

Il en reste encore une alors, cependant, qui veille près du condamné à mort. C'est celle de l'aumônier. Cette pitié-là ne discute pas. Elle existe, voilà tout. Plus forte que le mépris, la pitié du chrétien poursuit le scélérat malgré lui-même ; elle le poursuit partout, obstinée, invincible. Elle le poursuit dans la prison, dans la charrette qui conduit à l'échafaud, elle le poursuit au pied de l'échafaud ! Elle le poursuit sur l'échafaud ! Elle le poursuit malgré les refus, malgré les injures, malgré les soufflets, malgré les crachats.

Plus forte que le crime, plus forte que la haine, elle poursuit le criminel d'une poursuite incompréhensible, qui étonne la nature : à cet homme, tel qu'il est, elle offre le pardon ; au baiser de ces lèvres, telles qu'elles sont, elle offre le crucifix.

Jules resta-t-il jusqu'au bout fidèle à l'insensibilité ? Du côté de Dieu, je ne sais ce qui se passa. Mais du côté de l'homme, voici les renseignements que j'ai recueillis.

Jules apprit le rejet de son pourvoi. Sa figure ne fit pas un mouvement. Il apprit le rejet du recours en grâce. Indifférence parfaite. On eût dit qu'il s'agissait d'un autre que de lui, dans cette affaire, et qu'il ne savait seulement pas le nom du condamné. Son œil n'eut pas une fixité plus effrayante. Il resta simplement morne.

Le jour de l'exécution arriva. La petite ville où le gamin Jules avait joué, la petite ville où le petit monstre avait torturé un chat, cette petite ville qui n'avait jamais vu d'exécution capitale, allait en voir une, et c'était celle de Jules !

Il n'avait pas l'air de s'en apercevoir. Il n'avait pas l'air de se souvenir. Il semblait ne se souvenir de lui-même pas plus que du chat, du cheval, ou du jeune homme qu'il avait tué.

Cependant était arrivé le jour de l'exécution. Voici l'instant qu'on appelle la toilette du condamné. Le bourreau qu'il n'a pas encore vu entre dans la chambre du condamné.

Vous n'avez pas oublié, n'est-ce pas ? Le nom du camarade de Jules, le nom de cet enfant qui jouait le bourreau, quand Jules jouait le guillotiné. Ce bourreau en effigie, ce bourreau en herbe, ce bourreau enfantin s'appelait Louis. C'était Louis qui riait autrefois, préparant une planche qui devait représenter dans le jeu la guillotine de Jules. Ce jeu avait fini par éveiller dans l'esprit de Louis l'idée de solliciter une place de bourreau. Il l'avait obtenue.

Et, à l'heure que je raconte, au moment où Jules, non plus enfant, mais homme, où Jules véritablement condamné à mort vit entrer dans sa cellule le véritable bourreau qui venait lui faire sa toilette dernière, celui qui entra

Ce fut Louis !

Jules le reconnut. Il l'avait perdu de vue depuis leur enfance. Il le reconnut et ses dents claquèrent. Son œil s'ouvrit démesurément, et de morne qu'il était, il devint horrible. Jules claquait des dents ; il tremblait, il étouffait. Il ne pouvait ni parler, ni s'aider. Louis, pâle comme un mort, le maniait comme on manie une chose. Jules était inerte entre ses mains, tout à coup il poussa un cri rauque. La terreur devint sur sa figure une grimace épouvantable, et comme si son sort eût dépendu de Louis, il cria d'une voie étouffée ! Grâce ! Grâce ! Il ne pleurait pas ; il ne sanglotait pas ; c'était un râle. Et il se laissait faire avec la stupeur de l'épouvante.

Il fallut le porter sur la charrette qui conduit à l'échafaud. Le trajet fut horrible. Décidément Jules se souvenait. Décidément il reconnaissait. Ainsi sur cette place où Jules avait autrefois joué à se faire guillotiner par Louis pour se moquer d'une vieille femme, Jules allait être guillotiné par Louis, pour satisfaire la justice des hommes. Sur la charrette fatale, il parut naître à la vie, au moment de la quitter. Il parut sentir. Ce cœur qui allait cesser de battre, semblait battre pour la première fois. Le désespoir qui était caché au fond de cet homme, comme le feu au fond d'une pierre, vint sur sa face et dans ses yeux. Il avait froid ; ses dents claquaient. La stupeur sinistre de sa figure semblait dire aux passants, au bourreau, aux hommes et aux choses : Comment suis-je ici ? Que m'est-il donc arrivé ? Qu'ai-je fait ? Que va-t-on me faire, et qu'est-ce qu'il y a ?

Quand il arriva au pied de l'échafaud, ses dents ne claquaient plus ; elles grinçaient. Il fallut deux hommes pour le soutenir, ou plutôt pour le porter. Louis tremblait de son côté. Le bourreau avait été tiré hors de son impassibilité par la vue de l'assassin, comme l'assassin par la vue du bourreau. Les deux anciens camarades se retrouvaient en présence. De rauques rugissements d'horreur sortaient étouffés de la poitrine de Jules. Ce n'étaient pas des paroles ; ce n'étaient pas des pleurs ; ce n'étaient pas des sanglots : c'était un bruit sourd, inarticulé, qui n'a de nom dans aucune langue !

Il ne pouvait pas se traîner. On le plaça comme il fallait le placer. Il ne résista pas non plus ; il n'en était pas capable. Il ne pouvait ni s'aider ni se défendre. Il ne pouvait ni accepter ni lutter.

Quand Louis fil tomber le couteau sur la tête de son ancien camarade, le coup eut à la fois la précision de la réalité et l'horreur vague du cauchemar.

La population de la petite ville était sur la place presque tout entière. Mille détails de la jeunesse de Jules, parfaitement oubliés depuis longtemps, revenaient à la mémoire de ceux qui l'avaient autrefois connu. Mille détails de méchanceté, insignifiants en apparence, apparaissaient dans leur vrai jour, maintenant que le couteau de la guillotine venait de briller sur leur souvenir.

La population était là presque tout entière, mais non pas tout entière.

Une vieille femme plus qu'octogénaire, la vieille Jeanne était au fond de sa chambre, à genoux, pleurant et priant. Elle revoyait en son esprit le front de cet enfant, qu'elle avait fait tant rire autrefois, quand elle lui avait dit :

Tu mourras sur l'échafaud !

16.
Le gâteau des Rois

C'était à l'époque où le gâteau des Rois réunissait encore les familles et les amis. C'était du temps où l'on riait. Il y a bien longtemps de cela.

Voici une famille nombreuse et joyeuse, réunie autour de la table. On rit, on s'amuse, on attend le gâteau ; les enfants trépignent d'avance, et font jouir leurs parents de leur joie. Enfin le dîner avance, le dessert arrive. Le gâteau paraît. La fève est donnée : la joie éclate. Mais le grand-père est resté sérieux. Dans cette famille-là, il paraît qu'on était uni. Pardonnez-moi l'invraisemblance : ceci est une légende, une légende d'autrefois. Permettez-moi de rappeler des sentiments qui ne sont presque plus connus aujourd'hui.

Puis donc qu'on était uni, le nuage qui passait sur le front du grand-père assombrit toute la table. Les petits enfants eux-mêmes se regardèrent avec une espèce d'inquiétude, sans savoir ce qu'ils avaient.

La tristesse s'étendait, tombant du grand-père, comme les ombres, le soir, tombent de la montagne, et s'allongent dans la mesure où baisse le soleil.

La mère des enfants, fille du vieillard, prit la parole et dit :

– Père, que vous est-il arrivé ? Vous avez quelque chose. Je viens de regarder vos cheveux blancs, et j'ai éprouvé une terreur que je n'avais éprouvée que deux, fois dans ma vie, et voici la troisième.

– Mes enfants, dit le vieillard, voici le gâteau des Rois, et vous avez oublié la part de Dieu. – Autrefois, dans mon enfance, on servait aussi le gâteau des Rois ; mais avant de le manger, on faisait une part qui était la part réservée, et le plus petit enfant, l'innocent de la famille, allait devant la porte, crier :

« La part à Dieu ! La part à Dieu. »

Le premier pauvre qui passait prenait cette part qui était la sienne.

Et quand le gâteau des Rois avait eu le suprême honneur d'être goûté par un pauvre, alors seulement la famille y goûtait à son tour, et la gaieté était grande ; car Dieu avait eu sa part.

Mais la terre aujourd'hui a perdu la joie, parce que la part de Dieu est oubliée.

Je veux, à ce propos, mes enfants, vous raconter une histoire que racontait mon grand-père, un jour qu'on était assis, autour de la table, le 6 janvier, et qu'on oubliait la part à Dieu. Il y a bien longtemps de cela, j'avais l'âge que vous avez, mes petits enfants ; j'étais le plus jeune de la famille, aujourd'hui je suis le plus âgé. Un jour viendra peut-être où le plus petit d'entre vous sera devenu le plus âgé d'une nouvelle famille, et il se souviendra de moi le 6 janvier, comme moi-même, aujourd'hui, je me souviens de mon grand-père.

– Ah ! s'écrièrent les petits enfants, subitement consolés et réjouis par un attrait supérieur au gâteau lui-même, une histoire, une histoire !

– Oui, mes enfants, dit le grand-père, une histoire. Quand mon grand-père commença son histoire, il avait l'air embarrassé, et nous faisions du bruit autour de lui, comme vous en ce moment autour de moi.

– Grand-père, est-ce une histoire vraie ? interrompit le plus petit enfant.

– On dirait que vous voulez reproduire exactement la scène d'autrefois, reprit le vieillard, je fis la question que tu viens de faire.

Et mon grand-père me répondit : C'est une histoire vraie, et plus vraie que je ne puis le dire ; c'est une histoire très vraie. J'insistai : As-tu vu toi-même ce que tu vas nous raconter ?

Mon grand-père eut sur le front cet embarras singulier dont je parlais tout à l'heure. Et cet embarras me donna le frisson, quoique je fusse bien petit. Quoique ma question fût demeurée sans réponse, je n'avais pas envie de la répéter.

Mon grand-père reprit donc :

C'était autrefois. Il y avait plusieurs mendiants dans le pays, comme il y en a dans tous les pays. Mais il y en avait un qu'on désignait sous ce nom : le Mendiant. Celui-là n'avait rien, et avait besoin de tout. Il était effrayant de misère, et on l'appelait le Pauvre, parce que les autres pauvres étaient riches à côté de lui. Il allait de porte en porte, demandant l'aumône. Il avait une besace sur le dos, un bâton à la main. Il était très voûté. Il me semble que je le vois d'ici.

– On dirait que tu l'as connu, grand-père, s'écria l'un des petits.

–Tais toi donc, fit tout le reste de la bande. Avec un bavard comme ça, il n'y a pas moyen de raconter. Tu vas te taire apparemment, et laisser parler grand-papa.

– Et il allait de porte en porte, reprit le vieillard, un peu pâle parce qu'il avait faim. Quand les gens du pays devaient se rendre quelque part, il était à genoux sur le bord de la route, à genoux, les jours de fête, à la porte de l'église, et sa voix était déchirante. Il demandait à manger, à boire, à se chauffer, à dormir. Car il n'avait rien, et il avait besoin de tout.

Il était comme un monstre de pauvreté, et ce que les autres pauvres possédaient, lui seul ne le possédait pas. Très souvent il tombait sur le chemin, en défaillance, et la voix lui manquait quelque temps pour mendier. Et quand la force de supplier et de gémir lui était revenue, il suppliait, il gémissait. Et quand il s'était présenté sur le seuil d'une maison, l'hospitalité lui ayant été donnée ou refusée, il faisait une marque avec son bâton sur la porte et s'en allait en silence.

Un jour, c'était le 6 janvier, il faisait froid, la neige tombait. Mais dans l'intérieur d'une maison que je crois voir d'ici, tant la description de mon grand-père l'a rendue vivante dans mon souvenir, on mangeait, on buvait, on riait.

Le gâteau des Rois venait d'être servi, et il n'en restait plus rien. Tout à coup on entendit au dehors une voix lugubre : c'était le Pauvre, qui était à genoux sur la neige et sous la neige. Il voyait du dehors briller les lumières dans la salle du festin : il entendait les éclats de rire. Il pensait que sa femme l'attendait quelque part, se demandant s'il avait obtenu quelque chose ; car il y a dans la vie des pauvres des coups et des contre-coups de douleur que vous ne connaissez pas, mes enfants. La misère qu'on voit est un voile qui cache la misère qu'on ne voit pas, et il faut beaucoup d'attention et beaucoup de bonté pour deviner, même un peu, ce qui se cache de douleur sous les haillons d'un pauvre.

Celui-ci appelait d'une voix déchirante : la part à Dieu ! la part à Dieu !

Il appela longtemps, sans que personne ouvrît ; mais à la fin, comme il importunait, on lui enjoignit de s'en aller, avec menace de lâcher les chiens. Et comme il insistait, on lâcha les chiens. Les enfants, variant leurs jeux, coururent sur lui pour lui jeter des pierres. Les chiens aboyaient, et le maître de la maison, revenant se chauffer au coin de son feu, disait en se frottant les mains :

– On n'en finirait pas, s'il fallait penser aux mendiants. Toutes les parts du gâteau sont mangées. Le bonhomme croit-il être seul de son espèce ?

Et pendant que les plus petits jetaient des pierres au mendiant, les plus grands riaient de sa tournure.

Dans l'entrain de leur gaieté, tous dansaient autour de la table, se tenant par la main.

II

Quelque temps après, le pays était changé en un désert. Un laboureur imprudent voulut essayer de tirer parti comme autrefois d'un terrain, qui, après tout, disait-il, lui appartenait.

Il s'aventura avec sa charrue et ses bœufs vers l'endroit où était debout le 6 janvier la maison dont je viens de vous parler tout à l'heure, mes enfants. A mesure qu'il avançait, ses bœufs manifestaient une inquiétude sourde. Bientôt ils refusèrent d'avancer, et comme il les piquait avec l'aiguillon, ils se retournèrent furieux, labourant la terre de leurs cornes, et l'un d'eux se jetant sur son maître, comme pour le punir de les avoir conduits de force au lieu maudit, le traîna cinquante pas plus loin, puis le saisissant avec sa corne, le jeta, comme s'il eût peur d'avancer lui-même, tout près de la place de l'ancienne maison. Le malheureux tomba étourdi de la chute.

– Mais, grand-père, dit l'un des enfants, le laboureur n'était pas coupable ; pourquoi fut-il puni ? Ce n'était pas lui qui avait chassé le mendiant.

— Rassure-toi, mon fils, répondit le grand-père en souriant, le laboureur se leva. Il ne fut pas puni, il ne fut qu'averti.

Vous ne savez pas encore ce que c'est, mes enfants, que d'avoir besoin, et puissiez-vous ne jamais le savoir par vous-mêmes !

Mais je veux vous dire déjà, ayant l'âge et l'expérience, que si un pauvre frappe à votre porte, une grâce vous est faite, à vous. Dieu, qui s'est réservé le pauvre, vous charge de tenir un moment sa place auprès du mendiant. Quand le pauvre est à votre porte, vous devez toucher d'une main tremblante sa main sacrée ; et prenez garde, s'il s'en va désolé, prenez garde que la terre ne s'entr'ouvre sous vos pas.

Le grand-père avait fini de parler. Un profond silence régnait alors dans cette maison si bruyante tout à l'heure. Mais ce silence n'était pas de la tristesse.

Tout à coup on entendit, au fond de ce silence, on entendit trois coups frappés à la porte de la maison. Un froid très singulier leva la peau de tous les convives, grands et petits. Personne ne parla ; mais chacun se leva pour aller ouvrir.

Toutes les parts du gâteau étaient mangées, excepté une.

Le plus jeune des enfants, absorbé par le récit du grand-père, avait oublié de manger la sienne, et la donna.

17.
La recherche

C'ÉTAIT LE PLUS GRAND des rois d'Asie, et, près de sa magnificence, les contes orientaux avaient l'air de récits bourgeois. Ne cherchez pas, en Occident, à vous en faire une idée. Vos splendeurs sont du fumier, près des siennes.

Chacune des colonnes du parvis de son palais eût illustré la capitale d'un grand empire.

Les serviteurs qui le servaient à genoux appuyaient le front contre terre quand ils approchaient de lui, et ils le faisaient volontiers, instinctivement, comme s'ils avaient été non pas contraints de le faire, mais sincèrement écrasés par la redoutable majesté de leur maître.

Et l'idée de la béatitude se mêlait, dans l'esprit de ses sujets, au spectacle de cette puissance et de cette richesse, et ils n'osaient pas dire : heureux comme un roi, dans la crainte de comparer quelque chose à la béatitude de leur souverain.

Et le peuple lui-même semblait en fête, parce qu'il avait un tel roi. On eût dit qu'il était heureux de contempler cette béatitude.

Mais depuis quelque temps le ciel s'assombrissait. Le soleil était moins brillant, et le peuple moins joyeux.

Mais nul n'osait se demander si par hasard sur le front du souverain avait osé passer un nuage.

Et cependant oui; sur le front du souverain avait osé passer un nuage.

Le roi était généralement invisible. Retranché au fond de son palais, il ne voyait que ceux des grands de sa cour qu'il avait manifesté l'intention de voir, et la peine de mort était prononcée contre quiconque l'aurait vu sans son ordre ou sans sa permission.

Un jour, il assembla tous les grands de sa cour, tous les sages du royaume, et leur dit :

— Mon esprit est travaillé par un besoin nouveau qui le trouble et l'importune. Mes honneurs me sont à charge et le gouvernement de mon royaume m'ennuie. Je voudrais savoir où est le Seigneur Dieu. Je voudrais savoir son Nom.

Chacun des grands, chacun des sages proposa un nom.

Pendant la séance, un bruit vague s'entendit dans la cour du palais.

— Que se passe t-il ? dit le roi.

— Sire, ne faites pas attention. C'est un chien que vos serviteurs chassent.

Or ce n'était pas un chien, mais un mendiant. Mais ce mendiant-là, connu de tout le pays, était appelé partout le Chien, tant il était misérable. Près de lui les autres mendiants avaient l'air de monarques orientaux ; on eût dit, à le voir, qu'il marchait à quatre pattes, et on ne savait pas trop si c'était un homme.

La séance continua, dans le palais. La consultation fut longue, savante. Plusieurs discours furent prononcés.

Cependant, pendant les jours et les nuits qui suivirent ce jour-là, le front du roi s'obscurcissait, et le nuage se faisait plus sombre, sur la face de son peuple. Il y eut cependant, dans la soirée, dans la cour du palais, un instant de gaieté ; ce fut l'instant où l'on se raconta que le Chien avait voulu voir le roi, le Roi des rois, celui que personne n'approchait, et que, pour cette tentative, déjà amusante par elle-même, il avait choisi l'instant le plus occupé, et le plus solennel de la vie du prince.

Cependant le front du roi allait s'obscurcissant. Et il convoqua, pour la seconde fois, les grands et les sages, et il leur dit de s'entourer des mages qui' étudient les astres.

Et le roi, les voyant venir, se leva de son trône, avec un geste de douleur et dit : – Je n'ai pas trouvé la paix. Quelqu'un de vous sait-il le Nom du Seigneur Dieu ?

Et chacun fit sa réponse. Les discours, plus longuement préparés que la première fois, étaient remplis d'une érudition plus profonde. Et chacun se disait intérieurement :

« Si c'est moi qui apprends au roi le Nom de Dieu, Dieu et le roi sont seuls à savoir jusqu'où s'élèvera ma fortune, et quel trône me sera donné. »

Cependant un bruit se faisait dans la cour du palais. C'était le Chien qui était revenu, et qu'on chassait pour la seconde fois. De nombreux éclats de rire se mêlaient au bruit de voix ; car il avait insisté pour parler au souverain. Les injures et les pierres qu'on lui jetait à la face, les rires qui accueillirent sa supplication, tout cela attira l'attention du prince lui-même qui vit le tableau de sa fenêtre. Et son front sombre se dérida, et voyant quel était l'être, homme ou chien, qui avait osé vouloir se présenter devant lui, et dans quel moment, le souverain éclata de rire. Et les grands et les mages, qui avaient le même tableau sous les yeux, mais qui n'osaient pas rire les premiers, éclatèrent à leur tour, quand le roi, riant lui-même, eut donné au rire des autres la permission d'éclater.

Mais la gaieté fut courte.

Et la tristesse qui lui succéda fut tellement mortelle, que les paroles s'éteignirent sur les lèvres des docteurs, et ils s'en allèrent, les uns après les autres, aussi terrifiés au moment du départ, qu'ils avaient été fiers, au moment de l'arrivée, car ils craignaient la colère du roi.

Et, à partir de ce jour, ceux qui passaient devant la palais croyaient voir un drap noir, constellé d'or, suspendu devant la porte ; la mort du roi était le sujet de toutes les conversations. Le sommeil avait fui sa couche, comme le sourire avait fui ses lèvres. Et il avait fait couvrir d'un voile son portrait. Fatigué de lui-même, il était fatigué de son image.

Cependant une troisième consultation était annoncée, et le majordome avait pris des mesures pour que l'incident burlesque du Chien ne pût se renouveler.

Et des mages furent appelés du fond de l'Asie, des mages lointains, au secours des autres mages ; la Perse et l'Inde envoyèrent ceux que désigna la voix publique. Tout ce que l'Asie avait de grand, de superbe, de savant et de magnifique, tout cela monta sur des éléphants et des chameaux, tout cela se prosterna, le front contre terre, au jour et à l'heure indiqués. Et les rois avaient l'air de domestiques en livrée, étant à la cour du roi des rois.

Mais le roi des rois était pâle ; car le sommeil n'était pas au nombre de ses sujets. Le sommeil ne lui obéissait pas. Et quand il lui disait : viens, le sommeil ne venait pas.

Tout lui était soumis, excepté le sommeil ; et sa fureur éclatait contre ce révolté. Tantôt il l'insultait ; tantôt il le suppliait.

Depuis que le majordome avait donné des ordres pour l'éloignement plus complet du Chien, depuis que les environs mêmes du palais étaient interdits au Chien, comme on eût craint qu'il n'eût troublé par ses aboiements le silence des nuits du roi, depuis ce moment, le sommeil, de son côté, avait fui plus loin du palais.

Le sommeil, le rire, et l'oubli comme trois exilés, avaient fui le palais du prince, puis la demeure du peuple.

L'insomnie, la tristesse et la préoccupation étaient assises au seuil du palais et au seuil des palais ; puis elles envoyèrent leurs filles et leurs servantes s'asseoir au seuil des chaumières.

C'est pourquoi le roi était pâle, quand arrivèrent les rois d'Asie, suivis de leurs grands, de leurs sages, de leurs éléphants et de leurs chameaux.

Les éléphants et les chameaux étaient chargés des plus riches présents. Mais le roi, pâli, jetait un œil sans regard sur les magnificences qu'on lui offrait, et son œil avait l'air de dire :

« Le sommeil est-il au nombre de vos présents ? Savez-vous le Nom du Seigneur Dieu ? »

Et toute l'Asie versa dans le palais du souverain tous les trésors de son éloquence et de son érudition, comme tous ceux de son industrie.

Et les rois et les mages se regardaient les uns les autres et regardaient le front du roi, et du front du roi leurs regards retombaient sur les autres fronts, et, se jalousant les uns les autres, ils cherchaient à prévaloir les uns contre les autres, et chacun voulait lire son triomphe, à lui, sur le front du roi.

Mais le roi des rois se leva sans répondre. Il ne jeta pas même sur eux un regard ! Non ! pas même un regard de dédain. Il se leva et disparut. La porte se ferma, et nul n'osa le suivre. Et quand, après la première surprise, on demanda : Où est le roi ? au lieu d'une réponse, chacun trouvait sur les lèvres de l'autre une question. Tous se demandaient les uns aux autres : Où est le roi ?

La nuit tomba sur le palais, à son heure ordinaire. Et le roi n'était pas retrouvé.

Ce fut parmi les serviteurs une étrange et singulière émulation. Qui donc devinera ?

On cherche, on fouille ! On interroge les corridors, les détours, les cachettes les plus invraisemblables. Et le roi était absent. La nuit se passa en recherches vaines qui finirent par devenir des recherches folles. Chacun doutait de sa raison, et de celle des autres. Le palais finit par prendre l'apparence d'une maison de fous.

Cependant à travers l'Asie, et bientôt à travers l'Afrique voyageait une caravane. Les ânes et les chameaux transportaient les pèlerins ; chacun disait le but de son voyage, excepté l'un des voyageurs. Celui-là était vraiment singulier. Magnifiquement vêtu, entouré de serviteurs qui ne venaient pas du même pays que lui, qu'il avait attachés à son service depuis son départ, il ne disait son nom à personne.

Il y avait sur son front un air de puissance, et son bâton ressemblait à un sceptre. Il se faisait appeler le pèlerin. Quand on lui demandait où il allait, il répondait : Je ne sais pas.

Partout où un homme illustre avait laissé trace de son passage, le pèlerin s'arrêtait. Il passait là de longues heures, étudiant les lieux, les inscriptions, interrogeant les hommes, fouillant les choses.

Et quand un pas célèbre avait fait sa marque sur le sable, il s'arrêtait au bord de la mer, assis sur une pierre, la tête dans ses mains. Et quand le soleil se couchait dans l'Océan, embrasé de son image, et quand la lune se levait, sereine et tranquille, à l'autre extrémité de l'horizon, lui, sans regarder ni à droite ni à gauche, repassait dans sa mémoire les recherches, les travaux, les études de la journée.

Les tombeaux illustres, fréquentés par les multitudes, l'attiraient.

Aux lieux où ils avaient vécu, aux lieux où ils étaient morts, il cherchait les traces des sages.

Il voulait s'inspirer de leur esprit ; il méditait sur leur tombeau. Quelquefois aussi il pensait au sien. La cérémonie de ses funérailles lui apparaissait quelquefois dans le lointain de ses pensées : il se voyait conduit à sa dernière demeure, escorté par les savants et escorté par les rois. Mais dans cette dernière escorte, les pauvres n'avaient aucune place. Il les oubliait dans son rêve. Rêves glorieux, ou rêves funèbres, les rêves de ce pèlerin étaient pleins de choses fortes et pleins d'hommes forts. En ma qualité de scrutateur, je les scrute ! Je les vois remplis de héros. La force les habite, les pénètre. Ils admirent ce qui est vigoureux, hardi, entreprenant. Ils admirent ce qui s'impose, et sans le savoir, ils admirent ce qui est riche. Je vois le pèlerin lui-même figurer dans ses rêves. Je le vois se contempler, roi d'abord, pèlerin ensuite. Je le vois préoccupé de sa grandeur, et se promenant dans sa gloire. Il me semble qu'à ses propres yeux le pèlerin grandit le roi. Il me semble que son voyage lui apparaît plus grand que son trône. Son investigation autour du globe lui apparaît comme la plus grande preuve qu'il se soit donnée à lui-même de sa richesse et de sa puissance. Il se pare intérieurement des splendeurs qu'il contemple ; il lui semble qu'il boit et qu'il mange la substance des grands hommes qui ont vécu là où il passe. Je fouille encore ces rêves avec l'indiscrétion qui caractérise le conteur et avec les droits qu'il tient de sa position. Dans ces rêves fouillés, remués, creusés, je ne vois pas les larmes de ceux qu'il a quittés, malheureux et immobiles, aux régions d'où il est parti. Je ne vois pas la place des désolés. Je ne vois pas le souvenir des femmes cherchant le pain de leur mari malade. Je vois, des navires et des chameaux. Je ne vois pas les remerciements d'un malheureux, et cependant je sais qu'il y a des malheureux dans son empire. Cependant tout a un terme ici-bas, et le tour du monde est bientôt fait. On ne peut pas marcher toujours. Le point de départ menace de devenir un point d'arrivée.

Un jour, on revit le roi dans son palais.

Ce fut une émotion indescriptible. On s'empresse ; on crie ; on tremble, on s'enfuit même. Qui pourra démêler dans les transports qui éclatèrent la part de la sincérité et la part du mensonge ? Celui qui revenait, revenait maître, et il ne demandait a personne s'il avait bien fait de partir.

Il traversa les magnificences de ses jardins, aborda celles de ses palais, et rentra dans celles de ses appartements.

La foule des courtisans se disputait un regard et attendait un sourire.

Quant à lui, il s'assit sur son trône. Tous regardaient et tremblaient. Ses cheveux avaient blanchi. Sa figure hautaine avait contracté des plis étranges. Ses yeux étaient sans trouble, immobiles et froids. Un orgueil singulier, l'orgueil d'avoir fait ce qu'il avait fait, même inutilement, l'orgueil d'être ce qu'il était, même vainement, habillait son désespoir des vêtements du dédain et des vêtements de l'insolence.

Son front portait le pli d'une certaine douleur morne et inavouée, qui n'avait rien de touchant. La pompe qui l'entourait était pleine de richesse et vide de majesté. Une certaine ironie, mal définie dans sa cause et dans ses effets, errait vaguement sur ses lèvres, et si elles s'étaient ouvertes, il semble qu'elles eussent dit :

« Je n'ai pas trouvé le nom du Seigneur Dieu : mais si ma recherche était à recommencer, je la recommencerais, telle que je l'ai faite, et non pas autrement. »

Tout à coup le roi poussa un léger soupir, et, s'affaissant sur lui-même, glissa de son trône, jusque sur le tapis qui supportait le trône.

Le premier médecin du palais s'approcha, ce que les autres spectateurs n'osaient faire, et, appuyant le doigt sur la place où le pouls aurait dû battre :

– Il est mort, dit-il.

Le lendemain, les rois d'Asie, suivis de leurs grands et de leurs mages, suivaient les obsèques du roi des rois.

Or il se trouva que le Chien avait été chassé, par les ordres du majordome à une distance du palais, qui était précisément la distance du cimetière.

Et quand passa le dernier cortège du roi des rois, on vit le mendiant des mendiants à genoux, le long de la route, à la porte du cimetière.

Et, au fond de la sébile qu'il tendait aux passants, quatre lettres étaient écrites :

C'était le nom du Seigneur Dieu.

18.
Les terreurs d'Hélène

Le jury sortit de la salle de ses délibérations pour entrer dans la salle d'audience ; un frémissement parcourut la foule qui attendait anxieusement.

Le Président du jury :

– Sur mon honneur et conscience, devant Dieu et devant les hommes, la déclaration du jury est :

– Pierre Bretel est-il coupable d'avoir donné volontairement la mort à son frère Joseph ?

– Oui, à la majorité.

Le verdict fut muet sur les circonstances atténuantes.

Le ministère public se leva :

– Je requiers l'application de l'article 302 du Code pénal.

Et quelques instants après, le Président des assises :

– La Cour, après en avoir délibéré, condamne Pierre Bretel à la peine de mort.

Et se tournant vers l'accusé :

– Vous avez trois jours pour vous pourvoir en cassation contre l'arrêt qui vient de vous frapper.

Nous allons, s'il vous plaît, rétrograder de quelques semaines, et entrer dans la maison du Procureur général. Sa femme recevait un des amis de la famille.

– L'ouverture que vous me faites, dit-elle, est tellement extraordinaire, que je demeure *stupide*, comme Cinna, et puisque vous voulez mon avis, je vous demande le temps de réfléchir, avant de vous le donner. Vous, monsieur Armand, jeune homme riche et distingué, vous me parlez très sérieusement d'épouser Hélène, demoiselle de compagnie dans ma maison, petite maison bourgeoise de province. Vous savez son histoire. Nous l'avons prise enfant, orpheline, abandonnée. Elle avait bien un frère, mais il avait déjà quitté la maison paternelle, et on ne sait ce qu'il est devenu. Il y a des jours où Hélène devient femme de chambre, et d'autres jours, cuisinière, quelquefois lectrice. Elle nous est dévouée ; c'est tout vous dire. Si elle eût épousé un ouvrier, nous lui aurions fait une petite dot.

– Qu'importe, répondit Armand, je l'aime !

– Et je ne puis vous dire, reprit son interlocutrice, que vous ayez tort de l'aimer. Je l'aime aussi, moi, comme si elle était ma fille. Intelligente, distinguée, bonne, active, sérieuse et gaie, dévouée et sage, elle est de beaucoup supérieure à la plupart des jeunes filles qui meublent les salons. Depuis son enfance, elle est au milieu de nous, traitée comme l'enfant de la maison. Nous avons remplacé son père et sa mère. Depuis son enfance, j'aime à lui rendre ce témoignage, elle ne m'a jamais causé une minute de chagrin. Son caractère est aussi heureux que son cœur est excellent.

Mais, sachez-le bien, elle est considérée par le monde, a peu près comme une domestique. Elle est absolument sans fortune, non pas à peu près mais absolument. L'étonnement de vos amis dépassera ce que vous pouvez croire. Vous entendrez les demi-mots, vous verrez des sourires. On ne se bornera pas à constater la disproportion sociale de ce mariage incroyable ; on l'exagérera. On dira que vous épousez une cuisinière, et qu'apparemment ce mariage était bien nécessaire, que vous êtes un bon jeune homme, que vous n'êtes pas de ceux qui abandonnent lâchement les jeunes filles perdues par eux, etc., etc.

– Je crois, madame, répondit Armand, que je saurai faire respecter ma femme. A mes yeux, elle est votre fille, et je ne m'arrêterais que devant un refus formulé par vous.

– Ce refus, je ne le formulerai pas répondit, l'excellente femme. Je ne puis qu'attirer votre attention sur l'énormité apparente que vous allez commettre. Mais en réalité, la jeune fille est absolument digne de vous, et je n'espère pas pour mon fils une femme si distinguée.

Hélène était une grande jeune fille, élancée, svelte et blonde, à la figure douée et mélancolique. Son œil très intelligent avait toujours l'air d'interroger, elle semblait étonnée de vivre.

Quand celle qu'elle appelait sa maîtresse lui apprit la demande de M. Armand, elle fut quelque temps sans comprendre.

– Suis-je folle, se dit-elle ? Non : probablement c'est un rêve, un rêve que je me garderai bien de raconter à qui que ce soit.

Si l'on savait ce rêve de ma nuit, on croirait qu'il répond à quelque pensée du jour.

L'étonnement d'Hélène était d'autant plus profond, qu'en effet, la demande d'Armand réalisait son désir le plus intime, mais un désir si obscur, si secret, si caché, si fou en apparence, que jamais, jamais de la vie, elle ne se l'était avoué à elle-même. On peut rêver un voyage à travers les étoiles ! mais personne ne songe sérieusement à faire sa malle pour ce voyage-là.

Cependant, la demande était là, claire, nette, incontestable. Hélène ne s'éveillait pas. Elle était dans le domaine de la réalité.

Quand elle crut à son bonheur, elle n'essaya pas de l'exprimer. Elle entra dans un enchantement intérieur, qui lui ôta l'usage de la parole. De jolie qu'elle était, elle devint extraordinairement belle, et le recueillement de la joie donna à sa beauté une expression solennelle.

Pendant quelques semaines, tout alla bien, très bien, admirablement bien.

Mais, un certain jour, un matin, Hélène, comment dirai-je ? Hélène cessa d'être Hélène, et ceux qui la voyaient tous les jours, ne la reconnurent plus.

Elle semblait regarder sans voir et écouter sans comprendre. Une stupeur vague éteignait son œil immobile. Toutes les questions les plus inquiètes et les plus tendres se heurtaient contre son silence obstiné. Quand Armand la vit dans cet état, il se demanda si elle devenait folle. A l'aspect de son fiancé, une terreur épouvantable se peignait sur son visage amaigri. Ses joues se creusaient. Elle était si effrayée qu'elle en devenait effrayante. Aux supplications déchirantes d'Armand, elle finit par répondre tout bas un mot, un seul : j'ai fait un mauvais rêve.

Et, dans le fait, elle ne savait absolument pas si elle avait fait un mauvais rêve, ou si quelque chose de réel était survenu pendant la nuit terrible.

Un soir, le Procureur général rentra de la Cour, un peu pâle. C'était le jour même de l'audience qui a ouvert ce récit. Il devait conduire sa femme au bal, et la toilette de cérémonie était déjà préparée.

– Nous n'irons pas au bal, dit le magistrat à sa femme. Ma présence y serait inconvenante ce soir. J'ai fait mon devoir, mais un devoir terrible. La peine de mort est prononcée.

Hélène, qui travaillait près d'une fenêtre, étouffait depuis un instant. Aucun regard n'était fixé sur elle ; mais quand le magistrat eut fini sa phrase, on entendit le bruit de la chute d'un corps ; Hélène s'était évanouie, et affaissée.

Inutile, n'est-ce pas ? de vous raconter les efforts qui triomphèrent de son évanouissement et *les soins intelligents qui lui furent prodigués* ; – le cliché est trop vieux.

Tout ce que je puis vous dire, c'est que le lendemain matin, Hélène avait les cheveux blancs. Elle écrivit l'adresse d'Armand sur l'enveloppe d'une lettre, que voici :

« Monsieur Armand, nous ne nous marierons jamais. Pardonnez-moi, et oubliez-moi. Oubliez-moi ! oubliez-moi ! oubliez-moi ! je vous en supplie. Nous ne nous reverrons ni dans ce monde ni dans l'autre ; car je suis damnée. Pour être heureux, oubliez-moi. »

L'écriture était tremblée, irrégulière. La jeune fille s'arrêta, couverte de sueur, épuisée par un effort suprême.

Entrons dans la prison.

– Mon frère est assassiné, disait Pierre, et comme si la douleur de cette mort horrible pour moi, n'était pas assez cuisante, on m'accuse, moi-même du forfait qui me désespère, et on me condamne pour un crime que j'aurais voulu empêcher ou venger au prix de mon sang. Je maudis Dieu... C'est donc vrai. Je suis en prison, attendant l'heure fatale. Au moins que je ne l'attende pas dans l'inaction ! Il faut faire de nouvelles tentatives. Il doit y avoir quelque part une puissance qui me rendra justice. L'avocat n'a pas tout dit. Toute cette procédure, c'est fait pour les coupables. Mais les innocents doivent avoir des ressources inconnues qui ne sont pas écrites dans les codes ! Oh ! les monstres ! Ils m'ont condamné ! Mais qu'est-ce que je dis ? Les apparences étaient contre moi. J'étais couvert de sang ; je venais de tuer un animal, et pétrifié de mon arrestation, je m'empêtrais dans mon désespoir. Mes réponses étaient absurdes. Ma colère passe au-dessus de la tête de mes juges, qui ont pu être trompés. Elle va à Dieu directement. Mais Dieu existe-t-il ! J'espère que non. S'il existait, mes forces ne suffiraient pas à le maudire. Oh ! ma femme ! oh ! mes enfants ! Il faut inventer un moyen, inventer un secours ? Il faut qu'on fasse un effort nouveau ! lequel ? Je ne sais ! Mais un effort nouveau ! Je ne me laisserai pas mourir ainsi. A qui m'adresser ?

Et Pierre, ne sachant à qui il parlait, criait comme un insensé.

– Au secours ! au secours !

Entrons maintenant dans la chambre d'Hélène.

– Le trouble des fonctions cérébrales est profond, dit le docteur ; mais pour traiter cette folie, il est absolument nécessaire d'en connaître la nature, c'est-à-dire la cause.

Il faut étudier et interroger son délire.

Hélène fut longtemps silencieuse ; puis relevant la tête, et promenant autour d'elle ce regard vague des yeux qui ne voient pas ce qui est, et qui voient ce qui n'est pas :

– Vous ne devinez pas, dit-elle, tout bas, vous ne devinez pas ? Et bien je vais vous le dire !

Le Docteur, le magistrat et sa femme se regardèrent anxieux, croyant que la révélation allait être faite. Je vais vous dire : je suis allée dans un endroit connu de moi seule où l'on apprend à guillotiner. J'ai très bien profité des leçons; je sais guillotiner, c'est une affaire d'adresse, ça s'apprend comme autre chose. Tenez! je vais vous montrer mes essais. Voyez-vous là-bas, cet homme qui a un petit filet de sang ronge au cou. Eh bien! c'est moi qui ai dessiné ce linéament de couleur pourpre! Est-ce qu'elle n'est pas jolie cette couleur? c'est un procédé de mon invention. Je guillotine, sans qu'on s'en aperçoive seulement. Tenez! regardez donc! la tête de cet homme ne tient presque plus sur son cou. Encore un petit mouvement et elle se détachera. C'est moi qui ai tout, préparé. Quand il va passer près de moi, je donnerai une petite tape sur sa tête, et elle tombera. Vous verrez l'effet d'une tête qui tombe! Moi, je commence à m'habituer. Mais vous, pas encore!... « Allons, allons! au large! Ne passe pas si près de moi avec ta tête à moitié détachée! Au large! au large! Ou bien j'appelle au secours! Pourquoi me regardes-tu avec cette prunelle fixe? Ai-je porté la main sur toi, Pierre? Non certes! Qu'ai-je fait? Rien! Rien! Rien! C'est égal, j'ai peur! Allons! Allons! assez! Pas de vilain jeu! Voilà encore le vilain jeu! Assez! Je te dis que j'ai peur! »

Les assistants écoutaient, retenant leur haleine, et tâchant de comprendre. Décidément, quel crime avait-elle commis ou quel crime croyait-elle avoir commis? Tantôt elle appelait, tantôt elle repoussait. Tantôt elle parlait comme si elle eût frappé quelqu'un à mort, tantôt elle s'écriait : – Je ne t'ai pas touché, je le jure! Que me veux-tu?

Le Docteur se perdait dans les labyrinthes de ce délire. Etait-ce un remords? Etait-ce la folie, qui, toute seule, prenait la forme d'un remords? Etait-ce la fièvre? Mais la fièvre n'était pas en raison du délire.

Il y avait des intervalles lucides, et alors Hélène demandait ce qui lui était arrivé.

Tantôt elle paraissait confondre le rêve et la réalité ; tantôt elle paraissait les oublier tous les deux. En présence du docteur seul, elle était plus calme. Si le Procureur général paraissait. – Vous me faites horreur, lui criait-elle ! Mais non ! non ! Qu'est-ce que je dis ! C'est moi qui vous ai trompé !

Cependant le sort du condamné allait s'accomplissant. Ses jours étaient comptés. Il s'était, dans le délai légal, pourvu en cassation. Le pourvoi avait été rejeté, comme un peu plus tard le recours en grâce.

Hélène suivait avec un intérêt sombre les diverses phases de ce drame lugubre. Elle avait des curiosités et des épouvantes qui se mêlaient et se confondaient. Elle écoutait avec avidité les moindres mots. Elle en tirait des conséquences vraies ou fausses. Chaque parole entendue, chaque intention soupçonnée se traduisait en elle par une exaltation qui la rapprochait du délire.

Elle était poussée par une curiosité fatale vers le gouffre au fond duquel s'élaborait son désespoir. Attirée par le vertige, elle se penchait sur l'abîme. A la regarder délirante ou relativement calme, on eût dit deux folies différentes et contradictoires.

Armand demandait souvent la permission d'apparaître, de jeter un coup d'œil, d'essayer l'effet de sa présence. Le docteur opposait à ces prières un refus obstiné.

Quant à Hélène, elle dépérissait sensiblement, se refusait à toute conversation et faisait son service avec la régularité des froids désespoirs qui ne tiennent plus à rien, et qui agissent automatiquement.

Voici l'avant-dernier jour du condamné. La journée d'après-demain sera la journée fatale. Hélène, qui s'affaiblissait, eut une singulière illusion. Qui sait, se dit-elle, si je ne dois pas mourir dans deux jours ? Je voudrais voir un prêtre, on ne refuse pas cela à ceux qui vont mourir.

Le curé de la paroisse, prévenu de sa situation et de son désir, accourut non sans émotion. Le magistrat, plus ému encore, vint au-devant de lui :

– Monsieur le curé, lui dit-il, vous allez probablement apprendre un secret terrible, la folie de cette fille n'est pas une folie physique. Nous ignorons quel lien mystérieux rattache cette folie à un crime qui semble n'avoir avec elle aucune relation. Hélène n'a jamais vu ni Pierre Bretel, ni son frère Joseph. Elle est également étrangère au meurtrier et à la victime, et cependant toutes ces horreurs se touchent par un point invisible et inexplicable. Vous. Monsieur le curé, vous allez savoir le secret. Souvenez-vous que c'est moi qui ai porté la parole dans l'affaire Pierre Bretel. Souvenez-vous que ce n'est pas l'homme, niais le magistrat qui vous parle en ce moment.

– Je m'en souviendrai, dit le prêtre, et vous serez le premier dépositaire du secret que je vais recevoir, si ce secret peut avoir un autre dépositaire que moi. Mais peut-être m'arrivera-t-il scellé du sceau terrible de la confession, et alors, quel qu'il soit, entendez-vous ? *quel qu'il soit*, mes lèvres seront fermées.

Le prêtre s'enferma avec Hélène. Leur entretien fut suivi d'un silence, et le silence fut suivi d'un cri.

Au nom du ciel, au nom du ciel, disait le prêtre d'une voix déchirante, permettez-moi de parler.

– Non ! Non !

Le prêtre sortit plus mort que vif : sa pâleur était effrayante. Mais il fit signe au magistrat qu'un silence épouvantable et invincible lui était imposé.

Dans la journée, le Procureur général alla rendre visite au Cardinal-Archevêque. Il lui exposa la situation avec tous les doutes qu'elle faisait naître en lui, avec toutes les craintes qu'elle lui suscitait, avec toutes les hypothèses étranges qui se présentaient à son esprit.

– Souvenez-vous, Eminence, dit-il enfin, qu'après demain doit avoir lieu l'exécution capitale. Je sais qu'il y a un secret ; je sais qu'il y a quelque chose à savoir, et j'ignore entièrement la nature de ce quelque chose.

Le Cardinal lui serra la main.

Je comprends vos angoisses, dit-il, et je les partage. Le secret qu'a reçu le prêtre est aussi inviolable vis-à-vis de moi que vis-à-vis de vous. Mais je vous promets de faire demain matin une tentative.

Le lendemain matin, Hélène, plus forte que la veille, s'était levée, et se livrait dans la cuisine, aux occupations les plus vulgaires de la vie quotidienne.

On frappe à la porte.

– Ouvrez, dit-elle, sans regarder. Le visiteur ouvrit et ne parla pas. Etonnée de ce silence, elle jeta vers la porte un regard interrogateur.

En grand costume, revêtu de la pourpre romaine, devant elle était à genoux le Cardinal-Archevêque. Habituée à ne plus bien distinguer la réalité du rêve, Hélène se crut en délire. Etrange hallucination ! pensait-elle, et ses yeux agrandis par l'étonnement, se fixaient immobiles sur le prélat agenouillé.

Après un long silence :

– Fantôme, dit-elle, que me veux-tu ? N'ai-je pas assez souffert ?

– Ne vous troublez pas, ma fille, répondit le Cardinal. Je ne suis pas un fantôme. Votre archevêque se présente devant vous, dans la posture des suppliants, parce qu'il est un suppliant. Il vous demande, non pas une confession, mais l'aveu humain de votre secret, et il vous le demande pour le répéter.

Vaincue par la majesté de ce sublime agenouillement.

– Monseigneur, monseigneur, dit-elle ; le condamné est innocent ; je connais le coupable ; voilà de quoi je meurs. Mais le livrer, jamais ! jamais !

– Il le faut, ma fille, quel qu'il soit.

Hélène s'affaissa sur une chaise.

– Il le faut, ma fille, quel qu'il soit.

– Relevez-vous, Monseigneur, relevez-vous !

– Non, ma fille, pas avant de vous avoir entendue. Il y a en ce moment deux enfants qui voient l'échafaud se dresser, et qui doutent peut-être ou de l'innocence de leur père ou de la justice de Dieu. Vous voyez bien que je ne peux pas me relever !

Hélène se tordait les mains, le Cardinal restait à genoux, muet. Sa tête s'inclina fatiguée, et un rayon de soleil tomba sur ses cheveux blanchis qui resplendirent comme de l'argent.

Alors Hélène, baissant la voix :

– J'étais allée, dit-elle, dans une maison du faubourg, veiller une vieille femme malade. Au milieu de la nuit, j'entendis, dans une chambre voisine, séparée par une mince cloison, j'entendis des bruits étranges, suivis de paroles plus étranges. Il me sembla qu'on remuait des masses d'or, puis deux voix se firent entendre. L'une d'elles disait : « Nous l'avons frappé tous deux à la fois de deux coups si roides qu'il est tombé, sans pousser un soupir. »

– Plus bas, disait l'autre voix, plus bas !

Dans mon épouvante, je jetai un cri qui me trahit, et je descendis quelques marches de l'escalier. Un homme était devant moi :

– Tu as entendu, me dit-il ; tu vas mourir, et il me poussa dans sa chambre. Puis, d'un geste, il indiqua à son compagnon ce qu'il voulait faire.

– Assez de sang, pour cette nuit, dit l'autre ! Et, se tournant vers moi :

– Jure-nous le silence, dit-il, sur ton salut éternel et sur la vie de ton fiancé. Si tu nous trahis, vous serez frappés tous deux, lui d'abord, toi ensuite.

– Non, je ne sais pas comment tant d'horreurs peuvent tenir en une seule minute. Je jurai tout ce qu'on voulut : mais au fort de cette horreur, quand la seconde voix avait parlé, malgré ce qu'elle disait, elle avait soulevé en moi je ne sais quels souvenirs d'enfance qui tranchaient épouvantablement sur l'heure actuelle.

– J'avais la tête cachée et serrée dans mes mains. Le second homme et moi, nous ne nous étions pas vus. Tout à coup, il me sépara violemment les mains, et nous nous regardâmes en face, et nous jetâmes deux cris. C'était…

Hélène s'arrêta. Le prélat lui posa la main sur la tête comme pour lui faire puiser dans sa bénédiction la forcer d'articuler. Il se releva pour la soutenir.

La tête de la jeune fille défaillante s'affaissa sur la poitrine du vieillard.

– C'était…

– Achevez, ma fille…

– C'était mon frère !

Le paysage a changé. Trois ans après ces événements, un jeune homme et une jeune femme se promenaient sur les bords du Rhin. Un magnifique coucher de soleil empourprait les montagnes. La jeune femme se tourna vers son mari avec une tendresse mélancolique et, reconnaissant le paysage illustré par Victor Hugo, ces vers lui montèrent d'eux-mêmes du cœur aux lèvres :

Oui, ce soleil est beau. Ces rayons, les derniers,
Sur le front du Taunus posent une couronne.
Le fleuve luit ; le bois de splendeurs s'environne.
Les vitres du hameau là-bas sont tout en feu !
Que c'est beau ! que c'est grand ! que c'est charmant, mon Dieu !

Tout à coup, les yeux d'Hélène se troublèrent, comme si le vent du passé lui eût apporté une menace d'épouvanté ; mais Armand la regarda avec la victorieuse autorité de l'amour, et la paix rentra dans son âme.

Table des matières

Notice sur Ernest Hello — 1

Préface — 5

1. Ludovic — 11

2. Deux étrangers — 46

3. Simple histoire — 70

4. Les deux ménages — 79

5. Julien — 90

6. La laveuse de nuit — 107

7. Un secret trahi — 120

8. Un homme courageux — 132

9. Les mémoires d'une chauve-souris	**143**
10. Caïn, qu'as-tu fait de ton frère ?	**156**
11. Ève et Marie	**178**
12. Que s'est-il donc passé ?	**209**
13. Le regard du juge	**212**
14. Les deux ennemis	**230**
15. Il s'amuse	**243**
16. Le gâteau des Rois	**254**
17. La recherche	**260**
18. Les terreurs d'Hélène	**269**